KB117432

셔터를 올리며

셔터를 올리며

나를 키운 작은 가게들에게

봉달호 지음

껴입은 얇은 옷처럼

셔터가 올라가는 순간의 느낌은 피부가 기억하고 있다.

대학가에서 잠깐 술집을 운영하던 시절, 옆 가게는 복삿집이었는데, 새벽 시장에서 구입한 식재료를 문 앞에 내려놓고 셔터를 올릴 때면 복삿집 주인은 앞마당을 쓸고 있었다.

"좋은 아침입니다!" 하고 인사하면서 셔터를 밀어 올리면, 알루미늄 재질의 슬레이트가 촤르륵 감겨 올라가는 소리와 함께 쨍한 공기가 얼굴을 스쳤다. 복삿집 주인은 빗자루 쥔 손을 살짝 들어 보이며 미소로 답했다. 살아갈 에너지의 빈칸을 한 칸 충전하는 순간이었다.

지금 내가 운영하는 편의점엔 셔터가 없다. 24시간 열려 있는 곳이니 셔터를 올리는 날도 내리는 날도 있을 리 없다. 열고 싶어도 열려만 있고 닫고 싶어도 닫을 수 없다.

그래서 편의점에도 셔터가 있었으면 좋겠다는 생각을 하곤 했는데, 어쩌면 편의점 점주에게 셔터를 올리는 순간이란 내가 가게에 들어서는 순간 아닐까. 자신이 셔터가 되고, 날마다 주인공이 되는 공간이다.

누구나 저마다의 셔터를 올리면서 오늘을 산다. 누구에게나 저마다 하루를 시작할 수 있도록 돕는, 채워야 할 '빈칸' 같은 것이 존재한다.

손님은 잠깐 상품만 구입하고 나가는 곳이니 잘 모르겠지만 겨울철 편의점은 유난히 춥다. 문이 달려 있지 않은, 언제나 열려 있는 냉장고가 내부에 있으니 찬 공기를 몸으로 견디며 계산대 안에 있어야 한다. 근무복을 입어야 하니 두꺼운 점퍼도 걸칠 수 없어, 무릎 아래에 전기 히터를 켜놓고 옷을 몇 벌 겹쳐 입는다.

추위를 견디는 데는 두툼한 외투 한 벌보다 얇은 옷을 여러 벌 껴입는 것이 좋다고 한다. 그건 '정지 공기층' 때문이라는데, 옷과 옷 사이에 공기층을 만들어 온기를 가둠으로써 생기는 효과다. 공기는 열전도율이 낮아 그보다 좋은 보온재도 없다고 하니, 소중함을 쉬이 깨닫지 못했던 공기가 큰 역할을 하는 셈이다.

돌아보면 우리가 오늘을 지킬 수 있도록 하는 힘도, 지난날의 굵직한 사건 하나가 아니라, 얇더라도 겹겹이 쌓인 경험 가운데 생겨나는 것 아닐까. 경험과 기억 사이로 공기층이 만들어지고, 온기가 지그시 오늘을 감싼다.

옷과 옷 사이를 빼곡히 채운 시간의 공기층이 매 순간 우리를 내딛게 만든다. 인생의 층위를 이루는 한 겹 한 겹의 그것들을 '정지 경험'이나 '정지 기억'이라고 부를 수도 있지 않을까.

이 책에 실린 열 개의 이야기는 우리 부모님과 내가 그동안 운영했던 아홉 개의 가게를 겹겹이 껴입은 것이다. 세상에 이름을 널리 알린 두툼한 가게는 아니고, 주위에서 흔히 볼 수 있는 얇은 가게들에 대한 이야기다.

방송에서 촬영을 시작할 때 손뼉을 치거나 막대기를 부딪치는 행위를 흔히 "슬레이트 친다"라고 말한다. 여러 대의 카메라를 놓고 촬영하다 보니 나중에 쉽게 찾을 수 있는 공통의 '편집점'을 만들기 위해서라는데, 사람의 인생에도 그런 편집점이 존재하지 않을까 하는 생각을 하곤 했다.

한 사람의 인생을 비추는 데도 카메라는 여러 대 존재하기 마련이고, 같은 인물을 촬영하고 있지만 각각의 각도에서 바라보는 것이니 거기에도 나름의 편집점은 필요할 것이다. 내게는 그것이 '가게'였다. 부모님과 내가 만든 아홉 개의 가게. 나를 키운 작은 가게들.

셔터와 셔터 사이로, 슬레이트와 슬레이트 사이로, 옷과 옷 사이로 공기층이 머문다. 겹겹이 쌓인 가게들을 편집점으로 삼아 경험과 기억을 더듬어 여기 문장으로 옮긴다.

셔터를 올린다. 시간의 슬레이트를 내리치면서 "촬영 들어갑니다!" 하고 외친다. 카메라 돌아가는 소리가 차르르르 들린다. 주인공이 된다.

바지런히 오늘을 살아가는 평범한 사람들의 이야기 가운데 하나일 따름이다.

2023년 2월 서울, 편의점에서

봉달호

차례

일러두기

· 이 책의 일부 표현은 저자의 의도를 살리고자 국립국어원의 기준과 다르게 표기했습니다.
· 이 책에 등장하는 점포의 상호는 원래 이름을 그대로 사용하되, 해당 도시에서 유사한 상호로 현재 영업 중인
  점포가 있거나 프랜차이즈 브랜드인 경우에는 이름을 바꾸었습니다.

01.

막걸리 트럭 앞자리

— 기억에 대하여

정자교슈퍼

? ~ 1980

우리 부모님이 왜 가게를 열게 되었을까? 그건 나도 잘 모른다. 한 번쯤 물어도 될 법한데 묻지 않았다. 꼬치꼬치 캐물으면 정확한 사실을 알 수야 있겠지만 때론 추억이나 상상 속에 물음표로 남겨둬야 새록새록 돋는 것들이 있다. 가게는 내게 그런 존재였고 지금도 그렇다. 저 가게는 왜 저기 있는 것일까.

　우리 가족의 첫 가게는 슈퍼였다. 슈퍼라고 해봤자 요즘처럼 철제 선반을 갖추고 냉장고, 냉동고, 온수기, 온장고 등이 각자 자리에서 역할을 별러 세상 모든 사람들의 요구를 들어주겠다는 듯 늠름하게 서 있는 '슈퍼super한' 공간은 아니었다.

그냥 시멘트 바닥에 상품을 쭉 늘어놓고 종이박스를 진열대처럼 사용했다. 상자를 가지런히 쌓아두는 것으로 진열의 정성을 마무르는 작은 소매점이었다. 동네마다 하나씩 있는 '점빵'이랄까. 구멍처럼 작아 그렇게 불렀던 것인지도 모르겠다. 사람들이 흔히 "구멍가게"라고 부르는 곳이었다.

상호도 간판도 없는 가게. 최소한의 표식으로 바깥에 ○○가게, △△상점이라고 글씨라도 써놓았으면 좋으련만 그만한 성의조차 없었다. 필요가 정성을 부른다는데 굳이 그럴 '필요' 없었으니까.

∞

내가 살던 고향은 전라남도 나주군 산포면 등정리. 영산강 강가에 있는 20번지 마을이다. 행정구역상 명칭은 그렇지만 사람들이 대개 '정자교'라고 부르는 동네다.

마을 가운데 동산이 있고, 동산 꼭대기에 팔각 정자가 있다. 산 아래 발목으로 영산강이 흐른다. 하늘에서 내려다보면 정자가 마을과 강을 나란히 잇는 형상. 한편 홍수를 막으려고 강을 가로질러 보洑를 설치했는데, 건넛마을로 오가는 다리

역할을 했다. 그 보가 바로 정자교亭子橋다. 정자교가 있는 마을이라고 우리 마을 이름도 정자교가 되었다.

동구에 아름드리나무 한 그루가 넓게 가지를 펼쳐 마을을 지키고, 신령이 깃든 느티나무 앞으로 나주평야가 바람에 따라 출렁이는 그림 같은 마을이다. 평야를 가로질러 중간에는 마을 사람들이 '신작로'라고 부르던, 광주를 향해 쭉 뻗은 도로가 있었는데 전쟁이 나면 비행기가 뜨고 내리는 비상활주로 역할을 한다고 했다. 그래서 우리 마을을 '활주로 마을'이라 부르는 사람도 있었다. 광주와 나주 사이를 오가는 버스가 마을 앞 신작로에 멈추면 버스 안내양이 "정자교 내리실 분!" 하고 외치는 소리가 활주로 구획선을 따라 날아올랐다.

오로지 논농사로 먹고사는 마을이다. 가을걷이가 끝나면 축구장 몇 배는 됨직한 너른 벌판이 생겨나 아이들이 신나게 뛰어놀 공간을 열어주었다. 볏짚을 돌돌 말아 만든 축구공을 차면서 노란 콧물 질질 흘리며 공기가 차가워질 무렵까지 뛰놀다 보면 지평선이 그려질 정도로 까마득한 평야에 봉긋봉긋 수도 없이 쌓여 있는 볏단 사이로 진홍빛 노을이 벌겋게 물들어 스러져 갔다. 지구상에 그보다 멋진 해넘이는 또 없을 테지. 반세기 가까운 시간이 지난 지금까지 내 기억의 스냅사진 가운데 한 장으로 선명히 남아 있다.

여든 가구쯤 되었을까, 아니 백 가구 넘었을 수도. 그때야 한 가구에 대여섯 명은 살았으니 그리 작은 시골 마을은 아니었다.

우리 집은 정자교 마을에서도 정자나무 옆에 있는 집이라 마을 사람들이 수시로 지나는 길목에 있는, 이를테면 시골의 역세권 같은 곳이었다. 그래서였을까. 본의 아니게, 혹은 자연스럽게 '배역'을 맡게 되었는지도 모르겠다. 당시에는 장사를 하고 싶어서 했던 것이 아니라 마을에서 누구 하나는 그런 역할을 해줄 사람이 필요해 장사를 하는 경우도 있었다. 마침 우리 집 건너편에 상점을 열기에 알맞은, 창고에 방 하나 딸린 아담한 가옥이 있었다. 부모님은 거기에 점빵을 차렸다.

내가 초등학교에 들어가던 해에 드라마「전원일기」가 방영되었다. 거기에 슈퍼를 운영하는 쌍봉댁이라는 아줌마가 등장하는데, 쌍봉댁이 나오는 장면마다 엄마를 힐끔 훔쳐보곤 했다. 엄마는 말씨도 차림도 쌍봉댁이었다.

상호도, 간판도, 응큼한 욕심도 없는 가게. 주인이 가게 문을 열어놓고 들판에 나가 일하고 있으면 손님이 노트 위에 '웅삼이네 새우깡 하나'라고 써놓고 가는 가게.「전원일기」에 나오는 마을은 정자교 우리 마을 같았고, 쌍봉댁네 가게는 정자교 우리 가게와 똑같았다.

○○○

어떤 기억은 느낌으로 남는다.

우리 부모님이 언제부터 그 가게를 운영했는지도 나는 잘 모른다. 내가 초등학교에 들어가기 전부터였던 것만은 분명하다. 그리고 어떤 기억은, 사실보다 또렷한 느낌으로 남는다. 엄마는 엄격한 분이었다. 쫀드기, 아폴로, 꿀맛나 같은 군침 도는 과자들이 즐비한 가운데 나는 거기에 손도 대지 못했다는 느낌을 기억한다. 느낌보다 서늘한 기억도 없다.

또 다른 기억이 있다. 정자나무 아래 아이들이 모일 때면 나는 무언가 특별한 존재인 것 같았다는 느낌이 있다. 점빵 아들이라는 이유로 나는 언제나 한 수 이기고 들어가는 분위기였고, 나보다 키 큰 아이들도 나를 함부로 대하지 못했다. 언제였던가, 알사탕인지 초콜릿인지 쫀드기였는지, 엄마가 과자 하나를 줘서 정자나무 아래에 들고 갔더니 아이들이 "나도 하나만!" 하며 몰려들었다. 온갖 유세를 떨면서 맘에 드는 아이만 골라 줬겠지. 그런 기억의 촉감을 기억한다. 그 느낌이 몸속 어딘가에 숨어 지내며 살갗 아래를 타고 흐르다 '그때 이 느낌이었지' 하면서 훅 떠오르는 순간이 있다. 그 끈적한 이물감에 놀라곤 한다.

시골 점빵이니 뭐든 다 팔았다. 과자, 음료는 물론 술, 담배, 잡화, 의약품, 그리고 엄마가 물건 떼러 광주에 갈 때 동네 사람들이 사달라 예약하는 다양한 '청탁'들이 있었다.

"어이, 달호 엄마. 담에 광주 갈 때 여그 요런 바지 하나 쫌 큰 걸로 사다 주소. 아따 살이 쪘는지 고무줄이 막 땡긴 게 영 성가셔서 못 쓰것네 잉."

윤덕이 엄마가 허리를 내밀어 보여주면 우리 엄마는 "옴매, 이걸 입고 어떻게 일한다요" 하면서 안타까운 듯 혀를 끌끌 차며 '화순댁, 몸뻬 하나'라고 엄마가 늘 지니고 다니던 손바닥만 한 회색 수첩에 기록했다.

"그럼 부탁하네 잉." 잠시 후 다시 빼꼼히 고개를 내민 윤덕 엄마. "그라고 요새 뭣만 먹으믄 속이 꿀렁꿀렁하단 말이시. 저번에 그 소화제 있잖여, 예순달인가 예수딸인가 하는 거. 그것도 좀 사 오소."

엄마는 수첩에 '훼스탈'이라 적으며 빙그레 웃는다. "닐모레 간게로, 꼭 사올게라. 걱정 마쇼."

우리 마을에서 광주까지는 그리 먼 거리는 아니지만 농번기에 농촌 사람들은 몸이 두 개라도 바쁘니 배역은 엄마의 몫이었다. 그 시절에 내가 살핀 엄마의 모습은 장사꾼이라기보다는 마을의 특정한 역할을 책임진 일꾼이라는 느낌이었고 엄마의 표정에도 그것이 드러났다. 아빠는 논에서 일했고 점빵은 엄마 소관이었다.

무슨 이유에선지 광주에 갈 때마다 엄마는 나를 데리고 갔다. 초등학교에 들어가기 전까지는 그랬다. 버스 타고 광주에 갈 때마다 날아오르던 달뜬 기분도 아직 기억의 심연에 남아 있다. 시시때때로 광주에 간다는 이유만으로도 동네 아이들에게 얼마나 선망의 대상이었는지. 정자나무 아래 아이들을 모아놓고 광주에 100층짜리 빌딩이 있다거나 눈에서 레이저를 뿜는 로봇 장난감과 놀았다고 실컷 무용담을 늘어놓았다. 이야기를 부풀려 떠드는 기질은 그때 터득하지 않았을까.

광주에 가면 엄마는 바빴다. 막차 끊기기 전에 수첩에 적힌 임무를 완수해야 하니 하루를 알뜰히 써야 했다. 터미널 옆 대인시장에서 과자와 음료를 사고, 박스 짊어지고 충장로에 가서 약품과 의복을 사고, 금남로에 가면 외삼촌이 운영하는 문구점이 있는데 거기서 문구와 장난감을 샀다. 또 다른 물품을 사기 위해 시내버스를 몇 번 갈아타는 날도 있었다. 나는 마지막 코스인 외삼촌네 가게에 빨리 도착하기만 애타게 기다렸다. 마음 넉넉한 외삼촌과 외숙모는 "갖고 싶은 장난감은 뭐든 골라라" 하시는데, 엄마는 내가 고르는 것마다 너무 비싸다며 내려놓으라 하셨다.

버스 타고 정자교로 돌아갈 때는 운전석 창문 쪽으로 노을이 쏟아졌다. 버스에 탄 사람들 얼굴에도 복숭앗빛 석양이 스몄다. 그럴 때마다 나는 엄마 옆구리에 기대 까무룩 잠이 들곤 했는데 흔들어 깨워도 일어나지 않을 정도로 깊은 잠에 빠질 때도 있었다. 신작로 정류장에서 우리 집까지는 꽤 먼 거리. 잠이 덜 깨 해롱거리는 아들을 타박했다가 안아주기도 했다가 업었다가 다시 내려놓았다가…… 양손과 머리에 언제나 짐이 가득한 엄마에게는 나도 분명 짐이었을 것이다. 그것도 가장 큰 짐.

"다시는 광주에 안 데려가련다" 하면서도 엄마는 다시 아들의 손을 잡았다.

정자나무 그늘은 놀이터였다. 마을 아이들의 집결지였다. 아침을 먹으면 아이들은 약속하지 않아도 그곳으로 모였고, 소꿉놀이, 흙장난, 돌쌓기, 고무줄놀이, 딱지치기, 땅따먹기, 구슬치기, 개미 괴롭히기 등을 하다가 마을 동산에 오르기도 하고, 우리 가게 옆으로 흐르는 도랑에서 미꾸라지와 개구리를 잡으며 놀다가 논둑길 따라 앞서거니 뒤서거니 뜀박질을 하기도 했다.

시골은 지루할 틈이 없는 곳이다. 사방 천지가 놀이터니까. 다만 방죽 너머 영산강에는 나이 어린 꼬마들은 못 가게 했다. 방죽이 우리의 북방한계선이었다. 정말로 그랬는지는 모르겠지만 그곳에서 물에 빠져 죽은 아이가 있다고 했다. 강바닥에 아이가 귀신으로 살고 있어 꼬마들이 떡 감으면 "같이 놀자" 하면서 물속 깊은 곳으로 끌고 간다나. 황소만 한 자라가 있어 손가락을 싹둑 잘라 먹는다는 소문 또한 있었다. 그럴 때는 누구 집 삼촌이 그래서 손가락 하나가 없다는 그럴싸한 증거(?)까지 제시되곤 했으니, 소문은 방죽을 넘어가려는 일말의 호기심마저 차단했다. 어느 시대에나 괴담은 공포를 먹고 자란다.

햇볕이 유난히 따뜻했던 오후로 기억하는 날이다. 무슨 영문인지 그날은 나만 홀로 정자나무 아래 있었는데, 자전거를 탄 아저씨가 다가와 부드러운 목소리로 물었다.

"너, 나랑 어디 좀 갈래?"

도시 아이라면 그럴 때 절대 따라가지 않겠지만 시골엔 그런 가르침이 없었다. 게다가 그 아저씨가 타고 있는 자전거가 내 시선을 빼앗았다. 시골에서 흔히 보던 허름한 자전거가 아니었다. 날렵한 '신사용' 자전거. 자전거 세계의 포르쉐쯤으로 보였던 걸까. 주저 없이 뒷자리에 올랐다. 꼬마들의 북방한계선인 방죽길을 따라 갈대 우거진 강변을 내려다보며 자전거는 달리고 또 달렸다. 내가 한 번도 가보지 못한 미답未踏의 방향으로 정체불명의 아저씨는 페달을 굴렀다. 그렇게 갈 때는 꼬마로 갔다가, 올 때는 '국민'이 되어 돌아왔다. 엄마가 훌쩍훌쩍 울었던 기억이, 혹은 느낌이 남아 있다.

우리나라 출생아 숫자는 한국전쟁이 끝나고 점점 불어나, 한 해에 출생아가 가장 많은 연도가 1971년이었다. 무려 102만 명이 그해 태어났다. 뒤이어 1972년에는 95만 명, 1973년에는 96만 명이 태어나 출생아 숫자는 좀처럼 줄지 않았다. 오죽했으면 1973년에 정부에서 내건 산아제한 구호가 "1974년 은 임신 안 하는 해"였을까. 그리하여 1980년은 1973년생들 이 입학하는 연도였는데 어찌 된 영문인지 우리 고장에서는 초등학교 신입생이 부족했던 것 같고, 신입생이 모자란 것도 곤란한 일이었는지 교장 선생님이 긴급 수배령을 내렸다. "아 이들을 잡아 오도록!"

학교 교사는 물론 면사무소 직원들까지 동원돼 인근 마을 을 돌아다니며 일곱 살, 여섯 살, 심지어 다섯 살짜리까지 학 교에 데려갔다. 당시엔 초등학교를 국민학교라 불렀다. 그렇 게 꼬마들을 불러다가 국민으로 만들어 돌려보냈던 것이다. 나는 1974년생이지만 생일이 10월이라 1975년생에 가까운 데, 그런 나까지 끌려가게 되었다. 태어난 지 만 5년 4개월 되 는 날이었다.

엄마가 울었던 이유는 두 가지였다. 무엇보다 아들이 아직 한글을 깨치지 못했기 때문이다. 이름 석 자 쓸 줄 몰랐다. 셈 은커녕 아라비아 숫자조차 몰랐던 것 같다. 지금이야 조기교 육으로 서너 살만 되어도 영어를 줄줄 읊지만 그 시절에, 더 구나 시골 마을에서 취학 전 교육에 신경 썼던 부모는 많지 않았다. 학교에 가면 어련히 배우겠거니 했는데 그 입학 시기가 느닷없어 엄마는 놀라 울었던 것이다.

나 말고도 그날 학교에 끌려간 아이가 몇 명 더 있었던가 보다. 그럼에도 우리를 유괴한 자전거 아저씨가 면사무소 주임이라 감히 항의하지 못하고 모두 분만 삭였다고 한다.

"유치원에 보낸다, 생각하시랑게요. 몇 달 그러다가 정 아니다 싶으믄 안 보내면 되잖아요. 아따, 1년 꿇으면 된당게. 그게 뭔 큰일이간디."

당당한 그분 말씀이었다.

그날 이후 엄마는 누가 어디 가자고 해도 절대로 따라가선 안 된다고 신신당부하셨다.

∞

엄마가 울었던 또 다른 이유는 학교와 집 사이 거리 때문이었다. 우리가 사는 정자교 마을에서 초등학교까지는 멀어도 너무 멀었다. 애초에 엄마는 나름의 계획이 있었다. 정자교에서 초등학교에 보내지 않고 이듬해 나주시로 이사해 번듯한(?) 도시에서 학교에 보내려 궁리했던 것 같다. 다섯 살짜리가 학교에 끌려가리라곤 꿈에도 생각지 못했겠지.

마을에서 학교까지 거리가 머니 정자교 아이들은 스쿨버스를 타고 학교에 갔다. 아침마다 동네 아이들이 우리 가게 앞에 모였다. 우리가 이용하는 그 '스쿨버스'가 막걸리 배달 트럭이었기 때문이다.

그 시절 슈퍼에선 막걸리를 주전자로 팔았다. 양조장에서 큰 드럼통 같은 것에 막걸리를 담아 마을 점빵에 넘기면, 막걸리를 마시고 싶은 사람은 주전자 들고 점빵에 가서 원하는 만큼 술을 받았다. 그래서 막걸리는 '산다'고 표현하지 않고 '받는다'고 했다. "막걸리 좀 받아 오니라." 집안 어르신이 명하면, 주전자 들고 점빵으로 뛰어가는 역할은 그 집 아이들이 맡았다. 집마다 막걸리 전용으로 사용하는 노란 양은 주전자가 있었다. 용량이 2~3리터쯤 되었는데, 보통은 열 살쯤 되는 어린이가 심부름을 맡지만 더러 대여섯 살짜리가 제 몸집만 한 주전자를 들고 오기도 했다. 막걸리를 받아 집으로 돌아가다가 무겁기도 하고 호기심이 일기도 하여 주전자 주둥이에 입 대고 홀짝홀짝 마셨다가 집에 도착할 즈음엔 얼근하게 취해 딸꾹거렸다는 음주 조기교육의 일화는 우리 세대에 흔하다. 지나간 시대가 남긴 오목한 흔적이다.

새벽마다 막걸리 실어나르는 트럭을 타고 우리는 학교에

갔다. 학교 근처에 술 빚는 양조장이 있고 우리 마을이 배달의 끝자락에 있으니 그런 작은 호사나마 누릴 수 있었던 것인데, 지금이야 큰일 날 일이지만 그때 아이들은 트럭 짐칸에 탔다. 전쟁 영화에서 군인들이 작전 지역으로 떠나는 모습과 비슷했달까. 여름에야 시원했겠지만 겨울에는 얼마나 추웠을까.

막걸리 배달 트럭에 함께 탔음에도 내가 짐칸의 덥고 추움을 잘 모르는 이유는, 나는 트럭의 다른 곳에 탔기 때문이다. 운전사 옆자리. 그러니까 막걸리 트럭을 타고 학교에 가는 우리만의 스쿨버스에서 가장 선택받은 자리는 언제나 내 차지였다. 이유는? 슈퍼집 아들이니까!

자전거 뒷자리에 타고 갔다가 얻은 대가는 트럭 앞자리. 어린 마음에도 나는 그렇게 앞자리에 앉는 자격에 우쭐했던 것 같다.

정자교 마을에서 초등학교에 다닌 기간은 딱 1년이다. 그 기간에 무엇을 배웠는지 어떻게 다녔는지는 세세히 기억에 남아 있지 않다. 다만 뇌리에 또렷이 남은 풍경이 하나 있다. 찰흙을 캐던 날이다.

학교 근처에 개천이 있었다. 미술 수업을 준비하기 위해 거기서 찰흙을 캤는데, 무슨 이유에선지 아이들 사이에 큰 싸움이 벌어졌다. 희미하게 짐작건대 좋은 찰흙이 나오는 구역이 따로 있었고 거길 차지하려고 다툼이 일었던 것 같다. 아이들 싸움치고는 꽤 거친 싸움이었다. 개울 바닥에 뒤엉켜 온몸이 진흙 범벅이 되도록 올라탔다 내리깔렸다 싸우는데, 덩치 큰 아이들이 그러는 사이 작은 아이들은 두려운 눈빛으로 구경만 했다. 나는 작은 아이 가운데 하나였다. 무서워 울었던 것도 같다.

분명한 기억이 있다. 다음 날 나는 도시락 모양으로 반듯하게 생긴 문구점 찰흙을 책상 위에 올려놓았다. 미술 시간이 있는 줄 알고 엄마가 광주에서 사 왔던 것이다. 나 말고도 몇몇 아이가 그런 찰흙을 사용했다. 비교적 형편이 넉넉한 집안의 아이들이었으리라.

개천에서 캔 거친 찰흙으로 한 번도 직접 본 적 없는 코끼리와 기린을 만드는 아이들이 있었고, 이물질 없는 미끈한 찰흙으로 엄마 얼굴을 빚는 아이들이 있었다. 빛깔부터 다르고 점도도 다른 찰흙이었다. 재료가 다르니 결과 또한 달랐다.

누군가는 짐칸에 앉고 개천에서 얻은 찰흙을 사용할 때 상대적으로 안정된 것을 누렸다는 측면에서 그 시절에 나는 작디작은 특권이나 우월감을 익혔던 것도 사실이다. 물론 그것은 내 잘못이 아니고 주어진 태생 덕분이지만, 스스로 땀과 노력으로 얻은 결과가 아니라는 점에서 감사해야 했는데 나는 그런 마음으로 살아왔던가. 때로 스무 살의 1년보다 여섯 살의 하루가 평생을 따라다닐 수도 있다는 사실을 깨닫는다.

∞

정자교에서 초등학교에 다닌 그해에 또 하나 기억에 남는 일이 있다. 휴교령이 내렸던 날이다. 물론 그때야 휴교라는 용어를 몰랐고 학교가 쉰다니까 마냥 좋았던 기억만 있다. 어른들이 신작로 쪽으로는 나가 놀지 말라고 단단히 주의를 줘서 더 똑똑한 기억으로 남는다. 부모님이 조용히 수군거리는 목소리에 심상찮은 기운을 느꼈던 것도 같다.

그날은 온종일 정자나무 아래에서만 놀았다. 오후가 되어 해가 뉘엿뉘엿 서쪽으로 기울던 참인데 신작로에 트럭이 줄지어 지나가는 모습이 보였다. 짐칸에 사람이 잔뜩 타고 있었다. 트럭 꽁무니에 버스도 뒤따랐던 것 같은데, 정확한 기억인지 훗날 내 기억이 가공된 것인지는 모르겠다. 하나 분명한 것은, 트럭 짐칸에 탄 사람들이 기다란 막대기 같은 것을 흔들고 있는 모습이다. 그 모습을 보며 어른들이 삼삼오오 또 무엇을 수군거렸다.

긴 시간이 흘러 나중에 작가가 되어 신문에 기고하게 되었을 때, 나는 그날을 "인생에서 가장 오래된 기억"이라고 썼다. 그러나 그것은 완전한 진실을 담은 표현은 아니다. 그보다 앞선 기억도 갖고 있으니까. 정확히 따지자면 그날은 내가 '날짜로 특정할 수 있는' 가장 오래된 기억이다. 1980년 5월 21일. 시각은 오후 대여섯 시쯤이었을 것이다. 태어난 지 5년 7개월째 되는 날이다.

1980년 5월 21일 오전. 광주에서 계엄군이 총을 쏘며 학살을 자행하자 시민들은 트럭과 버스에 나눠 타고 인근 나주, 화순, 담양, 장성 등지로 흩어져 광주의 참상을 외부에 알렸다. 세상이 온통 거짓을 말하고 진실을 가로막는 상황에서 그들이 할 수 있는 일은 그것밖에 없었다. 그리고 인근 경찰서에 딸린 예비군 무기고를 열어 자체적인 무장을 시작했다. 나주경찰서, 영산포지서, 남평지서, 반남지서 등이 무기를 획득한 지역이었다. 우리 마을은 나주에서 광주로 가는 길목에 있었으니, 그날 내가 보았던 풍경은 이제 막 시민군이 된 사람들이 무기를 들고 광주로 향하던 모습이었고, '기다란 막대기'는 소총이었을 것이다.

물론 내가 이런 사실을 당시 바로 알았던 것은 아니다. 나중에 광주로 전학 가 중학생이 되어서야 알았다. 다른 도시의 또래들이 책상 밑으로 만화책이나 비디오테이프를 주고받고 있을 때, 광주의 아이들은 5·18 사진집을 몰래 돌려 봤다. 처참히 죽은 시체에 눈을 질끈 감았고, 트럭에 올라 총을 흔들고 있는 시민군 사진을 보며 조용히 고개를 끄덕였다. 거기에 날짜가 적혀 있었다. 정자나무 아래서 봤던 풍경이 바로 이 모습이로구나.

그리고 알았다. 계엄군이 몽둥이를 휘두르는 사진 속 건물 모퉁이는 엄마가 잡화와 약품을 떼러 들르던 충장로 도매상 건물이 분명했다. 헬기가 날아다니고 탱크와 장갑차가 시민을 향해 포구를 겨눈 살벌한 길목은 엄마가 화순댁네 몸뻬 바지 사러 갈 때 들렀던 금남로 지하상가 입구였다. 양복 입은 사내가 피 흘리며 끌려가는 사진을 보며 외삼촌네 문구점 근처임을 금방 알 수 있었고, 시민들이 주먹밥과 음료수를 들고 나와 시위대에게 나눠주는 사진 속 풍경은 엄마가 과자와 음료를 사러 들르는 대인시장 앞마당 모습이라고 쉬이 알아볼 수 있었다.

∞

길고 긴 시간의 강이 흘렀다.

시민군이 신작로를 따라 광주로 향하고 30년이 지난 어느 날, 나는 자동차 운전면허를 취득했다. 나이치고 늦은 면허였다. 서울 강남경찰서에서 면허증을 받고 곧장 중고차 시장으로 달려가 경차 한 대를 샀다. 도로에 쌩쌩 달리는 자동차를 보면서 '사람들은 어찌 저리 운전을 잘할까' 부러워했다. 익숙해지려면 열심히 운전을 해보는 방법밖에 없다는 선배의 조언을 듣고 휴일에 용감히 운전대를 잡았다.

고속도로에 진입해 조심조심 달렸다. 동서울 톨게이트를 지나 남쪽으로 남쪽으로, 계속 남쪽으로만 달렸다. 예닐곱 시간 흘렀을까. 정자교였다. 스스로 운전을 해서 목적지에 닿을 수 있는 '어른으로서의 자유'를 취득한 주말에 내가 가고 싶었던 곳은, 태어나 자란 바람의 냄새를 맡을 수 있는 곳이었다.

목적지에 도착하긴 했는데 잠깐 의아했다. 이곳이 신작로 맞나? 활주로 맞나? 저기 저 동네는 분명 우리 동네가 맞는데……

어릴 적 신작로는 말 그대로 '새로 생긴 도로'였다. 아스팔트가 가지런히 평평하고 왕복 8차선쯤 되는, 시골에서는 흔치 않은 도로였다. 다니는 차량이 많지 않아 절반쯤 놀고 있는 도로였다. 마을 사람들은 '노는 자리'를 공동 건조장으로 삼았다. 거기서 나락 말리고, 콩이나 깨 거둔 것들을 널고, 거름 포대기를 쌓아두기도 했다. 날이 저물거나 비가 내리면 누구네 작물인지 가리지 않고 거둬주었다. 가을에는 집집마다 수확한 나락으로 활주로 절반이 노오랗게 황금 주단을 펼친 듯 보였다.

비행기는 본 적 없지만 그곳은 활주로였다. 전쟁이 나면 우리 동네 코앞에서 비행기가 뜨고 내린다는 말에, 우리는 대단한 요충지에 살고 있다는 자부심마저 갖고 있었다. 그곳은 또 자전거 타는 연습을 하기에 알맞는 도로이기도 했다. 동네 아이들은 대부분 거기서 잡아주고 끌어주며 자전거를 배웠고, 나도 거기서 자전거는 두 바퀴로 달린다는 사실을 배웠다.

기억 속 신작로는 큰 도로였다. 누군가는 막걸리 트럭 타고 학교에 가던 길, 누군가는 소총 들고 민주주의를 외치면서 광주로 향하던 길, 누군가는 광주에서 물건 떼어 든든한 마음으로 돌아오던 길, 또 누군가는 버스 뒷문 탕탕 두드리며 "오라이!" 시골 정류장을 지나가던 길…… 각자의 마음으로 비상하던 각자의 활주로였다. 사십 대 초반에 다시 찾은 활주로는 과연 여기서 비행기가 뜨고 내릴 수 있을까 싶을 정도로 낡은 도로가 되어 있었다. 옆에 널찍한 다른 도로가 생겨나 도로로서의 기능은 이미 상실했고 입구에는 '통행금지' 표지판이 서 있었다. 길섶엔 억새가 무성했다.

신작로 갓길에 차를 세우고 동구길 따라 천천히 정자나무를 향해 걸었다. 신작로에서 우리 마을에 이르는 길, 엄마가 물건을 이고 지고 아들까지 껴안고 걸어가던 길, 어릴 때는 그렇게 길게 느껴지던 그 길이 이렇게 짧았던가? 그토록 우람했던 정자나무는 왜 저렇게 아담하게 졸아든 거지? 그때 그 나무가 맞나? 동네에 있어 동산인지, 정자교 동쪽에 있어 동산인지, 이제야 이름의 뜻을 궁금히 여기는 산을 느릿느릿 톺아 올라가면서도 의아했다. 이 산이 이렇게 낮았던가? 저 강은 원래 저렇게 가느다랗고 쓸쓸했던가? 절벽 같던 방죽은 한 뼘 돌무지에 불과했다.

팔각 정자는 튼튼한 시멘트로 다시 만들어져 있었다. 바람은 기운차게 드들강과 영산강을 거슬러 무등산을 향해 내달렸고, 신작로 너머엔 '혁신'이란 이름이 붙은 도시가 생겨나 빌딩 숲을 이루고 있었다. 어릴 적 아이들이 찰흙 점유권을 놓고 다투던 곳이 바로 저곳인데…… 청록으로 출렁이던 평야는 흔적 없이 사라졌고, 나락 대신 'S클래스'라는 아파트가 이름을 자랑하고 있었다. 마을 사람들은 대부분 고향을 떠났을 것이다. 곳곳에 '토지 임대', '공장용지', '전원주택 환영'이라는 플래카드가 햇살에 반짝이며 펄럭였다.

강을 가로지르던 너른 보는 겨우 흔적만 남았다. 근처에 다른 이름의 다리가 생겨나 이제 우리 마을은 정자교라 부를 수도 없는 마을이 되어 있었다.

상호도 없고 간판도 없고 욕심도 없던 어느 슈퍼가 있던 자리에는 마을회관이 들어서 있었다. 정자나무가 있던 자리는 휑한 공터로 바뀌었다. 트럭 한 대가 부자연스럽게 주차되어 있었다. 서쪽 하늘은 연주홍으로 물들었고, 이름 모를 새 떼가 멀리 구름 위를 지나갔다. 거기 정말 슈퍼가 있었던가?

세상엔 우묵한 기억과 불룩 튀어나온 기억이 있다. 시골 마을에서 나를 키운 가게는 우묵한 기억 속에 들어가 있다.

02.

초인종이 있는 집

— 욕망에 대하여

나
주
농
약
사

1981 ~ 1983

어떤 기억은 냄새와 소리로 남는다. 그를 처음 만난 날 스친 향수 냄새라든지, 그날 카페에 흐르던 은은한 재즈 멜로디.

자신을 키운 가게에 대해서도 우리는 냄새와 소리의 형태로 기억하곤 한다. 빵집 아들은 언제나 빵 냄새를 맡으며 자랐을 테지만 그것을 마냥 푸근한 느낌으로 기억할는지는 알 수 없는 일이다. 고깃집 아들은 고기 냄새, 기름 냄새, 매캐한 연기, 지글지글 굽고 뒤집고 쨍그랑거리고 떠들썩한 소리로 그 시절을 기억할 것이다.

친구 가운데 헌책방집 딸이 있었다. 그 친구는 책 넘기는 소리는 좋아하지만 오래된 것에서 풍기는 곰팡내가 싫다고 했다. 자기는 어른이 되면 새것만 가질 것이라 했다. 세탁소 집 아들도 있었다. 별명이 '다리미'였는데, 가게 문 열고 들어서면 덮치는 옷 냄새와 다리미 냄새가 싫다고 했다. 드라이클리닝 할 때 사용하는 약품 냄새 때문에 머리가 어지럽다나. "우리 집은 농약사였는데?"라는 대꾸에 내가 가볍게 판정승을 거두었지만.

부모님의 두 번째 가게는 농약사였다. 우리 부모님이 어떤 경로로 농약사를 차리게 되었는지에 대해서도 나는 잘 모른다. 어느 날 엄마, 아빠, 우리 삼 남매가 도망치듯 정자교를 빠져나온 기억만 느낌으로 남아 있다. 도시에서 농약사 문을 열고, 이듬해 추석이 되어서야 한참을 못 본 할머니를 다시 만날 수 있었다.

아빠는 차남이지만 집안에서 장남 역할을 맡고 있었는데, 논밭을 일궈야 할 사실상 맏이가 도시로 도망쳐 버렸으니 할머니 입장에서는 실망이 이만저만 아니었을 터. 할머니와 엄마 관계도 한동안 냉랭했다.

그 시절을 나는 소리로 먼저 기억한다. 아침부터 저녁까지 끊임없이 이어지던 손님 목소리. "어이, 사장 있소?" 하고 밖에서 부르면 밥 먹다가도 쨍그랑, 숟가락 내려놓고 달려가던 엄마 아빠의 분주한 발소리, 가격이 얼마인지 묻는 소리, 가격을 깎는 소리, 너스레 떨며 "이것도 많이 손해 보고 파는 거요" 허허허 웃던 아빠의 목소리, 농약병이 부딪혀 딸그락거리는 소리, 상품을 포장하는 소리, 손님이 몰고 온 경운기 소리, 경운기에 상품을 실어주는 소리, 비료 포대를 싣고 내리는 소리, "다음에 또 오쇼" 하고 손을 흔들던 엄마의 날아오르던 목소리.

　　농촌 마을로 둘러싸인 지방 소도시, 그것도 버스터미널 바로 앞에 있는 농약사라서 장사는 아주 잘됐다. 지금으로 말하면 역세권 요충지에 커다란 카페나 편의점을 차린 격이랄까. 버스에서 내리자마자 가게가 보였고, 건물 모퉁이에 위치해 이쪽저쪽 시야에도 잘 들어오는 훌륭한 자리였다. 어디서 저런 자리를 구했을까 싶은 곳이었다. 부지런한 농부들은 새벽 첫차를 타고 올라와 우리 나주농약사에서 씨앗과 약품, 농기

구 등을 찾았고, 부모님은 밥 먹다 뛰어나가기 일쑤였다. 나중엔 숫제 계산대에 앉아 삼시 세끼를 해결했다. 손님과 전쟁을 치르듯 바글거리는 일상이었다.

그 시절을 당연히 냄새로도 기억한다. 온종일 농약 냄새에 시달렸으니 잊을 수가 없다. 가게에 방이 두 개 딸렸는데, 각각 떨어진 방이 아니라 기다란 방 하나에 중문을 달아 두 개로 나눈 구조였다. 당시에는 그런 것을 '상하방'이라 불렀다. 그런데 상하방의 '상'에 해당하는 방에는 항상 재고 상품이 쌓여 있어 우리 다섯 식구는 비좁은 '하'에 몰려 잤다. 환기를 생각하면 바깥으로 창이 나 있는 '상'에서 자야 마땅하지만 연탄보일러와 가까워 아랫목이 있는 '하'가 더 따뜻했다. 부모님은 호흡보다 온기 쪽을 택했다. '아래로의 집중'을 결정한 것이다. 그러니 농약 냄새는 24시간 내내 우리 곁을 떠나지 않았고 어떤 옷을 입어도 약품 냄새가 느껴졌다. 처음엔 어지러웠는데 나중엔 중독되었는지 점차 무감각해졌다.

어떤 부모인들 그런 환경에서 아이들을 키우고 싶었을까. 엄마는 수시로 밖에 나가 놀다 오라고 했다. 그것이 나주로 이사와서 생긴 첫 번째 변화다.

그런데 도시에서 노는 것은 시골과 성격이 달랐다. 밖에서 노는 동안 동생들을 돌보는 책임이 생겼기 때문이다. 물론 시골에서도 늘 밖에서 동생들과 놀았지만 거기는 동네 아이들과 뒤섞여 놀다 보면 내 동생 네 동생이 따로 없었다. 신나게 놀다 누구의 손이라도 잡고 돌아오면 그만이었다. 도시는 다른 행성이었다. 한시도 동생들에게서 눈을 떼면 안 되는 곳이었다. 장남으로선 참 피곤한 노릇. 그건 노는 게 아니라 '돌보는 수고'로 다가왔다.

한번은 농약사 근처 공터에서 노는데—아니 돌보고 있는데—막내 여동생이 자꾸 징징거렸다. 뿔이 나서 둘째랑 어느 골목 귀퉁이에 숨었다. 우리 딴에는 아주 잠깐 숨었다고 생각했는데 고개를 내밀고 둘러보니 막내가 없었다. 평소 숨바꼭질하던 택시 사이를 뛰어다니며 샅샅이 살펴도 동생이 보이지 않았다. "못 찾겠다 꾀꼬리, 못 찾겠다 꾀꼬리!" 외쳐도 소용없었다. 눈앞이 빙글빙글 어지러웠다. 동생이 사라졌다는 당혹감도 있었지만 엄마에게 혼날 일이 더 두려웠다. 우리끼리 한참을 찾다 실패하고 저녁 어스름에야 사실을 고백했더니, "뭐? 동생이 없다고? 막둥이가 없다고? 무슨 소리야? 소명이 어딨어!" 난리가 났다.

택시 기사들과 주변 상인까지 총동원되어 수색에 나섰지

만 찾지 못했다. 결국 군청에서 민방위 훈련할 때 사용하는 대형 스피커까지 동원됐다. "남색 셔츠에 하얀 팬티를 입고 있는 세 살짜리 여자 어린이를 찾습니다. 주위에 목격하거나 보호하고 있는 분이 계시면……"

막내는 그리 멀지 않은 어느 가정집에서 발견됐다. 세상이 뒤집힌 것도 모른 채 평온하게 자고 있더란다. 울며 돌아다니는 아이를 어떤 할머니가 보고는 너희 집이 어디냐고 물어도 울기만 해서, 집에 데려가 얼굴 씻기고 옥수수를 간식으로 줬더니 자기 집마냥 마루에 누워 자더라나. 그날 우리 집에선 회초리가 몇 개 부러졌다.

∞

시골에선 정자나무 아래가 아이들 놀이터였다면 도시에선 터미널 대합실이었다. 근처에서 장사하는 가게 집 아이들은 약속하지 않아도 대합실로 모였다. 지금이야 지방 소도시 터미널이 대체로 한적하지만 당시에는 버스와 기차가 양대 교통수단이라 대합실은 항상 붐볐다. 사람 구경, 세상 구경 하기 좋은 곳이었다.

기억에 남는 친구가 둘 있다. 한 녀석은 터미널 바로 앞에서 슈퍼마켓을 하는 집 아들로 키가 컸고, 다른 녀석은 '실비집'이라는 식당의 아들로 키는 작지만 우람했다. 당시 티브이에 한 사람은 키가 크고 한 사람은 키가 작은 남성 연예인 듀오가 큰 인기를 누렸는데 그 애들이 그런 별명으로 불렸다.

터미널 앞 슈퍼는 시골에서 엄마가 운영했던 이름 없는 점빵과는 차원이 달랐다. 면적이 크고, 번듯한 진열대가 갖춰져 있었다. 상품 가짓수도 비교할 수 없을 정도였다. 그건 정말 '슈퍼'였다. 내부에 공간이 모자라 바깥까지 상품을 쌓아두고 있었다. 상호는 기억나지 않지만, 그냥 '터미널 슈퍼'라고 불러도 전혀 어색하지 않은 위치에 있었다.

슈퍼집 아들은 대합실에 올 때 종종 과자를 들고 왔다. 몇 달 전 내 모습이기도 했다. 근방 아이들에게 동경의 대상이었다. 그러다 어느 날은 부라보콘을 하나 들고 왔는데, 아이들이 그 녀석을 에워싸고 "한 입만, 한 입만!" 하면서 난리법석이었다. 녀석이 무언가 미션을 주고 그걸 수행한 아이들에게만 한 귀퉁이 베어 물도록 허락했다. 내게는 뭘 시켰는지 생각나지 않는데, 아마 엉덩이로 이름 쓰거나 허리 숙여 "대장님!" 하고 인사하는, 그 무렵 아이들이 흔히 수행하는 벌칙 가운데 하나였을 것이다. 그런데 마침 근처를 지나던 엄마가 그 모습을 보고 말았다.

"뭐 하는 짓이냐!"

호통 소리가 대합실에 울렸다.

"승복이가 이거 준다고 해서……"

철없이 웃으며 아이스크림을 가리켰다.

호되게 뒤통수를 얻어맞고 질질 끌려 가게로 갔다. 나는 왜 맞는지 몰라 울었고, 엄마는 계산대 한쪽에서 눈물을 훔쳤다. 그날 이후 엄마는 종종 백 원짜리 동전 하나를 내 손에 쥐여주었다.

"무슨 일이 있어도 남에게 얻어먹지는 말아라."

당시 부라보콘 하나 가격이 백 원이었던 것 같다.

실비집 아들은 두 가지 특징으로 기억에 남는다. 하나는 뚱뚱하다는 점인데, 우리가 '돼지'라고 놀려도 바보처럼 웃기만 했다. 그렇게 불리는 것을 오히려 좋아하는 얼굴이었다. 뭐든 주목받길 즐기는 녀석이었다. 다른 하나는 '실비'라는 말의 뜻을 몰라 우리가 '비실비실'이라고 놀렸다는 점인데, 비실비실이라고 하기에 녀석은 너무 뚱뚱했다. '실비'라는 용어가 '실제 비용'의 줄임말이며, 싼 가격에 음식을 판다는 그

런 뜻의 상호가 전국 어디에나 흔하다는 사실은 한참 시간이
흘러서야 알았다.

하루는 실비집 아들이 쥐 한 마리를 상자에 담아 대합실
에 나타났다. 어디서 구했는지 주로 실험용으로 쓰이는 흰 쥐
였다. 늘 시커먼 시궁쥐만 보다가 그런 쥐를 처음 보니 신기
해서 아이들이 잔뜩 몰렸다. 어른들도 쥐가 들어 있는 상자
를 에워싸고 구경했다. 터미널 대합실 한복판에서 녀석은 마
치 서커스 공연단의 사회자라도 되는 양 자신감 넘치는 표정
으로 자신의 똑똑한 쥐에 대해 자랑했다. 지금 어떤 어린이가
버스터미널에서 그러고 있으면 사람들이 휴대폰을 꺼내 사진
과 동영상을 찍기 바빴을 것이다. SNS에 꽤 화제가 되었을 수
도. 실비집 아들은 한 30년 늦게 태어났어야 한다.

돼지의 쥐 서커스는 며칠 계속됐다. 그러나 아이들은 점차
시들해졌고 어른 관객도 크게 줄었다. 어느 날은 실비집 아들
이 쥐를 동반하지 않고 터미널에 왔다.

"쥐는 어딨어?"

녀석의 대답이 우리를 경악케 했다.

"내가 먹었어."

장난이지? 거짓말이지? 계속 물어도 의뭉스레 웃으며 자

기가 먹었다고만 했다. 독특한 녀석이었다.

∞

나주시로 이사하며 변한 것이 여럿 있다.

무엇보다 물리적 시야가 변했다. 시골에서는 툇마루에 서면 낮은 담장 너머로 평야가 펼쳐졌다. 눈앞을 가로막는 것이 거의 없었다. 시야는 논밭을 내달려 신작로에 닿았고, 활주로를 가로질러 건넛마을까지 거침없이 보였다. 도시에서는 문을 열고 나가면 처음으로 보이는 건 벽이었다. 농약사 맞은편은 터미널 건물이었고, 터미널 옆에는 공장이 하나 있었는데 담벼락이 아주 높았다. 우뚝 솟은 굴뚝에서 허연 연기가 뿜어져 나왔다. 농약사 옆으로는 상가가 일렬로 쭉 늘어서 있었다. 좌우로 상하로 모두 막혔다.

시골에서는 장사하는 집이 우리 집 하나였다. 나는 언제나 그것에 우쭐했고, '세상에는 농사짓는 많은 집이 있고, 그 가운데 장사하는 우리 집이 있다'는 우물 안 세계관을 갖고 있었다. 도심 터미널에는 생각지도 못한 다양한 장사의 세계가 존재했다. 이름은 몰라도 실비집 아들, 사진관집 딸이라고 기억하는 여러 아이들이 있었다. 내가 겪은 또 다른 시야의 변화다.

나주에 있는 초등학교로 전학하고 그 다양함의 세계에 더욱 놀랐다. 그때 나주는 시市로 승격하기 전이라 군郡이었는데도 바깥 농촌 아이들과 옷차림부터 사뭇 다르게 보였다. 한편 시골에서는 대다수 아이들이 농사짓는 집 자식이었으므로 부모의 직업을 굳이 물어볼 필요가 없었다. 도시는 달랐다. 특별한 대화 소재가 없으면 "너희 아빠는 뭐 하니?" 하고 묻곤 했다. 아빠가 비료공장에 다닌다는 친구가 있었고, 군청의 무슨 과장 아들이라는 녀석, 교회 목사님 딸, 농기계 정비소 딸, 도자기를 만든다는 공장 아들…… 누군가는 목에 힘을 주며 말했고 누군가는 감추듯 힘없이 대답했다.

그 가운데, 이유를 모르겠지만 선생님조차 대하기를 어려워하는 친구가 있었다. 어른이 어린이를 공손하고 정중하게 대하는 태도를 처음 봐, 나는 그게 굉장히 어색하고 신기하기만 했다. 한번은 그 친구 생일잔치에 초대받았다. 우리 반 아이 가운데 열 명, 다른 반 아이까지 합쳐 스무 명쯤 되었을까. 교문 앞에 모여 출발할 때만 해도 '이렇게 많은 사람이 들어갈 수 있는 집이 있나?' 하고 의아했다. 의문은 곧 풀렸다.

그날 그 집에서 여러 번 놀랐다. 그 시절에 친구네 집에 간다고 하면 대문이나 담벼락 아래에서 "달봉아, 노올자" 하는 식으로 부르는 것이 일반적이었는데, 그 친구의 집은 그럴 필요가 없었다. 초인종이 있었으니까. 키 큰 아이도 까치발을 해야 닿을 수 있는 높이에 까만 버튼이 있었다. 버튼을 누르고 "도균이 있어요?" 하고 묻자 삐- 하는 기계음과 함께 묵직한 철문이 덜컹 열렸다. 집 안에 들어서자 놀랐다. 정원과 연못이 있고 화초가 가득했다. 동화책에서나 보던 풍경. 현관문을 열고 들어가 또 한 번 놀랐다. 널찍한 거실이 있는 것이다! 우리 집 상하방을 합친 것보다 훨씬 큰 거실이었다.

2층짜리 양옥에 방은 대여섯 개쯤 되었을까? 부잣집 아이들이 '자기만의 방'을 갖고 있다는 사실은 알고 있었지만 그날의 하이라이트는 따로 있었다. '장난감 방'이 있는 것이다! 아니 세상에, 장난감만을 위한 방이 따로 있다니, 사람도 자기 방을 갖지 못하는 판국에 생명체가 아닌 존재에게 방을 마련해 주다니…… 내겐 문화적 충격이었다. 하늘색 벽지로 도배된 방에는 자동차와 로봇 장난감이 가득했다. 광주 외삼촌네 문구점을 그대로 옮겨놓은 것만 같았다.

충격은 계속됐다. 드라마에서나 보던 가사도우미의 존재

를 눈으로 직접 확인한 날이었고, 그분에게도 따로 방이 있다는 사실에 또 놀랐다. 과자와 음식이 접시마다 따로 올려져 있는 뷔페식을 처음 경험했고, 뼈에 고기가 붙은 '갈비'라는 달콤한 음식도 그날 처음 먹었다. 아이들은 각자 접시 하나씩 들고 익숙한 것마냥 식사를 즐기는데, 나는 엄지발가락이 삐죽 튀어나온 양말에 신경 쓰느라 한자리에 붙박이처럼 앉아 있었다. "얌전한 아이로구나." 칭찬에 얼굴이 벌게졌다. 그 집 할아버지는 집 안에서도 하얀 와이셔츠에 넥타이를 매고 계셨다.

그날 내가 느낀 충격의 결정판은 따로 있었다. 정작 이 모든 행복의 향유자인 생일의 주인공은 우리의 놀람이나 감탄에도 일절 자랑하거나 뻐기는 태도 없이 그냥 무덤덤하더라는 것이다. 장난감 방에 있는 것들도 마음껏 만지도록 했다. 일본에서 가져왔다는 게임기 하나만 소중히 여겼는데, 그것도 차례를 지켜 이용하기만 당부할 따름이었다.

집에 돌아와 농약 냄새 가득한 상하방에 앉아 밥상머리에서 쉴 새 없이 그날의 일을 떠들었다. 엄마는 티브이에 시선을 고정한 채 조용히 밥알을 오물거렸고, 언제 손님이 올지 몰라 밥그릇을 후딱 비운 아빠가 자리에서 일어나며 말했다.

"의원님 댁에 갔다 왔나 보구만."

그 집은 식탁이었고 우리 집은 밥상이었다.

사람의 일생에는 세 번의 기회가 찾아온다 했던가. 우리 아버지에게도 기회가 세 번 있었던 것 같다. 그중 첫째가 농약사를 했던 때인데, 아버지 나이 서른 무렵이었다. 그러다 망해 사십 대 초반에 다시 일어섰고, 다시 망했다 일어서 보니 오십 대 초반이었다. 10년에 한 번꼴로 부침을 거듭했던 것이다. 톨스토이 선생은 "모든 행복한 가정은 서로 닮았고, 불행한 가정은 제각각 나름으로 불행하다" 했던가. 그렇게 많은 가정이 '닮은' 행복과 '다른' 불행의 꼭짓점 사이를 왕래하기 마련이지만 우리 가족은 상승과 하락의 고도차가 가팔라 그 체감 지수가 컸다.

나주농약사는 아주 잘됐다. 어린 내가 보기에도 장사가 잘됐다. 하루 장사를 마치면 온 식구가 방 안에 둘러앉아 그날 매출을 결산했다. 모든 매출이 현금에서 발생하던 시절이라 금고를 방으로 가져와 뒤집었다. 그 순간이 행복했다. 어린 녀석이 돈맛을 알아 그랬던 것이 아니라 가족이 함께 둘러앉는 모습이 어린 마음에도 포근했다. 바쁘다 보니 손님에게 받은 돈을 금고에 바로 넣지 못하고 쌀 포대 같은 것에 담아두기도 했는데, 십 원, 오십 원, 백 원짜리 동전은 나와 동생들이 분류했고 오백 원 이상 지폐는 부모님이 하나씩 펼쳐 정리했다(당시는 오백 원짜리가 지폐였다. 오백 원 주화는 1982년에 발행됐지만 초기에는 흔치 않았다).

현금 분류를 마치면 그다음은 총계를 낼 차례. 엄마의 암산 속도는 계산기를 두드리는 아빠의 손가락보다 빨라, 언제나 엄마가 먼저 합계를 말하고 뒤이어 아빠가 계산기 화면을 보여줬는데, 일치하면 식구 일동이 박수를 쳤다. 아빠의 손가락이 틀린 적은 있어도 엄마의 머리가 틀린 적은 없었다. 엄마는 '뭘 이쯤이야' 하는 표정으로 어깨를 으쓱했다. 돌아보면 그 시절이 우리 가족의 생애에 가장 행복한 시절이었다. 성공은 너무 빨리 봉우리를 향해 달려갔고, 그만큼 빨리 정상에서 내려왔다.

아빠는 계산은 좀 느릴지 몰라도 무엇이 잘될 것이라는 눈치와 촉각 하나는 빠른 사람이었다. 농약사도 그런 촉각으로 차린 것 같다. 그리고 매출이 꼭짓점에 오른 순간에 성과를 챙겨 빠져나가는 방법 또한 아주 잘 아는 양반이었다.

어느 날 학교를 파하고 가게에 왔더니 아빠가 늘 앉아 있던 자리에 다른 아저씨가 있었다. 흡족한 미소를 지어 보이며 "네가 이 집 큰아들이냐?" 하고 물었다. 그날 이후 나주농약사는 이름은 그대로이면서 우리 농약사가 아니게 되었다. 아빠는 하루아침에 가게를 처분했다. 모르긴 해도 상당한 권리금을 받았을 것이다. 이사도 속전속결로 진행했다. 다섯 식구 이삿짐이 이불 두 채와 식기 몇 가지뿐이었으니 굳이 트럭을 부를 이유조차 없었다. 택시 뒷좌석에 나란히 앉은 삼 남매를 돌아보며 엄마가 눈물을 글썽였다.

"이제 농약 냄새 맡지 않아도 된단다."

홀가분히 해방된 표정이었다. 그날 이후 우리 남매는 정말로 농약 냄새를 맡지 않게 되었다.

택시를 타고 새로운 동네에 도착했다. 골목 양쪽으로 오래된 집이 늘어서 있고 막다른 곳에 하늘색 양옥 지붕이 보였는데 '설마 저 집?'이라고 생각하는 집 앞에 엄마가 멈췄다. 겉모습만 보아도 으리으리했지만 내가 뛸 듯이 기뻤던 이유는 따로 있었다. 초인종, 초인종이 있는 것이다! 하지만 흥분도 잠시. 눌러도 소리가 나지 않았다. 고장이 났는지 빨간 버튼을 아무리 눌러도 반응이 없었다. 우리 가족이 완벽한 초인종을 갖게 되기까지는 그로부터 2년의 시간이 더 필요했다.

새집에 들어서자 놀람이 이어졌다. 거실이 있다! 복도가 있다! 주방이 있다! 화장실이 '집 안에' 있다! 식탁이 있다! 무엇보다 복도의 존재에 놀랐다. 거실에서 주방에 가려면 복도를 통과해야 했다. 우리가 이런 집에 살게 되었다는 사실에 놀랐다. 친구들에게 자랑했다. "우리 집엔 복도가 있단다, 아주 기-다란 복도가 있단다!" 그래봤자 길이가 채 3미터도 되지 않는, 복도라고 할 수도 없는 복도였지만.

그리고 내 방이 생겼다. 남동생과 함께 사용하긴 했지만 반쪽짜리 상하방에서 다섯 식구가 복작이다가 상하방의 '상'보다 더 큰 '형제의 방'을 갖게 되었다는 사실만으로도 내겐 혁명적 변화였다. 그 방에 빨리 친구들을 불러오고 싶어 몸이 달 지경이었다. 창문을 열면 푸른 산이 내다보이는 풍경보다 그것이 더 중요했다.

그런데 엄마 아빠는 그 집에 거의 붙어 있지 않았다. 농약사를 그만둔 뒤로도 엄마는 뭐가 그리 바쁜지 식탁 위에 밥만 차려놓고 어디론가 나갔고, 더구나 아빠는 한동안 얼굴조차 보이지 않았다. 막내도 데리고 갔기 때문에 나랑 남동생이 집을 지키는 날이 많았는데, 그렇게 큰 집에 둘만 있으려니 무섭기까지 했다. 밤이 되면 집 근처 금성산에서 뻐꾸기 울음소리가 서글프게 들렸다.

초인종이 눌리지 않는 그 집에는 별채가 하나 딸려 있었다. 별채라기보다는 거실에 붙은 방 하나를 막아 별도의 집처럼 분리해 놓은 형태였는데 거기에 한 가족이 살았다. 다른 가족과는 한 지붕 아래 살아본 적이 없어 신기하기도 하고 반갑기도 했다.

그 식구는 원래 안채에 살다가 무슨 이유에선지 안채를 우리에게 내주고 별채로 집을 옮겼다. 또 무슨 이유에선지 그 집 부모도 항상 집을 비웠다. 그러다 보니 우리 형제와 별채 아이들은 서로가 서로를 필요로 하게 되었고, 온종일 붙어 지내다시피 했다. 우리 형제가 그 집을 "우리 집"이라 부르면 별채 남매가 "아냐, 우리 집이야!" 하고 옥신각신하는 것만 빼놓고는 모든 것이 평화로웠다. 그 집 맏이가 나보다 서너 살 많아 힘에 의한 평화가 유지됐다.

별채는 나주농약사 상하방 정도 크기였다. 거기서 처음 접한 놀이가 있다. 주사위를 굴려 이름도 처음 들어본 낯선 도시를 돌아다니며 호텔이나 빌딩, 별장을 마구 짓고 돈을 왕창 벌어야 하는 게임이었다. 분명 똑같은 자본금을 갖고 출발했는데 나는 세계를 몇 바퀴 돌다 재산을 탕진하기 일쑤였고, 마지막은 항상 내 동생과 별채 막내가 양분하는 세상으로 마감되었다. 우리는 작은 방에 둘러앉아 매일 수많은 집과 땅을 사고팔며 놀았지만 정작 우리가 함께 노는 이 집을 누구 집이라고 불러야 하는지에 대해서는 확정 짓지 못했다. 별채 맏이가 중학교에 들어가고 내가 아이들 사이에서 대장이 되면서 지붕 아래 힘의 균형은 우리 집 쪽으로 기울었다.

초등학교 5학년 여름방학이 시작된 날이다. 집에 돌아와보니 골목 앞에 트럭이 있었다. 엄마는 방학을 맞이한 나보다 기쁜 표정으로 얼른 앞자리에 타라고 했다. 어디로 가는 것일까. 엉덩이가 아플 정도로 쿵쾅거리며 비포장도로를 한참 달려 도착한 곳에는 비닐하우스 수십 동이 즐비하게 늘어서 있었다. 비닐이 햇빛을 반사해 반짝이는 모습이 장관이었다. 밀짚모자를 눌러쓴 아저씨가 그중 한 곳에서 문을 열고 나오며 우리를 반겼다.

"여어, 어서 오니라."

검게 그은 얼굴이었지만, 아빠였다.

농약사를 처분한 돈으로 부모님은 고추농장을 샀다.

나주군 봉황면에 위치한 부모님의 고추농장에서는 여름방학 한 달 동안 온 가족이 함께 지냈다. 학창 시절을 통틀어 가장 신나는 여름방학이었다.

집은 따로 없었다. 비닐하우스 한 개 동을 집처럼 사용했다. 신기하게도 거기서 지내는 동안 엄마는 한 번도 공부하라는 말을 하지 않았다. 방학 때마다 귀에 딱지가 앉도록 읊던 "숙제부터 끝내고 놀아라" 하는 설교조차 없었다. 다음 학기가 시작하자마자 광주로 전학할 예정이었으니 굳이 숙제할 필요가 없었던 것이다. 엄마 나름대로 우리에게 충분한 휴식의 시간을 주고 싶었는지도 모르겠다. 당시 초등학생이라면 누구나 방학 숙제로 풀던 「탐구생활」 학습장마저 집어 던지고 나만의 탐구생활을 즐겼다. 해가 중천에 뜰 때까지 잠을 자면 인간은 어떻게 되는지 탐구했고, 하루 종일 산과 들을 뛰어다니며 온갖 탐구를 거듭하다가 날이 완전히 어둑해져서야 돌아왔다. 엄마는 뱀 조심하라는 말밖엔 하지 않았다.

고추농장 규모는 상당히 컸다. 비닐하우스가 스무 동이 넘었는데, 근처 다른 밭까지 전부 우리 집 소유라서 한 바퀴를 돌아도 한참이 걸렸다. 산골에 위치한 농장이라서 주위를 둘러봐도 민가가 거의 보이지 않았다. 하우스에서 일하는 많은 인부들이 대체 어디서 오는 사람들인지 신기할 따름이었다. 그분들이 나를 도련님처럼 대해줘서 그게 또 신기하고 으쓱해졌다. 새벽에 경운기나 트럭을 타고 인부들이 올 때면 함께 따라오는 아이들이 몇 있었다. 모두 나보다 어려서 내가 언제나 대장 노릇을 했다. 그 맛이 또 좋았다. 아이들을 잘 돌본다고 아빠가 칭찬해 주니 인부들이 아이들 몇 명을 더 데려왔는데, 내가 장군 역할을 맡아 이끄는 전쟁놀이에 참여하는 부하들 숫자도 그만큼 늘어나게 되었다.

농장 뒤편에 저수지가 있었고, 저수지 너머에 작은 동네가 하나 있었다. 그 동네 아이들이 가끔 농장을 구경하러 오곤 했다. 당시만 해도 비닐하우스라는 재배 양식이 그리 흔치는 않았다. 수업 시간에 비닐하우스가 첨단 농법이라도 되는 양, '조국 근대화의 상징'이라고 내세울 정도였으니까. 그런 비닐하우스가 수십 동 늘어선 광경은 작은 구경거리가 될 법도 하였다. 나는 부하들을 시켜 농장 뒤편에 참호를 파고 어설픈 망루를 세웠다. 저수지 동네 아이들이 다가오면 "여기서부터 우리 땅"이라고 물러나도록 했다. 주위를 둘러싼 산 몇 개를 가리키며 "저것도 다 우리 아빠 거"라고 허풍을 떨었다. 그럴 때면 내 뒤에 있는 부하들이 '그럼 그럼' 하는 표정으로 고개를 끄덕였다. 침략군이 순순히 물러났던 이유는 '참 어이가 없어서'였을 것이다.

농촌은 역시 심심할 틈이 없는 곳이다. 오전에는 삘기 풀을 뜯으며 놀다가, 점심 먹고는 여름내 호시탐탐 노리던 말벌 집을 구경하러 갔다. 산딸기 찾으러 산속 깊은 곳까지 들어가 보기도 하고, 저수지 물가에서 올챙이와 물방개를 잡았다. 밤에는 손전등을 챙겨 들판으로 나갔다. 풀밭에 누워 까만 하늘을 향해 깜박깜박, 손전등 불빛을 흔들었다. UFO를 타고 지나가는 외계인들에게 보내는 우리만의 접속 신호였다. "여기요, 여기! 여기를 봐주세요!" 신호를 보고 E.T.가 찾아올 것이라 믿었다. 풀숲에 바람이 스치는 소리만 들려도 혹시 E.T. 아닌가 싶어 친절한 눈빛으로 주위를 살폈다. 그 무렵 밤하늘엔 언제나 별이 가득했다. 사선을 그리며 별똥별이 떨어지곤 했다. 처음엔 별똥별을 볼 때마다 소원을 빌었는데, 며칠 지나니 너무 많은 추락을 만나 그것도 식상해졌다. 더 이상 떠올릴 소원조차 없었다. 그럼에도 별똥별이 주는 기도의 기회를 마냥 버릴 수는 없어, 그저 E.T.를 만나게 해달라는 소원만 반복해서 빌었다.

혜성 같은 방학을 마치고 우리가 돌아간 곳은 나주가 아니라 광주였다. 거기서 살게 된 집은 누구에게든 "여기가 바로 우리 집!"이라고 자신 있게 말할 수 있는 집이었다. 대문 옆에 빨간 버튼을 누르면 딩동- 하고 경쾌한 벨소리가 울렸다. E.T.를 만나지 못한 것만 빼고 모든 것이 완벽한 시절이었다. 1984년이었다. 조지 오웰이 마치 절망의 시대가 펼쳐질 것처럼 걱정했던 미래의 그해, 1984년.

∞

왜 하필 고추였을까. 부모님이 농약사를 운영할 때 얻은 어떤 '정보'에 뿌리를 두지 않았을까 싶다.

고추농사로 부모님은 꽤 큰 돈을 벌었다. 얼마를 벌었는지는 모르겠지만 그걸로 광주에 상가 딸린 이층집을 살 수 있을 정도였으니 적지 않은 수입을 얻은 것은 분명하다. 농약사를 처분해 고추농장을 짓고, 거기서 나온 고추를 팔아 집과 가게를 샀다. 달걀을 부화시켜 닭으로 키우고 닭을 여러 마리 키워 돼지를 구입한 셈인데, 고추는 일본으로 전량 수출했다고 들었다. 수출의 '수' 자도 모르는 우리 부모님이 어떻게 수출까지 하게 되었을까. 어떤 경로로 그런 것들을 알았을까. 역시 농약사를 운영할 때 얻은 특별한 정보 덕택이었을 것이라 추측한다.

돌아보면 1980년대는 '뭘 해도 되는' 시기이기는 했다. 1980년대 중반은 더욱 그랬다. 나중에 대학 엠티에서 밤새 술잔 기울이며 선후배들의 인생 역정을 듣다 보면, 이런저런 가정사의 굴곡은 있었지만 1980년대에 먹고사는 문제로 고충을 겪었다는 사람은 그리 만나보지 못했다. 자영업자의 자식들은 더욱 그랬다. 쿠데타로 집권한 세력이 나라 살림을 잘해서 그랬다는 말은 아니다. 시대 자체가 그랬다. 경쟁이 그리 치열하지 않았고, 경기가 호황이니 뭘 내다 팔아도 잘 팔렸다. 세상이 아직 극단으로 고착되지 않았고, 기회의 사다리가 남아 있던 시절이었다.

언젠가 아버지가 그랬다.

"그때는 뭐, 농약 냄새 폴폴 풍기는 데서 살아도 하루하루 달라지는 것이 눈에 보이니께 살아가는 재미가 있었제."

부모님이 고추농사를 짓기 시작한 1983년, 우리나라 경제

성장률은 13.2퍼센트였다. 그해는 경제성장률이 물가상승률을 앞지른 기록적인 해였고, 세계 경제와 우리 경제를 비교했을 때 성장률에서 가장 큰 우위를 점한 해이기도 했다. 이듬해인 1984년에는 10.4퍼센트, 1985년에는 7.7퍼센트로 약간 주춤하긴 했지만 1986년부터 1988년까지 우리나라는 11~12퍼센트 성장을 이어갔다.

말이 쉽지 한 나라의 경제가 해마다 10퍼센트 성장을 이어간다는 것은 실로 엄청난 일이다. 경제성장률이란 일종의 복리 계산법과 같아, 올해 10퍼센트 성장했으면 다음 해에는 110에서 다시 10퍼센트가 늘어나는 격이다. 그렇게 7, 8년이 지나면 기존 덩치의 두 배가 된다. 물론 그렇다고 국민의 삶이 두 배 나아졌을 리는 없지만, 경제 규모가 두 배 커졌다는 것은 기회 요소가 그만큼 많아졌다는 뜻이기도 하다. 부모님은 시대의 파도 위에 잘 올라탔던 것이다.

한편으로, 경제 규모가 커지면 사람들의 의식 구조도 달라지기 마련이다. 1980년의 한국인과 1987년의 한국인은 전혀 다른 인간이었다. 그러한 변화의 결과는 우리 가족의 삶 속에도 고스란히 녹아들었다.

사람들은 농촌에서 도시로, 도시에서 더 큰 도시로, 황금이 넘친다는 도시로, 자꾸 올라갔다. 우리 가족 또한 그랬다. 1984년 9월에 나는 광주 시민이 되었다. 그 무렵 농촌은 학생이 줄어드는 현상이 나타나기 시작했지만 도시는 오전-오후반으로 나누어 2부제 수업을 해야 할 정도로 학생 수가 폭발했다.

∞

농약사와 고추농장에서의 몇 년은 우리 가족의 역사에 폭발적 성장기였다. 성공의 봉우리에 오른 우리 집은 더 큰 도시로 이사했고, 그 집은 초인종이 제대로 눌리는 집이었다.

광주로 이사하고 변화가 하나 생겼다. 남의 집 초인종을 누르고 낄낄거리며 도망가던 나와 동생의 개구쟁이 장난질이 멈춘 것이다. 꼬마들에게는 장난이지만 그 집에 사는 사람에게는 얼마나 피곤한 일인지, 초인종이 제대로 눌리는 집에 살면서 우리도 깨달았기 때문이다.

그 시절 사람들은 왜 그리 초인종이 달린 집에 살고 싶었던 것일까. 부를 일구었다는 성과의 상징이기도 하고, 이제 우리는 아무 때나 부를 수 있는 사람이 아니라는 분리의 표식 아니었을까 싶다. 담을 높이고, 초인종을 달고, 인터폰을 통해 "누구세요?" 하고 물으면서, 선택적으로 문을 열어주는 사람이 되는 것이다.

나주농약사 시절을 생각하면 자꾸 떠오르는 것은 밥을 먹다가도 손님이 오면 뛰어나가던 엄마 아빠의 모습이다. 장사꾼으로서 마땅히 그래야 하는 일이고, 장사가 잘되니 행복한 일이기도 했지만, 식사를 평온하게 마치지 못하고 늘 어수선했다. 그러다 끼니를 거르기 일쑤였다. 공깃밥에 물 말아 그릇째 계산대 위에 올려놓고 김칫국 끼얹어 후루룩 마시듯 때우는 끼니 또한 적지 않았다. 방해받지 않고 느긋하게 식사할 수 있는 여유는 얼마나 소중한 자유인가. 차갑게 식은 밥을 먹으면서 식탁이 있는 집, 초인종이 달린 집에 살고 싶다는 욕망 또한 키웠으리라. 부모님의 바람은 우리들의 소원과 크게 다르지 않았고, 우리는 그것을 이루었다. 누구에게나 욕망이 꿈틀거리던 시대였다.

해는 1985년으로 넘어가고 있었다. 추석 날 할머니 집에 가려고 새로 산 옷을 갈아입고 있는데 올해 양곡 생산이 건국 이래 최대라는 뉴스 보도가 티브이에 나왔다. "대풍년이 들었습니다. 나라에 감사합니다." 국어책을 읽듯 또박또박 말하던 농부의 목소리가 유난히 기억에 남는다. 1986년 서울아시안 게임을 앞두고 나라 전체가 들썩이던 시절이었다. 모두가 '손님맞이'로 분주했다. 돌아보면 그때는 "나라의 손님"이라는 표현도 흔히 사용했던 것 같다. 나라의 손님을 곧 내 손님이라 여기기도 했다. 혹시라도 외국인 앞에 서면 나 또한 국가의 대표로서 분별 있게 행동해야 한다는 사명감에 불타던 시대였다.

터미널 슈퍼도, 실비집도, 나주농약사도, 손님으로 들썩이던 시절이었다. 국가 역시 손님맞이로 바빴다. 나와 가족과 국가를 한 몸으로 생각하라는 '대가족' 시대의 최고봉이었고, 그 봉우리의 맞은편에서는 또 다른 시대가 출발을 준비하고 있었다.

나주농약사 자리에는 지금 병원이 들어서 있다. 실비집 자리에는 카페가 생겼다. 생각해 보니 별채 남매와는 작별 인사도 없이 헤어졌다.

03.

바람이 지나는 길목

— 비상에 대하여

소
망
분
식

1

1986 ~ 1987

엄마는 비밀로 가득한 인물이다. 풀어도 풀어도 알 수 없는 비밀이 쏟아져 나왔다.

　첫째, 우리 엄마는 젊다. 나랑 스무 살 차이가 난다. 그때는 지금보다 일찍 결혼했다지만 그럼에도 엄마는 빨랐다. 나이를 헤아려보면, 스스로 결혼을 결정할 수 있는 나이가 되니 곧바로 결혼하고 나를 낳았다는 계산이 나온다.

　그래서 엄마가 학교에 오면 친구들은 누나나 이모가 온 줄로 알았다. 엄마는 가게에서는 평범한 장사꾼 차림이지만 학교에 올 때는 하나뿐인 정장을 꺼내 입고 예쁘게 화장도 했다. 내가 중학교에 갈 때까지 엄마는 허리까지 닿는 생머리여서 많은 사람들 사이에서도 눈에 띄었다. 친구들이 "야, 너희 엄마 진짜 예쁘다" 할 정도였다. 다른 엄마보다 젊고 예쁘니 엉뚱한 상상마저 했더랬다. 우리 엄마는 진짜 엄마가 아닌 것 아닐까. 나는 외계인이 지구에 잠시 맡겨놓은 생명체 아닐까. 저 엄마가 내 엄마일 리 없어.

엄마의 비밀, 둘째. 나는 외갓집이라는 곳을 가본 적이 없다. 방학이나 명절을 앞두고 친구들은 외갓집에 간다고 자랑하는데 나는 시골 할머니 댁 말고는 선택의 여지가 없었다. 내가 "외삼촌" 또는 "이모"라고 부르는 분들이 있었지만 모두 엄마의 외사촌이었다. 광주에서 문구점을 하는 외삼촌도 알고 보니 엄마의 이모의 아들. 내게는 외가의 외가인 격이라 정확히 어떤 호칭으로 불러야 하는지 알 수도 없는, 거리가 먼 친척이다. 엄마는 위로 언니가 한 명, 아래로 남동생이 한 명 있다는데 나는 지금껏 엄마의 남동생, 그러니까 '진짜' 외삼촌을 만난 적이 없다.

외할머니는 일찍 돌아가셨다고 했다. 그래서 엄마는 엄마의 외갓집에서 자랐다. 이모와 삼촌도 각기 다른 도시, 다른 집에서 자랐다고 한다. "엄마가 돌아가시면 아빠랑 살면 되는 거 아니에요? 왜 다들 흩어져 살았어요?" 엄마에게 물은 적 있는데, 알 수 없는 표정을 지으며 입꼬리를 비쭉였다. 금방이라도 눈물을 쏟을 듯한 눈망울이 되었다. 엄마를 슬프게 만드는 것 같아 더 이상 묻지 않았다.

외갓집이라 부를 수 있는 곳을 딱 한 번 '본' 적은 있다. 초등학교 4학년 때였다. 부모님이 농약사를 그만두고 고추 농사를 짓던 첫해, 방학이 시작되자 엄마는 나랑 남동생을 데리고 고속버스에 올랐다. 전라북도 정읍에 도착했다. 거기는 전에도 몇 번 가본 적 있었다. 터미널 근처에서 외삼촌(엄마의 사촌오빠)이 정육점을 운영하고 있었다. 그곳에 가면 고기를 실컷 먹을 수 있어 행복했는데, 정육점에 도착하자마자 엄마는 다른 갈 곳이 있다며 나랑 동생을 다시 이끌고 나갔다. 엄마와 외삼촌 모두 비장한 표정이었다. 한 번은 겪어내겠다는 각오의 눈빛을 그날 처음 알았다.

정읍 터미널에서 그리 멀지 않은 곳에 있는 어느 낯선 집 앞에 도착했다. "계세요?" 하고 부르니 중절모를 눌러쓴 할아버지가 대문을 열고 나왔다. 엄마를 보더니 눈을 크게 떴다. 엄마가 딱딱한 목소리로 말했다.

"너희 외할아버지다. 인사드려라."

외할아버지라니…… 한 번도 입에 올려보지 못한 호칭이

었다. 미리 약속이 되어 있지 않았던 건지 할아버지는 조금 당황한 표정이었다.

"애가 첫째냐? 애는 둘째냐?"

감정이 그리 묻어나지 않는 물음이 인사의 전부였다. 더욱이 셋째가 있다는 사실은 모르는 것 같았다. 대문 앞에서 잠깐 그러는 상황이 나는 좀 어색하기도 하고 놀랍기도 했는데, 할아버지는 바쁜 일이 있다며 이내 등을 돌렸다. 엄마는 그럴 줄 알았다는 듯 우리 손을 잡고 돌아섰다. 횡, 찬바람이 일었다. 이게 외할아버지와 우리 형제의 유일한 만남이다. 들어가 보지도 못했던 외갓집 풍경이다. 이러려면 여길 왜 데려왔나 싶었다. 엄마의 깊은 곳에 있는 어떤 것을 건드리면 안 되겠구나 하는 생각도 그때 더욱 굳었다. 엄마의 비밀은 마음속 지층에 화석이 되었다.

∞

엄마의 비밀, 셋째. 엄마는 천재였다. 아니, 천재다.

광주로 이사해 나와 동생은 광주계림초등학교에 전학했다. 우리 집이 계림동과 풍향동 경계선에 있긴 했지만 어쨌든 주소는 풍향동이다. 풍향초등학교로 전학하는 것이 맞고, 거리로 보아도 풍향초등학교가 가깝다. 그런데 엄마는 기어이 우리를 계림초등학교에 보냈는데, 이유는 단 하나, 엄마가 졸업한 초등학교였기 때문이다.

우리 집엔 엄마의 초등학교 시절 성적표가 고스란히 남아 있었다. 옛날 '생활통지표'라고 부르던 그 문서에는 학과 성적은 물론 담임선생님이 평가한 품행까지 손글씨로 기록되어 있었다. 엄마는 전 과목 성적이 '수'였다. 초등학교 1학년부터 6학년 때까지 모든 과목이 '수'였다. 어떻게 이런 성적표가 있을 수 있을까. 진짜가 맞나? 앞뒤로 몇 번 뒤적이며 살폈던 적도 있다. 행동발달사항에 적힌 담임선생님의 평가를 보면 "대단히 훌륭합니다. 집중력이 뛰어나고 통솔력이 있습니다. 장래가 촉망됩니다." 칭찬 일색이었다. 학생에 대한 애정이 드러나는 문구로 가득했다. 그뿐 아니다. 엄마는 초등학교 6학년 때 전교 어린이회 회장이었다. 이른바 백 있고 돈 있고 공부 잘하는 삼박자를 모두 갖춰야 될 수 있다는 어린이 회장님 자리를 엄마는 엄마 아빠도 없이 자라면서 차지한 것이다(당시 어린이회 간부는 각 학급 반장들이 투표로 선출했는데, 학교 측에서 미리 지명한 학생이 뽑히는 요식 행위에 가까웠다).

"엄마는 학교 다닐 때 공부 잘했단다." "너는 도대체 누굴 닮아 이러니?" 그 시절 부모들은 이렇게 질책하곤 했다는데 우리 집에선 그럴 필요 없었다. 명백한 '증거'가 있었으니까. 엄마는 왕년에 공부 잘했다는 자랑을 입으로 하지 않았다. 대신 성적표를 가족 앨범 사이에 끼워놓고, 그 앨범을 집에서 가장 잘 보이는 곳에 항상 놓아두었다.

엄마는 기억력이 비상했다. 계산도 아주 빨랐다. 대학에 진학할 형편이 되지 않아—당연히 그랬을 것이다—상업고등학교에 진학했다는데 그 또한 당연한 선택이었을 것이다. 당시에는 상고를 나와도 은행에 취직할 수 있던 시절이었으니까. 그래서 엄마는 주산과 암산에 능했다. 장사를 하면서 엄마가 셈이 틀린 것을 본 적이 없다. 손님이 여러 상품을 구입해도 한번 쓱 훑어보고는 얼마라고 말해 사람들이 혀를 내두를 정도였다. 단골손님 이름은 물론 사는 곳, 전화번호, 외상 내력까지 줄줄 외웠다. 걸어 다니는 백과사전이 아니라 걸어 다니는 장부帳簿였다.

엄마는 외계인이었다. 나는 외계인이 지구에 왔다가 하릴없이 낳아버린 자식 같았다. E.T.는 멀리 있지 않았다. 밤하늘에 애써 손전등 불빛을 깜박일 필요가 없었던 것이다.

광주로 이사해 우리 가족이 살게 될 동네가 '풍향동'이라는 사실을 알았을 때, 나는 동네 이름이 참 좋다는 생각부터 했더랬다. 바람 풍風 자에 고을 향鄕 자를 쓰는 풍향인 줄 알았으니까. 그 '향'이 향기 향香이어서 바람의 향기이든, 울림 향響이어서 바람의 울림이든, 바람에 붙는 모든 것은 그럴듯하다 여겼다. 그 '풍'이 바람 풍이 아니라고는 의심조차 해보지 않았다.

왜 풍향동이었을까. 엄마는 왜 자신의 외갓집이 있는 계림동이 아니라 풍향동으로 이사하자고 했을까.

엄마는 '보여주고' 싶었던 것 같다. 일가친척들 앞에 자기가 이렇게 성공했노라고 자랑하고 싶었던 것 같다. 자수성가한 모습을 드러내고 싶었던 것이다. 그렇다면 계림동은 너무 가깝고, 혹은 지나치게 직설적이고, 바로 옆에 있는 풍향동이 지긋이 보여주며 왕래하기 적절한 거리 아니었을까. 고추농장을 처분한 돈으로 계림동에서 그리 멀지도 가깝지도 않은 동네를 이리저리 둘러보니 붉은 지붕의 그 집이 눈에 들어왔으리라. 내막이 어찌 되었건 우리 집은 내가 '바람 풍'으로 시작한다고 믿는 풍향동에 자리 잡았다.

풍향동 집은 우리 가족이 처음으로 살아본, 초인종이 제대로 눌리는 집이었다. 게다가 이층집이었다.

이사하던 날, 가족사史 최초로 트럭을 대절해 이삿짐을 날랐다. 검은 옻칠을 한 자개장롱이 우리보다 먼저 도착해 번쩍번쩍, 안방 한쪽 벽면을 이미 차지하고 있었다. 장롱을 바라보는 엄마의 눈망울은 자랑으로 반짝였다(엄마는 40년 가까운 세월이 흐른 지금까지 그 장롱을 사용하고 계신다). 티브이, 냉장고, 세탁기, 전자레인지, 비디오 플레이어, 전축, 무선전화기…… '이게 정말 우리 집 물건이야?' 하는 것들이 무수히 배달되어 들어왔다. 가구와 가전제품을 설치하는 사람들이 엄마를 "사모님"이라고 불렀다.

신분이 급상승하는 느낌이었다. 티브이 드라마에서 보던 '회장님 댁' 같은 곳에 우리가 살게 된 것이다. 그렇다고 연못과 정원을 갖춘 그 옛날 친구네 집에 비할 바는 아니지만, 그간 우리 가족이 겪은 고생이 얼마쯤 보상받는 느낌이었다. 어린 내 마음이 그랬으니 엄마의 마음은 과연 어땠을까. 감히 가늠조차 되지 않는다. 앞으로 우리 가족에게 닥칠 일에 대해서도, 그때는 상상하지 못했다.

이삿짐 트럭에서 내리니 대문 옆에 초인종이 두 개 있었다. 위층, 아래층. "위층까지 우리 집이야?" 엄마는 그렇다고 말하며 흡족한 듯 고개를 끄덕였다. "다 눌러봐도 돼."

딩동, 딩동, 딩-동.

그 집에서 좋았던 것은 초인종뿐만이 아니었다. 동생이랑 같이 사용하긴 하지만 번듯한 우리 방이 있었다. 무엇보다 책상이 두 개였다! 동생 것, 내 것. 이젠 책상에 서로 앉겠다고 싸울 필요 없었다. 방에는 큼직한 책장도 하나 있었다. 아동용 세계문학전집과 백과사전이 지금껏 너희의 손길을 기다렸다는 듯 포장도 뜯기지 않은 채 대기하고 있었다. 『소공자』, 『소공녀』, 『로빈슨 크루소』, 『에디슨』, 『파브르 곤충기』…… 책장에 순서대로 책을 꽂아 넣으며 마음은 어느새 수백 권의 책을 읽은 기분이었다.

이삿짐을 옮기느라 인부들은 분주히 안팎을 오갔다. 동생들과 나는 위아래 층을 오르내리며 시간 가는 줄 몰랐다. 어수선하게 무슨 짓이냐는 엄마의 꾸지람에도 날아오르는 흥이 담겨 있었다. 풍향동 집 1층과 2층을 왕래하려면 두 가지 방법이 있었다. 하나는 1층 거실의 내부 계단을 통해 오가는 방법, 다른 하나는 바깥에 있는 시멘트 계단을 통해 곧장 2층으로 가는 방법이었다. 우리 형제는 미끈한 내부 계단이 신기하고 좋았다. 적당히 세월을 견딘 목재의 감촉이 보드랍고 고풍스러웠다. 나중에 그곳이 어떻게 활용될는지도 모른 채.

∞

광주로 이사하고 아빠가 무슨 일을 했는지 나는 전혀 모른다. 다만 굉장히 바빴던 것 같기는 하다. 집에 들어오는 날보다 들어오지 않은 날이 더 많았으니까. 나중에 엄마는 그 시절을 회고하며 "너희 아빠가 했던 일을 종이에 적어보니 16절지 한 장이 가득 찰 정도인데, 도대체 맥락이 없더라"라고 말한 적 있다. 그 일이 복잡하고 난해해 아빠가 무슨 일을 하는지 몰랐던 것이 아니라, 도대체 이 일을 왜 하는지 모를 일들을 자꾸 하셨던 것 같다. 과녁을 잃어버린 화살은 종종 그렇게 날아간다.

복잡하고 난해한 아빠가 모든 재산을 잃어버리는 데 걸린 시간은 간단하고 수월하게 1년이 채 걸리지 않았다.

엄마를 생각하고, 또 아빠를 생각한다. 언젠가 직장에 다닐 때 후배가 이런 말을 했던 적이 있다. "가끔은 특정 시기 우리 부모님 나이와 그 무렵 내가 했던 일들을 비교해 보곤 해요. 그러면 많은 것들이 다른 각도에서 보이더라고요." 제법 그럴 듯한 말이다. 헤아려보니 아빠가 시골 농사일을 뒤로하고 도망치듯 도시로 올라와 농약사를 차렸던 때가 만 스물여덟이다. 스물여덟에 나는 뭘 했던가. 아빠는 2년 사이 벼락같이 돈을 벌었고, 그렇게 마련한 종잣돈으로 큰 규모의 농장을 꾸렸다. 거기서 다시 돈을 벌어 광주에 집과 상가를 샀다. 아빠 나이 서른셋. 서른셋에 나는 뭘 했더라? 삼십 대 초반에 오롯이 자기 힘으로 내 집 마련에 성공하고 상가 주인까지 됐다면 과연 어떤 기분일까? 당시 우리나라가 아무리 고속성장을 하는 시대였다지만 그에 비해서도 아빠는 초고속 성장을 이루었던 셈이다. 얼마나 으쓱했을까. 어찌나 황홀했을까. 아빠를 생각하고, 다시 엄마를 생각한다. 그때 내 나이를 견주어본다.

아빠는 갈수록 이상해졌다. 풍향동 집을 얻고 1년쯤 지난 어느 날, 학교를 파하고 돌아와 보니 마당에 오토바이 한 대가 세워져 있었다. 고운 융털이 돋은 헝겊으로 아빠가 부지런히 그것을 닦고 있었다. "봐라. 이것이 미국 오토바이여! 어찌냐? 폼 나제?" 아빠는 가죽점퍼에 긴 부츠 차림이었고, 목소리는 오토바이를 타고 하늘이라도 날아갈 것처럼 들떠 있었다. 허리를 곧게 펴고 앉아서 타는, 덩치 큰 오토바이였다. 배기통이 은빛으로 번쩍거렸다. 세상이 모두 내 것이라는 듯, 천둥 같은 엔진 소리를 으르렁거리며 아빠는 골목을 빠져나갔다. 돌아보며 손가락으로 브이 자를 만들어 보였던 것이 기억에 남는다. 철부지 승리자의 미소가 과연 그러하지 않았을까.

사고 소식은 새벽이었다. 엄마의 얕은 비명, 전화기를 집어던지듯 내려놓고 달려 나가던 차가운 바람의 감촉이 어제 일처럼 또렷하다. 비몽사몽 잠결에도 뭔가 큰일이 벌어졌다는 것을 직감할 수 있었다. 아빠는 몇 차례 큰 수술을 치렀다. 곧 죽을 수도 있으니 마음의 준비를 단단히 하라고 의사가 통보했다고, 소식을 듣고 달려온 친척들 앞에서 엄마는 망연자실한 채로 말했다. 불행 중 다행으로 아빠는 중환자실로 옮겨졌다. 엄마는 몇 개월간 병원에 살다시피 했다. 집에 들어오면 옷가지 몇 개만 챙겨 다시 뛰어 나갔다. 우리 남매는 집에서 매일 라면을 끓여 먹으며 지냈다. 하루아침에 달라진 운명이었다.

사경을 헤매다 간신히 살아난 아빠가 퇴원해 돌아온 곳은 번듯한 우리 집 안방이 아니라 상가에 딸린 단칸방이었다. 의료보험이 변변치 않던 시절이라 집안에 누가 크게 아프기라도 하면 가계가 훌렁 무너지던 시절이었다. 그래도 우리에겐 다행히 집이 있었고, 병원비를 마련하기 위해 엄마는 집을 내놓았다. 다른 사람에게 전세를 주고 우리는 상가에 딸린 방으로 옮겼다. 풍향동 집은 요즘 말로 '깡통 전세'가 된 셈이다. 병원비를 마련하느라 집을 담보로 여기저기서 돈을 빌렸고 전세보증금도 몽땅 병원비에 들어갔으니 세입자가 갑자기 나가겠다고 하면 전세금을 돌려줄 방법이 마땅치 않았다.

그때 엄마는 제정신이 아닌 사람 같았다. 살아남아야 한다는 억척스러움만 남아 있는 사람 같았다. 그러지 않아도 억척스러운 엄마가 인내의 정점을 향해 달려가는 순간이었다.

집에 돌아와서도 아빠는 온종일 누워만 있었다. 말은 할 수 있다는데 하지 않았다. 말하는 방법을 잊어버린 사람 같았다. 넉살 좋은 미소는 찾을 수도 없었다. 면목이 없는 건지, 시선 또한 잃은 건지, 고개를 돌릴 수 있다는데도 천장만 바라보고 있었다.

상가에 딸린 단칸방은 그때까지 우리 가족이 경험한 방 가운데 가장 작았다. 원래 그 방에 살던 세입자는 세 식구였는데, 여기서 어떻게 살았을까 싶을 정도로 작은 방이었다. 이제는 거기서 다섯 식구가 살게 되었다. 그것도 낼모레 중학교에 입학하는 장성한 큰아들이 있는 다섯 식구가. 그때 나는 엄마 키보다 컸다.

며칠 지나지 않아 작은 방에 다 같이 사는 것은 도저히 불가능한 일임을 깨닫고 새로운 방법을 찾았다. 풍향동 집 본채에는 1층에서 2층으로 올라가는 내부 계단이 있었다. 1층과 2층 사이를 막아, 나와 동생은 거기서 살기로 했다. 나중에 소설 『해리 포터』를 읽으니 주인공이 살았던 계단 밑 창고 방에 대한 묘사가 나오던데, 나는 쉽게 이해할 수 있었다. 내가 바로 그런 방에 살았으니까. 나와 동생이 누우면 나무막대기 하나 들어갈 틈도 없이 비좁은 공간이었다.

절망 속에서도 여유 아닌 여유는 있었다. 상가 단칸방에는 다락이 하나 있었다. 겨우 한 사람이 들어가 허리를 굽혀 앉을 수 있는 작은 다락이었다. 엄마에게 혼나거나 우울한 일이 있을 때 나는 다락으로 숨었다. 사춘기 오르막길에 이제 막 들어선 시점이었다. 세상의 시선으로부터 도망갈 수 있는, 유일한 공간이 그곳이었다. 가족의 변화와 함께 버림받은 세계문학전집과 백과사전이 거기 처박혀 있었다. 조명도 없는 다락에 홀로 쭈그리고 앉아, 어두워져 도저히 글씨가 보이지 않는 시간까지 책을 읽었다. 시력이 급격히 나빠졌다. 다락 밑엔 아빠가 누워 있었다.

◠◠◠

상가 단칸방으로 집을 옮긴 것과 동시에 엄마는 장사를 시작했다. 떡볶이와 김밥, 라면을 파는 분식점. 하고많은 업종 가운데 왜 분식점이었는지는 모르겠다. 원래 그 자리에서 장사했던 사람이 분식점을 했던 것 같기도 하고, 특별한 기술이나 밑천 없는 사람이 일단 시작하기 좋은 업종이 분식점이라 그랬을 수도 있겠다. 아무래도 후자 쪽인 것 같다.

분식점은 장사가 잘됐다. 장사는 대체로 단골손님을 천천히 확보하면서 잘되는 법이고, 특히 요식업은 그러한데, 우리 소망분식은 문을 열자마자 잘됐다. 그도 그럴 것이 길 건너에 고등학교가 두 개나 있고 바로 옆에는 대학이 있었다. 게다가 본채 2층 세입자가 하숙을 치고 있었는데 하숙생들을 통해 홍보도 저절로 되었다. 더 좋은 조건도 있었다. 원래 대학가 상권은 방학 때 매출이 줄어드는 법인데 우리 분식점 옆에 있는 대학은 교육대학이라서 방학 기간에는 현직 교사들을 위한 연수 프로그램이 운영됐다. 매너도 좋고 대학생보다 구매력도 좋은 손님들이었다. 장사의 여러 조건이 절묘하게 맞아떨어지는 순간이었다. 그것이 풍향동 집의 불행과 함께 우리 가족에게 찾아온 행운이자 새롭게 등장한 한 줄기 희망이었다. '소망분식'이라는 상호는 막내 여동생 이름과 비슷하게 따왔다.

풍향동의 '풍'이 풍성할 풍豊이라는 사실은 학교에서 "자신이 사는 동네 이름을 한자로 써오시오"라는 숙제를 받고 나서야 알았다. 광주광역시 풍향동은 원래 풍등리豊嶝里였는데, 인근에 향교가 있는 지역과 합쳐지면서 풍향豊鄕이 되었다고 한다.

그래도 나는 바람 풍 자가 적당하다고 여겼다. '바람'이라는 어감이 좋았다. 바람이 '바라다'의 명사형이기도 해서 더욱 좋았다. 풍향동에 살던 시절은 우리 가족의 운명이 바람처럼 흩날리던 시절이었고, 다시 일어나기를 간절히 바라던 시절이었다.

사람이 한 줄기 바람이고 인생이 바람이 지나는 길과 같다면, 바람이 지금 어느 길목을 지나가고 있는지는 아무도 모른다. 다만 먼 길 지나 바람이 지난 길을 돌아보면 그제야 그 길목이 어떤 의미를 지니고 있었는지 풀이하게 된다. 다시 돌아갈 수 없는 바람의 여정에 지나치게 집착하거나 안타까워할 필요까진 없겠다. 어쨌든 다 지나간 길이니까.

04.

라면과 최루탄

― 시대에 대하여

소
망
분
식

2

1986 ~ 1987

"혹시 싫어하는 음식 있으세요?"

출판사 편집자에게 이메일이 왔다. 다짜고짜 싫어하는 음식은 왜 묻는 걸까. 직업 자체가 꼼꼼함을 다투는 영역이라 그런지, 약속을 앞두고 못 먹거나 피하는 음식이 있는지 확인하는 빈틈없는 편집자들이 있다. 우리가 식사 약속을 했던가? 얼른 떠올렸으나 그런 적 없다. 이어지는 내용을 보고 의문이 풀렸다.

"싫어하는 음식을 주제로 앤솔러지를 만들려고 합니다."

들고 있던 커피잔을 내려놓으며 가볍게 웃었다. 재밌는 기획이로군.

싫어하는 음식이라. 아무렴, 내게도 그런 것이 있지⋯⋯라고 말하고 싶지만 그런 것이 없다. 아무리 생각해도 나에게는 그런 음식이 없다. 반항심 없는(!) 성격 탓일까, 뭐든 잘 먹는다. 주는 대로 먹는다. 알레르기나 트라우마 때문에 못 먹는 음식 또한 없다. 머리에 힘을 주며 음식을 싫어해보려 노력했지만 마땅히 이거다 싶은 음식이 없다.

"급하게 생각하실 필요는 없고요. 천천히 살펴보고 답장 주세요."

내 머릿속에 들어와 있기라도 한 것처럼 편집자의 이메일은 끝을 맺고 있었다. 그러다 문득, 싫어하는 음식은 아니지만 생각만 해도 눈물이 나는 음식이 있다는 사실이 떠올랐다. 편집자에게 문자메시지를 보냈다.

"싫어하는 음식이라 말할 수는 없지만 개인적인 사연 때문에 좀 멀리하는 음식이 있긴 합니다. 그걸 주제로 써도 되나요?"

"어머, 작가님. 그게 뭔데요?"

"떡볶이요."

소망분식은 장사가 잘됐다. 농약사, 고추농장에 이은 세 타석 연속 안타였다. 점심시간엔 당시로서는 드물게 자리가 나길 기다려야 할 정도로 손님이 몰렸다.

내가 놀랐던 건 엄마의 변신이었다. 엄마는 강했다. 1년 정도 짧게 '사모님' 생활을 경험한 엄마는 아빠가 심신이 망가진 상태로 드러눕자 이미 지나간 일에 애틋해 봐야 뭐 하겠느냐는 표정으로 곧장 강철처럼 달궈졌다. 앞치마를 둘러매고 분식점 아줌마로 변했다.

엄마가 어디서 특별히 기술을 배워 분식점을 열었던 것은 아니다. 지금이야 도처에 있는 게 분식점이지만 엄마가 소망분식 조리대 앞에 설 때만 해도 분식점은 그리 많지 않았다. 이 집 떡볶이가 저 집 떡볶이와 비교해 맛이 어떤지, 이 집 김밥은 저 집 김밥에 비해 속이 푸짐한지, 비교 대상이 흔치 않았다. 셰프의 노련한 솜씨를 기대하는 식당이 있고, 특출나진 않아도 정겨운 엄마 손맛을 기대하는 식당이 있다. 분식점은 당연히 후자에 속하고, 우리 엄마도 엄마니까 그 정도는 할 줄 알았다.

그럼에도 엄마는 이런저런 시행착오를 많이 겪었다. 바쁘다 보니 떡볶이를 뒤집는 일을 잊고 있다가 떡이 철판에 눌어붙어 한 판을 전부 버려야 했던 적도 있다. 완벽한 양념 소스 개발과 관리 요령을 터득하기 위한 엄마의 연구는 계속됐고, 그때마다 우리 남매는 시식단과 잔반 처리반 역할을 도맡아야 했다. 개업 초기에는 예상 판매량을 맞추지 못해 어떤 날은 부족했고 어떤 날은 턱없이 남아 울상이었다. 남는 떡볶이는 매일 저녁 우리 가족 밥상에 얼굴을 내밀었다. 그리고 35년 뒤, '싫어하는 음식 앤솔러지'의 재료 가운데 하나로 다시 활용됐다. 아무리 좋아하는 음식이라도 매일 억지로 먹는다 생각해 보시라. 내가 떡볶이를 멀리하게 된 이유다.

김밥에 들어가는 단무지 관리를 잘못해 상한 것 아니냐는 핀잔을 듣기도 했고, 오뎅 통에 육수를 제때 부어주지 않아 저녁이 될수록 맵고 짠 오뎅으로 변모하는 일도 있었다. 튀김도 어떤 것은 너무 많이 튀겨 바삭했고, 다른 어떤 것은 미리 튀겨놓으니 금세 눅눅해졌다. 알고 보니 분식점을 처음 연 사람들이 한 번쯤 겪는 통과의례 같은 실수라는데, 당시에는 인터넷도 없고 휴대폰도 없으니 스스로 깨치며 나아가는 수밖에. 엄마는 때론 웃고, 때론 심각하게 연구하고, 때론 주위에

묻기도 하면서 그런 허들을 하나씩 넘었다. 오래잖아 베테랑 같은 면모가 생겼다. 그게 엄마의 장기였다. 어떤 상황이든 적응하고 현실을 받아들이는 것.

"질질 짜면 뭐 한다냐. 그냥 그러려니 하고 앞만 보고 가야제." 나중에 삼 남매가 모여 그 시절 이야기를 할 때 엄마가 했던 말이다.

∞

소망분식 주력은 라면이었다. 그게 또 대박이고 행운이었다. 분식점 메뉴 가운데 라면은 마진이 좋고 조리가 간단하며 재고 관리도 용이한 품목이기 때문이다. 손님이 라면을 주문하면 분식점 주인은 '아싸!' 하고 속으로 환호한다.

그 무렵 나는 엄마의 새로운 면모를 하나 발견했다. 원래 우리 엄마는 좋게 말하면 살림꾼, 나쁘게 말하면 지독한 구두쇠로, 상가 딸린 이층집 사모님이 되고 나서도 수세식 변기에 벽돌을 넣어 물을 아끼고, 빨랫비누도 폐식용유를 활용해 직접 만들어 사용하고, 물기만 닦은 화장지는 햇볕에 말려 다시 사용하는 분이었다(지금도 그렇게 생활하신다). 그런데 소망분식에서 엄마는 달랐다. '퍼주는' 주인장이었다. 당시에는 라면에 계란을 넣어주는 집이 별로 없었는데 소망분식은 듬뿍 넣어줬다. 당근을 채 썰어 라면에 넣고, 대파를 송송 썰어 얹고, 손님 테이블에 나갈 때 김가루까지 솔솔 뿌려 나가는 분식점은 인근에 소망분식밖에 없었다. 지금도 나는 분식점에 갔다가 라면에 수프만 달랑 넣어 끓여 나오는 가게를 보면 '30년 전 소망분식보다 못하네' 하는 뾰로통한 불만을 갖는다. 물론 분식점 사장님은 나름의 생각이 있겠지만.

이러니 소망분식에 줄을 서지 않을 수 있겠나. 사실 분식점에서 라면은 어떻게 보면 위험한(?) 메뉴이기도 하다. 손님이 원가를 빤히 아는 제품을 단순히 조리해 파는 음식은 장사꾼 입장에서 여러 고민에 빠지게 만든다. '슈퍼에서 라면이한 봉지에 천 원인데 그걸 끓이기만 해서 사천 원에 판다고?' 이런 불만을 갖는 손님이 있기 마련이다. 임대료나 인건비등을 고려해 '그럴 만도 하군' 하고 이해하는 손님도 있지만, '이건 해도 너무하잖아'라는 쪽도 반드시 존재하는 것이 우리가 사는 세상이다. 시장에서 가격이란 그런 다양성의 적정치를 맞추는 일 아닐까. 게다가 소망분식 시절에는 라면이 분식점 메뉴로 그리 일반화되지 않았다. 지방도시인 광주는 더욱 그랬다. 기껏 라면을 다 먹고는 "이걸 돈 받고 파네요" 하고 투덜거리면서 값을 치르는 손님마저 있었다. 나름대로 노력한다고 하지만 그 노력을 몰라주는 손님이 있기 마련이며 그런 손님을 어떻게 대할 것이냐 하는 문제 또한 장사꾼의 숙제다. 엄마는 그런 측면에서도 강했다.

엄마는 원래 자존심이 센 사람이다. 남에게 싫은 소리를 듣는 것을 극도로 싫어한다. 소망분식 라면에 엄마가 유독 정성을 기울인 이유는 그런 자존심 때문이었다. 이윤이 적더라도 최소한 나쁜 평가는 듣고 싶지 않다는 자격지심이었으리라. 손님에게 싫은 소리를 듣지 않으려고 라면 하나에도 최선을 다했다. 가끔 이모들이 찾아와 "어차피 손님도 많은데 라면에 들어가는 걸 좀 줄여라" 권하면 "내가 넣고 싶어서 넣는 것이여"라는 것이 엄마의 대답이었다. 그때는 그게 무슨 뜻인지 잘 몰랐는데, 이제 보니 딱 엄마다운 말이다.

신라면이 이백 원이고 삼양라면이 백 원이던 시절, 소망분식 라면은 한 그릇에 오백 원이었다. 이 정도 가격이 싼지 비싼지는 모르겠다. 당시 짜장면 한 그릇이 천 원 정도 되었으니 그에 견주어 가늠할 순 있겠다. 어쨌든 소망분식에는 손님이 몰렸다. 줄을 서 기다려야 할 정도로 손님이 많았다. 가격이란 용어가 현실에서 갖는 의미는 이것으로 설명할 수 있지 않을까. 거기에는 분명 엄마의 자존심 가격 또한 포함되어 있었고, 엄마는 결코 자존심을 낮추지 않았다.

소망분식은 분식점치고는 면적이 작지 않았다. 테이블이 오밀조밀 예닐곱 개 들어갔다. 그 테이블이 쉼 없이 돌아갔다. 종업원은 없었다. 오직 엄마 혼자 재료 준비, 조리, 카운터, 서빙, 설거지, 청소를 모두 처리했다. 그러자면 다음 날 장사 준비에 철저해야 했는데, 내가 2층 평상에서 밤늦게까지 라디오를 듣다가 소망분식을 내려다보면 조리대 한구석엔 언제나 불이 켜져 있었다. 엄마가 언제 자는지는 아무도 몰랐다. 언제 일어나는지도.

생각해 보면 어떻게 그럴 수 있었을까 싶을 정도로 엄마는 전천후 만능이었고 강철이었다. 평소 엄마는 좀 무뚝뚝한데, 장사꾼으로서 엄마는 또 달랐다. 쾌활하고 나긋나긋한 사람으로 성격이 바뀌었다. 가게에 딸린 방에는 세상을 포기한 아빠가 누워 있어 한숨짓다가도, 방문을 열고 가게에 나서면 표정이 확 달라졌다. 순식간에 얼굴을 바꾸는 중국의 변검變臉 같달까. 종업원은 없었지만 단골손님 가운데 점심마다 찾아와 자발적 아르바이트 역할을 해주는 손님들이 있었다. 그들을 대하는 엄마의 표정과 말씨 또한 집에서는 흔히 보여주지 않는 가면이었다. 엄마는 언제나 푸짐한 서비스로 손님들에게 화답했고 가게에는 항상 농담과 웃음이 넘쳤다. 그런 풍경이 우리로 하여금 자꾸 무언가를 소망하게 만들었다.

∞

소망하며 우리는 큰다. 그런데 때로, 아니 종종, 소망대로 되지 않는 것들이 있다.

광주에 있는 초등학교로 전학하고 내 성적은 중상위권이되었다. 광주에서 첫 시험을 쳤을 때 60명가량 학급에서 10등정도 했던 것 같다. 그 정도도 사실 그리 나쁜 성적은 아니지만 소도시에서 1, 2위를 다투던 우물 안 개구리 입장에서는적잖은 충격이었다.

훌륭한 등수를 얻진 못했지만 좀 우쭐해진 적도 있다. 반배정을 받고 이튿날이었나, 갑자기 시험을 본다는 것이다. 국민교육헌장을 외워 한자로 쓰라고 했다. 국민교육헌장이라는것이 교과서 맨 앞 장마다 있는 것은 알았지만 그걸 '외워야'한다니. 그걸 외워 '써야' 한다니. 그것도 '한자로' 써야 한다니. 도대체 왜?

답안지로 사용하는 갱지를 받아 들고 어쩔 줄 몰라 하고 있으니 담임선생님이 나를 보고 말씀하셨다. "너는 외울 줄 모르겠구나. 그럼 교과서에 있는 것을 보고 네가 한자로 쓸 수 있는 만큼만 써서 내라." 전혀 기대하지 않는다는 표정이었다. 당연하다. 지금도 그렇지만 당시 한자는 초등학교 정식 교과목이 아니었다. 보고 쓰라고 한들 원문이 한글인 것을 한자로 바꿀 수 있는 학생이 얼마나 되겠나. 한자를 보여주면서 그대로 쓰라고 해도 베껴 그리지 못할 아이들이 적지 않을 것이다.

그날 나는 학급의 명물이 됐다. 답안지 제출이 끝나자 담임선생님이 한 장씩 훑다 나를 불렀다. "이거 네가 쓴 것 맞아?" 그렇다고 했더니 "야, 이거 대단한 녀석이 들어왔고만!" 하면서 흡족한 표정을 지었다. 반 아이들 앞에 내 답안지를 펼쳐 보였다.

"우리는 民族 中興의 歷史的 使命을 띠고 이 땅에 태어났다. 祖上의 빛난 얼을 오늘에 되살려, 안으로 自主 獨立의 姿勢를 確立하고, 밖으로 人類 共榮에 이바지할 때다. 이에 우리의 나아갈 바를 밝혀 敎育의 指標로 삼는다. 誠實한 마음과 튼튼한 몸으로 學問과 技術을 배우고 익히며……"

대략 80점 정도 맞았던 것 같다. 막 전학 온 녀석이 국민교육헌장을 외우지는 못해도 한자를 꽤 안다는 사실에 선생님은 놀라워했다.

"너 어디서 이렇게 한자를 배웠어?"

나주에 살 때 엄마가 기어이 보냈던 학원이 주산 학원과 한자 학원이었다. 주산 학원은 엄마가 상고 출신이라 보냈던 것 같은데 성격에 맞지 않아 이내 포기했다. 그 뒤로 나는 계산과는 영 거리가 먼 사람이 되었다. 한자 학원은 꾸준히 다녔다. 사자소학, 추구집, 학어집 등을 끝내고 명심보감인가 소학을 배울 즈음 광주로 전학했다.

당시 한자 조기교육 바람이 불었던 것도 아니고 엄마가 이른바 치맛바람이 드센 분도 아닌데 왜 그랬을까 생각해 보면, 우리 집이 농약사를 할 때 어떻게든 '나가 놀게' 만들려고 그랬던 것 아닐까 싶다. 그 시간만이라도 농약 냄새를 피할 수 있었으니까. 사는 모양은 궁색했어도 학원에 보낼 여유 정도는 충분했다.

그 무렵 모든 초등학교가 국민교육헌장을 외워서 한자로 쓰는 시험을 봤던 것은 아니다. 내가 전학한 학교가 한자 시범 학교였고, 어쩌면 우리 반에만 해당하는 일이었는지도 모르겠다. 국민교육헌장 암기는 1970년대에는 전국 모든 학생들의 의무 사항이었고, 1980년대 중반까지도 그 흔적이 남아 있었다. 첫 시험은 교과서를 보고 썼지만 다음 시험 땐 나도 외워야 했다. 다행히 내 암기력은 형편없는 수준은 아니라서 며칠 만에 그럭저럭 외웠고, 지금도 절반 정도는 틀림없이 외운다. 그 무렵에 외운 것들은 잊고 싶어도 잊히지 않는다.

군사정부가 만든 것을 의무적으로 외워야 했던 시대는 우울하고 참담하기 이를 데 없는 시절이었다. 국민교육헌장을 못 외운다고 매 맞는 친구들을 보며 두려움 속에서 외웠다. 우리 선배들은 그렇게 박정희의 이른바 혁명공약을 외웠고 국민교육헌장을 외웠다. 국기에 대한 '맹세'를 외웠고 애국가를 4절까지 외웠다. 그런 시대는 제법 오랫동안 긴 꼬리를 남겼다.

200자 원고지 3매짜리인 국민교육헌장은 장황하면서도 굵직한 문장으로 끝나 인상적이었다. "길이 후손에 물려줄 영광된 통일 조국의 앞날을 내다보며 신념과 긍지를 지닌 근면한 국민으로서 민족의 슬기를 모아 줄기찬 노력으로 새 역사를 창조하자." 그걸 외우며 우리는 우리 나름의 '새 역사'를 소망했다.

엄마가 소망분식을 운영하는 사이에도 세상은 물레처럼 돌았다. 분식점 뒤편 이층집에선 하숙을 치던 2층이 빠지고 새로운 세입자가 들어왔다. 1층은 둘로 갈라 세입자를 새로 들였다. 한쪽에는 가족이 들어왔고, 다른 한쪽에는 대학생이 자취생으로 들어왔다. 당시 「한지붕 세가족」이라는 드라마가 큰 인기를 누렸는데, 우리 집이 꼭 그 모양이었다.

내 삶에도 거친 순환이 있었다. 공부는 뒷전에 두고 추리소설에 빠져 친구들과 소설책을 돌려 보느라 바빴고, 밀리터리 프라모델 만들기에 심취해 친구 집을 돌아다니며 탱크, 장갑차, 전투기 등을 조립하느라 분주했다. 주말에는 교회에서 하루를 보내며 「실로암」이라는 복음성가를 열창했다. 짝사랑하는 여학생이 생겼다. 범죄, 전쟁, 종교, 사랑이 범벅된 혼돈의 1980년대 중반이었다. 어느 날 목욕탕에 갔더니 사타구니에 검은 터럭이 풀처럼 돋은 것을 보고 소스라치게 놀랐다. 내 몸에도 새 역사가 펼쳐지고 있었던 것이다. 두려웠다. 그러나 올 것은 와야 했고, 거부하거나 물러설 수 없다는 사실 또한 알고 있었다. 세상은 물레처럼, 미싱처럼 돌았다.

2층에 새로 들어온 세입자는 삼 남매였다. 맏이인 누나는 은행에 다녔고 남동생 둘은 대학생이었는데, 계단참을 막아서 만든 나의 해리 포터 방의 입구가 2층 쪽에 있었기 때문에 나는 그들과 자주 어울렸다. 나이 차이가 꽤 있어서 그들 사이에 있으면 내가 좀 어른이 된 기분이었다.

은행은 문 닫으면 칼같이 퇴근하는 곳인 줄 알았는데 2층 누나는 항상 귀가가 늦었다. 밤늦게 파김치가 된 표정으로 터벅터벅 계단을 올라오곤 했다. "오늘은 왜 늦었어요?" "십 원이 부족해서." 다음 날 똑같은 질문을 했다. "십 원이 남아서." 돈이 남든 부족하든 전표상 합계와 은행이 실제 갖고 있는 총액이 맞지 않으면 맞을 때까지 전 직원이 대기해야 한다는 사실은 그때 처음 알았다. 돈이 부족한 것보다 남는 것이 더 문제라는 말을 듣고 의아했지만 그걸 이해해야 어른이 된다는 말을 듣고 이해하기로 했다.

누나가 퇴근하면 2층 베란다 평상에는 간단한 술상이 차려졌다. 누나는 소주를 들이켜며 그날 대리인가 계장이 놓친 십 원 한 닢에 분노를 표했고, 옆에서 대학생 형들은 시국 정담을 시작했다. 내 기억엔 동생은 "이런 시국에 공부만 해서야 되겠느냐"는 쪽이었고, 형은 "고향에 계신 부모님을 생각하자"는 쪽이었다. 그렇게 실천에 대한 입장은 달랐어도 생각의 근원은 별로 다르지 않았는데, 대통령―아니 그들의 표현에 따르면 "학살자 전두환 그놈"―의 친척이 수천억 원을 빼돌렸고, 전두환이 올림픽을 핑계로 독재정권을 연장하려 한다고 울분을 터트렸다. 그럴 때마다 2층 누나는 누구는 수천억을 빼돌리는 사이 자신은 십 원짜리 한 닢 때문에 시말서를 써야 하는 현실에 분통을 터트리며 소주 한 잔을 더 들이켰고 나머지 두 사람도 소주잔을 부딪쳤다. 나는 옆에서 사이다 잔을 흔들었다.

1층에 있는 가족은 신기하게도 우리 남매와 나이가 같았다. 맏이가 나보다 학년은 낮아도 나이는 동갑이고, 둘째는 우리 집 둘째와 동갑, 막내끼리도 동갑이었다. 다만 성별이 달랐다. 그 집이 이사 오던 날, "이것도 기막힌 인연이구나. 서로 친하게 지내렴" 하는 그 집 엄마의 말이 이상하게 느껴졌다. 그전에는 그런 생각을 해본 적 없는데, 남자와 여자가 친하게 지낸다는 표현이 두근두근 어색했다. '내가 왜 이러는 거지?' 이런 감정을 갖는 나 자신이 이상하게 느껴졌다.

1층 곁방에는 대학생 누나 두 명이 살았다. 둘 다 우리 집 근처에 있는 대학에 다녔다. 원래 내 방이었던 공간을 여자들이 차지하고 있다는 느낌도 묘했다. 엄마가 "공부하다 모르는 것이 있으면 누나들에게 물어봐라"라고 말했다는 이유로 나는 2층 형들을 두고 굳이 1층으로 찾아갔다. 누나들 방은 형들 방과 확연히 다른 냄새가 났다. 내 방이었을 때와는 비교가 안 될 정도로 정리가 잘되어 있었다.

곁방 누나 한 명은 국어교육과라 그런지 시집이 많았다. 몇 권을 빌려 읽었는데, 어떤 시집엔 누나가 특별히 표시해 놓은 페이지가 있었다. 그런 시는 특별히 좋았다. 통째 외웠다.

한번은 한용운 시인의 「나룻배와 행인」을 누나 앞에서 외워 읊었다. 어떻게 그것을 외웠느냐고 누나가 칭찬해 줬다. 그래서 「님의 침묵」까지 외웠다고 자랑했다.

"와, 그 긴 시를 외웠어? 한번 낭송해 봐."

아차 싶었다. 누나가 눈망울을 반짝이며 기다리고 있었지만 입을 뗄 수 없었다. 못 외워 망설인 것이 아니라, 시를 읊다 보면 "날카로운 첫 키스의 추억"이라는 구절이 등장할 텐데 그 부분을 누나 앞에서 어떻게 낭송하나, 머릿속이 새까매졌기 때문이다. 키스라니, 날카로운 첫 키스라니, 첫 키스의 추억이라니, 상상만 해도 얼굴이 빨개지고 머리가 빙글빙글 도는 기분 아닌가. 심장이 터질 것만 같았다.

칭찬받으려고 더 많은 시를 외웠다. 수업 시간에 책상 밑에 시집을 숨겨놓고 국민교육헌장보다 더 긴 시들을 자발적으로 외우면서도 힘들다거나 어렵다는 생각은 들지 않았다. 시집 한 권을 통째로 외울 수 있을 것만 같았다. 1986년, 내 키는 160센티미터쯤 되었다. 그때 외운 시는 아직도 잊지 않고 있다.

∞

사춘기 소년들이 으레 그렇지만 부끄럼이나 자격지심이 많아 우리 집이 분식점을 한다는 이야기를 쉽게 꺼내지 못했다. 내가 다닌 중학교는 외진 곳에 있어 스쿨버스를 타고 다녔는데—물론 막걸리 배달 트럭은 아니었다—같은 곳에서 승차하는 친구들이 "너희 집 어디야?" 하고 물으면 매번 망설였다. 소망분식이 있는 쪽을 가리키는 듯하면서 그 뒤편에 있는 2층 양옥집 쪽으로 손가락의 각도를 약간 높였다. 서류상으로는 아직 우리 집이 맞으니 거짓말을 했던 것은 아니다.

하지만 아이들이라고 소문을 모를까. 소망분식은 동네에서 꽤 유명한 맛집이었으니 내가 분식점 아들이라는 사실도 금세 알게 되었다. 누워 있는 아버지 사연까지 동네에 소문이 났던가 보다. 어느 날 등굣길 스쿨버스에 탔는데 뒤쪽에서 투덜거리는 소리가 들렸다. "야, 누가 들어오니까 튀김 냄새가 난다. 창문 좀 열어라." 몇몇이 낄낄거렸다. 나는 항상 앞쪽에 앉는 부류였고 걔들은 언제나 뒤쪽에 앉는 애들이었다. 감히 대들지 못하고 몸을 웅크렸다.

중학생이 되고부터 엄마는 "가게에 올 시간 있으면 영어 단어라도 하나 더 외워라" 하면서 가게에 일절 발을 들여놓지 못하게 했다. 엄마가 그렇게 말하지 않아도 친구들이 볼까 봐 분식점 앞문으로는 드나들지 않았다. 아무리 급해도 골목을 돌아 양옥집 대문으로 들어갔다. 상가에 붙은 방에 갈 때도 언제나 뒷문을 이용했다. 그 방에는 밤낮으로 아빠가 누워 있었다.

그러나 가게에 들어가는 문은 선택할 수 있어도 결코 피할 수 없는 관문이 하나 있었으니, 가정방문. 지금도 있는지 모르겠지만 그 시절엔 학교마다 가정방문이라는 제도가 있었다. 학생들의 생활 실태를 확인한다는 이유로 담임선생님이 학급 전체 학생의 집을 일일이 찾아다녔다. 교육적인 차원에서 이런 제도가 좋은지 나쁜지, 나는 아직도 확실한 판단은 서지 않는다. 다만, 특정한 집 아이 입장에서 무척 피곤한 일이라는 사실은 경험으로 알고 있다.

그 시절에 분식점을 운영한다는 것이 그다지 가난의 징표는 아니었다. 다만 우리 집 단칸방을 보여주기 싫었을 따름이다. 누워 있는 아빠의 모습은 더욱 보여주기 싫었다. 해리 포터 방은 더더욱. 드러내 밝히고 싶지 않은 내 구질구질한 이면을 강제로 고백당하는 느낌이랄까. 중학교 1학년 가정방문 기간을 앞두고 길게 한숨을 내쉬었다. 담임선생님이 우리 집에 오시는 날 제발 태풍이 몰아쳤으면 하고 간절히 바랐다. 그때가 4월인가 5월쯤 되었을 텐데.

선생님은 반장과 함께 분식점에 도착했다. 그런 집을 워낙 많이 봐서 그런지 가게 안에서는 대수롭다는 표정은 아니었는데, 단칸방 문을 열어보고는 잠깐 놀라는 표정을 지었다. 이런 곳에 어떻게 다섯 식구가 살 수 있을까, 당연히 의문을 가졌겠지.

"아이 공부방은 따로 있습니다, 선생님."

엄마가 제발 그 말은 하지 않기를 바랐는데……

선생님은 끝내 해리 포터 방까지 둘러보셨고, 아빠의 쾌유를 빌고 내 칭찬을 한참 하다 돌아가셨다. 머리가 좋은 녀석인데 노력을 하지 않는 것 같습니다. 가정에서 조금만 더 신경 써주십시오. 노력하면 크게 될 놈입니다. 어느 집에서나 비슷하게 반복했던, 응원 비슷한 칭찬이었을 것이다.

"선생님, 드십시오."

엄마는 근처 슈퍼에서 사온 음료수를 유리잔에 담아 선생님 앞에 공손히 내밀었다. 오렌지주스 빛깔이 유난히 노랗고 고요하게 반짝였다. 떡볶이 불판에서 모락모락 김이 올랐다.

∞

소망분식을 다녀간 이후로 담임선생님이 나를 대하는 태도가 유난히 다정해졌다. 학년이 올라가 반이 달라졌는데도 복도에서 마주치면 꼭 멈춰 세워 물었다. "너 이달에 몇 등 했어?" 놀랍게도 지난달 내 등수를 기억하고 있었고, 성적이 올랐으면 잘했다고 지휘봉으로 머리를 한 대 꽁, 떨어지면 떨어졌다고 한 대 꽁 때렸다. 그 풍경이 정감 있게 보였는지 친구들이 "너 저 선생님이랑 무슨 관계야?" 하고 놀란 목소리로 묻곤 했다.

세월 지나 사용하게 된 표현이지만, 중학교 1학년 때 우리 담임선생님은 학생들 사이에 '폭력 교사'로 통하는 교사였다. 학생을 때리지 않는 교사가 거의 없는 시절이었지만 그중에서도 유독 거친 선생님이었다. 어디서 구했는지 철심이 안에 박힌 몽둥이를 가져와 그것이 휠 때까지 학생들 엉덩이와 허벅지, 종아리, 손바닥, 발바닥을 때렸다. 책상 위에 올라가 무릎 꿇고 앉아 있으면 발바닥을 때리는 체벌은 돌이켜 생각할수록 끔찍한 폭력이지만, 그때는 그게 일상이었다.

학급 평균 성적이 떨어지면 '단체 기합'이 실시됐다. 누구의 잘못이랄 것도 없이 학급 전체가 교실 둘레를 오리걸음으로 돌았다. 50여 명이 일렬로 줄지어 쪼그리고 앉아서 20초였던가 30초였던가, 말도 안 되는 시간 안에 교실 한 바퀴를 돌게 했다. 중간에 한 사람이 넘어지면 결코 목표를 달성할 수 없었다. 넘어진 애를 욕하기도 하고, 재촉하기도 하고, 밀어주고 끌어주기도 하면서 그렇게 수십 번을 돌다 보면 그 '말도 안 되는' 목표가 달성되곤 했다. 와, 기적 같은 일이었다. 땀범벅이 된 채로 서로 끌어안고 울었다. 사람은 못 할 일이 없는 법이로구나. 더 열심히 공부하자고 다짐했다. 참 좋은 대동단결의 시절이었다.

중학교 1학년 때 내가 대중목욕탕에 가길 꺼렸던 이유는 육신의 성장이 불러온 '새 역사'에 대한 부끄러움도 있었지만, 지워질 날 없던, 시퍼렇다 못해 시꺼멓게 줄이 그어진 매자국 때문이기도 했다. 그런 선생님을 살갑게 대하면서 마음속으로 좋아했던 내 감정을 대체 뭐라고 표현해야 할지 모르겠다.

사람이 나쁘다고는 생각지 않는다. 심성이 좋은 분이었다. 따뜻한 교육자였다. 그러면서 시대가 만들어낸 기괴함이 뒤섞여 있었다. 그러한 시간의 진흙탕을 거쳐왔다.

∞

중학교는 내가 1회 입학-졸업생이라 교사校舍도 새 건물, 선생님도 대부분 젊은 선생님이었다. 하나같이 의욕과 열정이 넘치는 분들이었다. 그중 기억에 도드라진 선생님 가운데 한 분은 국어 과목 선생님. 중3 때였다. 어떤 시인의 시를 배울 차례가 됐는데 가르치지 않고 그냥 넘어가겠다고 선언했다.

"이런 사람의 시는 배우지 않아도 돼."

친구들이 의아해했고 누군가 손을 들어 물었다. "시험에 나오면 어떡합니까?" "나는 일단 교내 시험에는 이 사람의 시를 출제하지 않을 테고, 연합고사에 나올 것에 대해서는 각자 준비해라. 미안하다." 그러더니 선생님은 나를 보고 말씀하셨다.

"너는 이유를 알지?"

씨익 웃었다.

사연은 며칠 전으로 거슬러 올라간다. 자율학습 시간에 책상 밑으로 잡지를 보다가 국어 선생님에게 적발된 것이다. 선생님이 "내놔!" 하면서 손을 내밀었다. 내용물을 보고는 표정이 굳어졌다. 그 또래 남자 중학생이 보고 있을 것이라 예상했던 물건이 아니었기 때문이다.

《바른길》이라는 제목의 잡지였다. 잡지라기보다는 A4 용지로 복사해 스테이플러로 묶은 팸플릿에 가까운 문서였는데, "우리는 피 끓는 학생이다. 오직 바른길만이 우리의 생명이다"라는 문장이 표지 오른쪽 상단에 적혀 있었다. 광주학생독립운동 기념탑에 있는 문구. 이를테면 그 잡지는, 중고등학생 의식화 잡지였다. 그것이 어떻게 내 손에 들어오게 되었는지에 대해서는 정확한 기억이 없는데, 교회에서 얻었을 가능성이 압도적으로 높다. 당시 우리 교회는 담임목사가 반독재 투쟁을 하다 공안당국에 끌려갔을 정도로 유명한 '운동권 교회'였다. 주말에는 교회에 살다시피 했으니 고등부나 대학부 선배에게 받았을 것이다. 교회 어느 방에서든 뒹굴던 것을 무심코 가방에 담았을 수도 있겠다.

"압수!" 선생님은 무뚝뚝한 목소리로 말하고 다른 곳으로 발길을 옮겼다.

그날 압수당한 잡지는 '교과서와 친일 문학'을 주제로 발간한 특별호였다. 국어 교과서에 등장하는 시인 가운데 일제 강점기에 친일 시를 쓴 사람들이 많은데, 그런 시만 따로 묶어 소개하고 있었다. 의분에 떨며 잡지를 읽던 중이었다. 그러니 선생님이 바로 뒤에 있는데도 세상모르고 있었겠지.

다음 날, 국어 선생님의 교무실 호출을 받았다. 한 대 맞거나 담임선생님에게 처분권을 넘겼거나, 뭔가 처벌을 받으리라 각오하고 갔는데 대뜸 노란 봉투 하나를 건네셨다.

"이런 건 집에서 봐."

봉투 안에 《바른길》이 담겨 있었다. 그날 이후로 국어 과목을 더 좋아하게 되었다. 시를 열심히 외워야 할 이유가 하나 늘었다.

4~5년쯤 시간이 흘러 내가 대학생이 되고, 대학 근처에서 국어 선생님을 만난 적이 있다. 빵집에 마주 앉아 커피를 시켜

놓고 어른스레 대화를 나누는데 느닷없이 소지품 검사를 하겠다는 것이다. 이 양반이 나를 아직 중학생으로 아시나…… 물론 선생님은 반쯤 장난이었을 것이다. 피하려고 뺏거니 잡거니 깔깔거리다가 내 가방 안에 든 책 한 권이 툭 떨어졌다. 『미제침략사』라는 제목이 붉은색으로 번뜩였다. 선생님의 표정이 자율학습 시간의 그날처럼 딱딱하게 굳었다.

"너무 치우치지는 마."

그때 나는 이미 상당히 치우쳐 있었다.

∞

1987년이 밝았다. 이런 걸 행운이라고 표현해도 될지 모르겠지만, 소망분식이 교육대학교 옆에 있는 것은 장사하는 사람 입장에서는 행운이었다. 1980년대에 대학가에 있는 식당이나 카페는 최루탄 연기 때문에 영업 피해가 이만저만이 아니었다. 학생들이 가두시위에 나서고 경찰이 진압을 시작하면 여기저기서 상점 셔터 내리는 소리가 울렸다. 그날 장사는 공쳤을 것이다. 그런데 교육대학교는 임용에 불이익이 있을까 두려워한 때문인지 다른 대학에 비해 시위가 드물었다. 인근 상가가 셔터를 내리는 날도 많지 않았다. 그런 소망분식도 1987년 봄이 되면서부터는 상황이 달라졌다.

1층 곁방 누나들이 비장한 눈빛으로 마스크를 쓰고 나갔던 날이 기억에 남는다. 학교에 갔다 집에 돌아와 보니 분식점 셔터가 내려져 있었다. 이렇게 일찍 영업을 마친 적이 없는데 무슨 일일까. 들어가 보니 컴컴한 가게 안에 엄마가 홀로 앉아 있었다. 식탁은 모두 말끔하고 개수대에도 그릇이 없는 것으로 보아 그날 장사를 아예 못 한 것이 분명했다. 떡볶이가 검붉게 말라붙어 있었다.

"사라다는 다 버려야겠다. 김밥은 많이 안 만들어놨응게, 그게 그나마 다행이제."

엄마는 툴툴 털고 일어섰다. 그날 우리 남매는 뜻밖에 사라다, 김밥 횡재를 하게 되었고, 양옥집 1층, 2층, 곁방 누나들에게까지 아낌없는 인심을 베풀었다. 교육대학교 전교생이 스크럼을 짜서 교문을 나선 날이었다.

그즈음 학교가 파하면 시내 방면으로 나가는 스쿨버스에 선생님들이 유독 많이 탑승해 있는 것도 눈에 띄는 변화였다. 변화의 의미를 우리도 이미 알고 있었다.

"어이 김 선생. 내가 치약을 깜박했네."

"마스크는 챙겨 왔는가."

"마스크보담은 요것이 더 낫제."

스쿨버스에서 선생님들끼리 이런 대화를 주고받으니 모를 수 있겠나. 당시에는 치약이 최루탄 냄새를 막는 데 특효약이라는 소문이 있었다. 뒷자리 음악 선생님이 치약을 건넸고, 수학 선생님이 전문가마냥 커다란 스카프를 흔들어 보였다.

하루는 담임선생님이 종례 시간에 특별한 주의 사항을 남겼다.

"오늘은 다른 데로 가지 말고 곧장 집으로 갈 것!"

그러는 담임선생님도 금남로로 향하는 스쿨버스에 올랐다. 사실 그날은 시내고 뭐고 할 것이 없었다. 우리 학교 스쿨버스가 도심에 진입하려면 반드시 전남대학교 후문 앞을 지나야 했는데, 거기서 도로가 막혀 더 이상 전진할 수 없었다. 다들 버스에서 내려 걸어갔다. 나는 친구들과 대학 캠퍼스 안에 들어가 이것저것 구경하다 늦게 귀가했다. 인파에 휩쓸려 시내까지 갔다 온 친구도 많았다. 다음 날 각자의 무용담을 늘어놓았다.

그즈음 2층 은행 누나는 십 원짜리 한 닢 때문에 늦게 들어오는 것이 아닌 것 같았다. 대학생 형과 동생도 함께 자리를 비우는 날이 많았다. 항상 꽃향기가 은은하던 1층 곁방에서 최루탄 냄새가 느껴졌다. 1층에 사는 삼 남매 아빠는 택시 운전기사였는데, 하루는 그 집 둘째가 자랑스레 말했다. "우리 아빠도 데모하러 나갔다 오셨다!"

그해 6월, 우리는 새 역사를 만들었다.

05.

이 끝과 저 끝

― 태도에 대하여

포
도
밭
갈
빗
집

1992 ~ 1993

세상에 태어나 처음으로 무언가를 팔아본 경험, 그리고 그 이유.

어떤 사업가는 이미 다섯 살에 딱지와 구슬을 모아 팔았고—심지어 희귀한 딱지의 가격 등락을 예상하며 팔았고—그때부터 '장사 꿈나무' 기질이 가득했다고 자랑하던데 그런 측면에서 나는 역시 늦된 사람인가 보다. 첫 장사가 대학 무렵이었으니까.

정확히 말하자면 대입 합격자 발표가 끝나고 입학식이 있기 직전 정월대보름이었다. 팔았던 품목은 복조리. 이유는 조직의 자금을 마련하기 위해서였다. '조직'이라고 하니 뭔가

으스스한 느낌이지만, 주먹을 쓰는 그런 조직 말고 학생운동 조직이다.

내가 학생운동을 했던 것은 어쩌면 예정된 일이었는지 모르겠다. 자란 환경이 그랬고, 시대가 그랬고, 이런저런 나름의 사연이 있었다. '운동권 출신'이라고 하면 으레 대학에서의 학생운동을 떠올리기 마련이지만 나는 좀 특이하게 고등학생 운동으로 시작했다(우리는 그것을 줄여 '고운'이라 불렀다). 고등학생이 학생운동을 했다고? 의아하게 여길 분들이 많겠지만 그땐 그랬다.

1989년 5월 전국교직원노동조합(전교조)이 창립했다. 지금이야 교사가 노조를 결성하는 일이 합법이고 여러 교원노조가 있지만 당시에는 그렇지 않았다. 교사들이 노조 결성을 강행하자 정부에서는 가입한 교사를 모두 해고하겠다고 으름장을 놓았다. 하릴없이 탈퇴를 선택한 교사가 있고, 소신을 굽히지 않은 교사가 있었다. 우리는 그때 전교조에 끝까지 남은 천오백여 명의 교사를 '참교사'라고 불렀고(그렇다고 탈퇴한 교사를 나약하다거나 비겁하다고 말할 수는 없을 것이다), 참교사를 지키기 위한 운동이 전국 중고등학교에 삽시간에 번졌다. 학교마다 학생들이 운동장에 쏟아져 나와 시위를 벌였다. 시위를 막기 위해 정부에서 조기 방학을 결정할 정도였다.

1989년의 뜨거운 여름이 끝나고 대다수 학생들은 원래 자리로 돌아갔다. 그런데 끝까지 레지스탕스로 남아 운동가의 길을 선택한 중고등학생들이 있었으니 내가 그중 하나였다. 고교 1학년. 늦된 장사꾼이었을지는 모르겠으나 굉장히 이른 운동가인 것은 맞다.

언젠가 신문 배달원으로 일했던 경력, 자동차 세차 아르바이트를 했던 경험 등을 신문 칼럼에 기고했더니 "가정 형편이 어려웠나 보군요"라고 다감한 목소리로 위로하는 분이 계셨다. 그건 조금 오해인 것이, 모두 운동 자금을 마련하기 위해 했던 일들이다. 대학에서 학생운동을 했던 사람은 학생회를 통해 적잖은 자금을 동원할 수 있었지만 고운은 모든 자금을 스스로 마련해야 했다.

고운은 학생회나 동아리 같은 합법 기반이 학내에 없어 많은 활동이 외부에서 이루어졌다. 그러니 사무실이 필요했고, 노래패나 풍물패, 연극반 같은 활동을 하려면 공간도 넓어야 했다. 지금처럼 시민단체가 정부 지원금을 받을 수 있는 시대도 아니었다. 모든 것은 자력갱생. 그만큼 '돈'이 필요했다. 그런 자금을 마련하느라 신문 배달과 세차뿐 아니라 중국집 주방 보조, 고깃집 서빙, 공사판 막노동, 건강식품 판매, 여론조사 보조원, 파인애플농장 일꾼, 당구장 청소 등 다양한 일을 해봤다. 외부에서 자금을 수혈할 수 있었다면 이런 경험도 못 했을 텐데, 그런 측면에서 그때의 운동에 감사하는 지점이 있다.

∞

복조리 판매는 1년에 한 번 찾아오는 특급 재정 사업이었다. 그때 판매가 성공적이면 몇 개월 동안 조직 운영이 편안하고, 대보름 특수를 놓치면 연초부터 재정난에 시달려야 했다.

파는 방법은 간단했다. 복조리를 들고 집집마다 돌아다니면서 "복 사세요" 하는 것이다. '복'을 파는 것이니 가격은 따로 정하지 않았다. 천 원부터 만 원까지 천차만별. 구매하려는 손님에게 "돈은 복을 받고 싶은 만큼 주시면 됩니다"라고 엉큼한 목소리로 말하면서 손님의 지갑 안을 넌지시 살폈다.

복조리를 하나만 사는 손님이 있고, 방마다 걸어놓으려 여러 개 사는 손님도 있었다. 일반 가정집을 방문하면 문도 열어주지 않을뿐더러 판매에 성공할 확률 또한 높지 않았다.

그래서 우리가 노린 곳은 주로 '열려 있는 곳', 바로 가게였다.

복조리를 파는 방법은 다양했다. 두세 명씩 짝지어 다니면서 고학생을 가장해 "학비를 벌려고 합니다"라고 부모 세대의 애틋한 동정심에 호소하는 '감성파'가 있는가 하면, "운동 자금을 마련하려고 합니다"라고 정공법으로 나가면서 시국의 긴박함을 설명하는 '이성파'도 있었다. 감성이 이겼을까, 이성이 이겼을까?

판매 실적이 가장 높은 곳은 어느 쪽도 아닌 '풍물패를 이끌고 다니는 팀'이었다. 그도 그럴 것이 가게 앞에서 북 치고 장구 치고 꽹과리 두드리면서 "복조리 사세요" 하면 누군들 안 사고 배기겠는가. 그런 굿판을 '액막이'라고 불렀다. 우리가 귀신을 쫓아줬으니 당신은 어서 지갑을 여시오, 역시 모든 일은 기브 앤드 테이크. 투자가 있어야 성공도 가능한 법 아니겠는가. 자본주의 경제 법칙을 아이러니하게도 사회주의 운동권에서 배웠다.

하지만 모든 판매팀이 풍물패를 이끌고 다닐 수는 없는 법. 풍물패 판매 전략은 참여 인원과 투입 시간 등을 고려하면 그리 대단한 성과를 거둔다고 말할 수도 없었다. 영업의 기본은 모름지기 맨투맨에서 시작한다. 삼삼오오 몰려다니며 십인십

색 판매 전략을 구사했다. 하루 판매가 끝나면 사무실에 모여 그날의 성과를 공유했다. 어디서 팔아봤더니 잘 팔리더라, 이렇게 판매하면 실패할 확률이 높다, 이런 말은 하면 안 된다, 저런 말을 해야 한다, 무엇을 강조하면 좋다……

한 며칠 팔다 보니 나름의 노하우가 생겼다. 가게 주인의 표정과 관상을 살피고 여기서는 감성파로 나가야 할지 이성파로 변신해야 할지 터득하게 되었고, 주로 어떤 업종 사장님이 지갑을 잘 여는지도 파악하게 되었다. 잘 사주긴 하는데 딱 하나만 사주는 업종이 있고, 설득하는 과정이 무척 까다롭긴 하지만 일단 한번 지갑을 열면 통 크게 여러 개를 사주는 업종이 있었다. 가봤자 문전박대만 당하는 업종 또한 있었다. 그걸 잘 파악하는 것이 능력 또는 감각이었다. 어쩌면 감각도 장사의 능력에 속한다.

가장 잘 사주는 업종은 복덕방이었다. 지금은 '공인중개사'라고 부르지만 당시는 보통 '복덕방 아저씨'라고 불렸다. 대개 중장년층이나 할아버지들이 사장님으로 앉아 계셨다. 연초에 복을 팔러 온 사람을 쫓아냈다가 받게 될 액운이 두려운 탓인지, 업종 자체가 길일이나 풍수 같은 분야에 비교적 가까운 탓인지, 그래도 나름 사무실을 갖고 계신 분들이라 어느 귀퉁이라도 걸어둘 곳이 있어 그랬던 것인지, 복덕방 아저씨들은 복조리를 잘 사주셨다. 그런데 딱 하나였다. 복덕방에서 복조리를 두 개 이상 팔았다는 성공담은 드물었다. 그 와중에도 여러 개를 팔아보겠다고 "복조리는 홀수로 사셔야 좋습니다, 사장님" 하면서 어디서 주워들은 속설을 늘어놓는 초보 판매꾼도 있었지만, 복덕방 아저씨들 앞에서는 번데기 앞에 주름 잡는 격이었다. 풍수지리와 사주팔자에 능한 분들 앞에서 어디 감히!(더구나 1이 이미 홀수 아닌가)

이렇듯 복덕방은 판매 수량은 많지 않지만 판매 확률은 높은 곳으로, 이듬해 복조리 판매 시즌이 시작되면 일단 복덕방부터 순례하는 경쟁이 벌어졌다. 역시 사람은 광야에 던져놓으면 누구나 시나브로 '꾼'이 되는 법. 좁은 시장을 놓고 다투는 경쟁은 언제 어디나 치열하기 마련이다.

복조리를 팔러 나가는 시기도 잘 선택해야 했다. 복조리는 정월대보름 열흘 정도 전부터 대보름 당일까지가 판매 시즌이다. 너무 빨리 나가도 안 되고 너무 늦게 나가서도 안 된다. 빨리 나가면 구름 낀 날 우산 팔러 나간 격으로 헛걸음만 하게 되고, 늦게 나가면 우리 말고 다양한 사연으로 복조리를 판매하는 다른 꾼들이 이미 훑고 지나간 다음이다. 적절한 타이밍을 찾아야 했다. 한편 판매량 예측과 재고 관리도 중요했는데, 복조리는 썩는 것이 아니니 올해 못 팔면 내년에 팔면 된다고 생각하기 쉽지만 눈썰미 있는 고객님들은 빛바랜 복조리를 금방 알아챘다. "작년 거잖아" 한마디에 모든 신용을 잃을 수 있다. 많이 팔릴 것이라 예상하고 복조리를 왕창 떼어놨다가 사무실에 1년 내내 '복'이 굴러다니던 참혹한 해도 있었다.

∞

　의외로 잘 사주는 가게 가운데 하나가 카센터였다. 자동차를 수리하거나 정비하면서 안전을 다루는 업종이다 보니 복을 기원하는 물품을 사무실이나 작업장 한구석에 걸어놓는 사장님들이 많은 것 같았다. 카센터와 유사한 공업사, 철공소, 정비소 같은 곳도 그랬다. 용접기를 들고 작업하다가도 애써 몸을 일으켜 복조리를 샀다. 기름때 묻은 점퍼 주머니에서 천 원짜리 한 장을 꺼내며 "복조리는 됐으니 수고해라" 하고 말하는 분도 계셨다. 몸으로 일하는 분들은 약은 계산을 하지 않았고, 그러한 따뜻함과 순박함에 감동하면서도 우리는 또 그것을 노렸다.

호프집, 전통주점, 소주방 같은 곳도 복조리 판매꾼들의 주요 공략 지점이었다. 쉬이 공략하기 힘든 요새지만 일단 한번 구입을 결정하면 네댓 개씩 사주는 큰손이었다. 특히 전통주점은 테이블마다 칸막이가 되어 있는 경우가 많고 '전통'이라는 용어와 복조리가 잘 어울리는 만큼, 테이블마다 복조리를 사주는 '잭팟'이 터지는 곳이기도 했다. 그래서 복조리 판매 시즌이 열리면 시내 유명 전통주점부터 달려가는 팀 또한 생겼는데, 전통주점을 오래 운영하신 분은 복조리 판매꾼까지 단골을 정해놓는 경우가 있었다.

"그 사람한티 복조리를 사니까 장사가 잘되드랑게. 지금 그 사람 오기만 눈이 빠져라 기다리고 있는디…… 으째야 쓰까, 잉?"

그러다 우리는 노다지 금맥을 하나 찾게 되었다. 한 팀이 복조리를 하루에 열댓 개 정도 파는 것이 평균이었는데, 한 팀이 한 업소에서 열댓 개를 한꺼번에 판매한 사례가 탄생한 것이다. 우와, 탄성을 지를 만한 일이었다. 그 많은 복조리를 대체 어디에 쓰려고 그러는 것일까. 복조리를 재판매하려는 업소일까, 싶었는데 그곳은 노래방이었다.

노래방이라…… 당시 우리는 노래방에 한 번도 가본 적이 없었다. 대체 어떤 곳이기에 복조리를 열댓 개씩 사주는 걸까, 궁금했다.

당시 우리나라는 노래방이 막 생겨나던 시점이었다. 그때는 그곳을 '노래연습장'이라 불렀다(지금도 노래방의 행정적인 명칭은 노래연습장이다). 그 시절 노래연습장이라는 이름을 처음 듣고 내가 머릿속으로 그렸던 상상은, 넓은 홀에 무대가 있고, 뒤에는 밴드가 있고, 무대에서 마이크 잡고 노래를 '연습'하는 풍경이었다. 그러니 돈을 내면서까지 그런 곳에 가는 것이라 생각했다. 사실은 노래방이라는 개념 자체가 좀 우습게 느껴지기도 했다. 학교 잔디밭에서 막걸리 마시고 덩실덩실 해방춤까지 추면서 놀 수 있는데―당시 대학가에 흔한 풍경이었다―뭣 하러 답답한 실내에 들어가 돈 내며 노래를 부른단 말인가. 그것은 마치 돈 내고 물을 사 먹어야 한다는 이야기와도 비슷하게 황당한 소리로 들렸다(그 무렵 우리나라에는 생수 판매가 막 시작됐다). 더구나 당시 학생운동권에서 노래방은, 그 문화가 일본에서 건너왔다는 이유로 '왜색' 딱지가 붙어 일종의 출입금지 구역처럼 여겨졌다. 노래방에 드나드는 운동권이라면 뭔가 타락한 녀석 취급하는 분위기였달까.

노래방이 노다지 광산이긴 한데 확인할 방법이 없네……
그래서 우리는 확인차, 정말 확인차, 혁명을 위해 복조리는
팔아야 하고, 노래방은 우리의 잠재적 고객이자 장차 특급 거
래처가 될 곳이니, 확인을 위해 노래방에 갔던 것이다. 강한
부정은 강한 긍정이라 했던가. 아무튼 확인이 필요했다.

처음 노래방 문을 열고 들어갔을 때 상상과 다른 모습에
놀랐다. 넓고 탁 트인 홀 대신 어두침침한 복도가 있고 양쪽
으로 좁은 방이 칸칸이 이어져 있는 것 아닌가. 그제서야 노
래방 사장님이 왜 복조리를 여러 개 샀는지 이해하게 되었다.
그날 우리는 노래방 방 하나를 잡고 밤늦도록 '시장조사'를
거듭했다.

당시 노래방은 곡당 가격을 매겼다. 1분짜리를 부르든 10
분짜리 노래를 부르든 똑같이 오백 원이었다. 뭐가 이리 부조
리하고 불공정한가 싶었다. 힘들여 무언가를 팔아봐야 돈이
갖는 무게와 질감을 아는 것일까. 발이 붓도록 돌아다녀야 복
조리 하나를 겨우 팔았는데, 노래 서너 곡에 그 값을 훌렁 날
린다고 생각하니 기분이 묘했다.

곡당으로 가격을 매기던 우리나라 노래방의 그악한(?) 부
조리는 몇 년 뒤 '시간제'라는 자유와 평등의 체제로 바뀌면

서 새로운 전기를 맞았다.

∞

　조직에서 실시한 재정 사업이 아니라 내가 스스로 판단해 처음 해본 돈벌이는 세차였다. 집안 형편이 넉넉지는 않았지만 워낙 철이 없었던지라 대학생이 되고도 부모님이 주시는 용돈에만 의존해 살다가, 어느 날 문득 '일을 해보고 싶다'는 생각을 했던 것 같다.

　당시에는 구인, 구직, 임대, 매매, 중고상품 거래 등의 정보를 제공하는 타블로이드판 생활정보지가 유행했다. 거리 곳곳에 배포함이 있어 무료로 가져갈 수 있었고, 수십 매 분량으로 꽤 두툼했다. 특별한 사유가 없어도 생활정보지를 뒤적이는 행위 자체를 소일거리로 삼는 사람들이 많았다. 세상 물정 알기에도 괜찮은 자료였다. 나도 그런 사람 가운데 하나였을 것이다. 빼곡한 구인 정보 가운데 우연히 "세차원 구함"이란 제목을 발견했던 것 같고, "노력에 따라 고수입 보장"이라는 달콤한 문구에 현혹됐던 것 같기도 하다.

　생활정보지에 적힌 번호로 전화해 찾아간 곳은 아파트 정문이었다. 분명 '세차원'을 구한다고 했는데…… 세차장은 보이지 않았다. 잠시 뒤 나보다 서너 살 정도 많아 보이는 남자가 자전거를 타고 나타나 주위를 살피더니 물었다.

"광고 보고 왔지?"

대뜸 왜 반말인가.

"세차장은 어디에 있나요?"

내 물음에, 역시 세상은 미욱한 존재들로 가득 차 있다는 눈빛으로 남자는 나를 바라보며 말했다.

"여기가 바로 세차장이야."

아파트를 돌아보는 그의 눈에서는, 낼모레 수확할 나락으로 출렁이는 황금빛 평야를 바라보는 농부의 그것이 느껴졌다. 보는 것만으로도 배가 부르다는 표정이었다.

그 아르바이트는 아파트 주차장에 세워진 자동차를 찾아다니며 방문 세차를 하는 일이었다. 그러니 별도의 세차장도, 거대한 세차 장치도 필요 없었던 것이다.

"저기 저 아파트 단지 보이지? 거기는 방문 세차가 없어. 저-어기 건너편 단지 보이지? 거기도 방문 세차가 없어. 다 '우리 땅'이 될 거야."

남자는 그 아파트 단지의 세차와 영업을 책임지는 조장이었다. 그도 대학생이었다. 군대 제대하고 복학을 준비하고 있다고 했는데, 방문 세차 일을 시작한 지는 반년 정도 되었다고 했다. 그는 이 사업이 정말 혁신적인 아이템이라면서 흥분한 목소리로 소개했다.

들고 보니 그럴듯하긴 했다. 당시는 1990년대 초반으로, 전국에 아파트 단지가 우후죽순 생겨나던 참이었다. 아파트 거주자들은 대체로 중산층 이상으로 자기 자동차가 있었다. 아파트 단지에는 너른 주차장도 있었다. 서비스를 받는 고객 입장에서는 아침에 출근할 때 자동차가 깨끗이 닦여 있으니 얼마나 기분 좋은가. 사업자 입장에서도 고객을 대면하지 않고 미리 닦아놓기만 하면 되는 일이니 얼마나 쿨한가(대부분 월 단위로 세차 서비스를 신청했다). 지금이야 이런 방문 세차 서비스가 흔하지만, 되돌아 생각하니 시대를 앞서간 아이템이었고, 그런 혁신의 노다지들이 여기저기 생겨나고 있었다. 신축 아파트가 곧 혁신이었다. 생기면 생기는 대로 곧 '우리 땅' 아니겠는가. 조장이 들떠 말하는 것도 이해가 됐다. 지금은 다른 사람 밑에서 일하지만 자신도 언젠가 독립해 방문 세차 사업을 할 것이라고 말했다. 열대 나라에 도착해 아이스크림을 왕창 팔아보겠다고 다짐한 사람의 표정이었다.

그러다 조장이 물었다.

"너, 자전거는 있지?"

갑자기 자전거는 왜? 아파트 이 동 저 동 옮겨 다니며 세차하려면 자전거를 타야 편한데 따로 지급하지 않는다고 했다. 나중에 보니 그 세차 회사(?)는 자전거뿐 아니라 양동이, 수건, 수세미, 브러시, 세제에 이르기까지 작업에 필요한 일체의 도구를 스스로 구입해야 했다. 고수입에는 '투자'가 필요하다나. 노력만 있으면 된다더니.

자전거가 없다고 하자 걱정스러운 눈빛으로 물었다.

"너⋯⋯ 자전거 탈 줄은 알지?"

알다마다. 무려 활주로에서 갈고닦은 실력인데!

결국 생애 최초 아르바이트를 위해 나는 투자를 해야 했고, 아버지에게 투자금을 빌려야 했다.

"자전거를 사려고 합니다."

"왜?"

내가 이러저러하다고 방문 세차 아르바이트에 대해 설명했더니 아버지의 표정은 점차 조장 형의 얼굴처럼 바뀌었다.

"와, 그거 혁신적 아이템인데!"

그러곤 말씀하셨다.

"너 그러지 말고, 그 방문 세차 사업을 해봐라."

아, 아버지…… 그게 아니란 말입니다.

아버지에게 빌린 돈은 아주 나중에 갚았다. 먼 훗날 20년 쯤 뒤에, 장사하느라 빌렸던 돈을 갚으며 "그때 자전거 값도 포함되어 있습니다"라고 말했더니 대체 무슨 말인가 하는 표정으로 고개를 갸웃했다.

∞

방문 세차 아르바이트는 3개월 했다.

3개월 동안 배운 것이 있다면, 노동의 신성함 같은 것이 아니라, '검정 차보다 흰 차가 닦기 쉽다'는 것이었다. 세차 일을 하기 전에는 흰 차는 오물이 금방 보여 닦기 어렵고, 검정 차는 상대적으로 닦기 쉬울 줄 알았다. 반대였다. 검정 차는 걸레 자국이 쉽게 남아서 걸레질 않고 대충 넘어간 부분이 있으면 금방 알 수 있었다. 흰 차는 걸레 자국이 잘 보이지 않아, 정성 들여 닦지 않고 대충 넘어가도 고객이 잘 몰랐다.

또 다른 사실도 알았다. 세차의 용이성 측면에서는 이렇듯 흰 차가 우수하지만 뿌듯함 측면에서는 검정 차가 우월하다는 사실이다. 검정 차는 닦기 어려운 반면 잘 닦고 나면 번들번들 광택이 살았다. 흰 차는 아무리 닦아도 그저 그랬다. 나는 나중에 자동차를 구입하면 반드시 검정 차를 사리라. 그때는 그렇게 생각했다.

그러면 쉬운 쪽을 택할 것인가, 보람 있는 쪽을 택할 것인가. 근로자 입장에서는 대체로 전자 측에 기운다. 똑같은 급여를 받는데 애써 보람은 찾아 뭣 하겠는가. 따라서 방문 세차 회사에서는 신입이 들어오면 까다로운 검정 차는 신입에게 배정했다. 막내는 새로운 막내에게 자신의 일감을 넘겼다. 그게 거기서 배운 '교훈' 가운데 하나다. 나는 3개월만 일하고 그만둬 후배가 생기지는 않았지만 만약 후배가 들어왔더라면 나 또한 똑같이 행동하지 않았을까?

먼 시간 지나, 그때 세차 일을 하면서 배운 몇 가지 교훈을 잘 활용하기는 했다. 내가 자동차를 구입할 때였다. 흰 차를 살까, 검정 차를 살까? 그때의 경험으로, 칠칠치 못한 나는 어두운 계통의 자동차를 잘 관리하지 못한다는 사실을 알았다. 결국 흰 차를 선택했다. 이게 굳이 세차 아르바이트를 해야만 깨달을 수 있는 사실인가 싶다만.

인생 첫 아르바이트라고 할 수 있는 세차 일을 단 3개월 만에 그만두게 된 과정은 꽤 투박했고, 운동권스러(?)웠다.

전대협(전국대학생대표자협의회) 출범식 때문이었다. 행사가 서울에서 열렸기 때문에 주말 끼고 사나흘쯤 일을 쉬어야 했는데, 주중도 그렇지만 주말은 내부 세차 서비스를 하는지라 쉬겠다는 말을 감히 꺼내지 못했다. 어떤 핑계를 댈까, 고민을 거듭하다 생각한 수법이 고작 "할아버지께서 돌아가셨다"라는 것이었다. 그렇게 나는 반세기 전 세상을 떠난 할아버지를 한 번 더 돌아가시게 만들었고, 조장은 한심하다는 표정으로 손을 휘휘 내저으며 알아서 하라고 했다.

그렇게 끝났다. 출범식이 끝나고 나는 다시 아파트로 복귀하지 않았다. 돌아보면 한심한 일 아닌가. 찾아가 "죄송합니다" 하면 될 것을, 나는 '이왕 이렇게 된 것, 여기서 끝'이라고 생각했던 것 같다. 인생은 길고, 살다 보면 실수도 할 수 있는 법인데 그때는 미처 그렇게 생각하지 못했다. 그냥 그만둬 버렸다. 젊을 때는 적잖이 이렇다. 끝이 아닌 것을 끝이라 여기고, 되돌릴 수 있는 가능성을 엉뚱하게 헝클어버리기도 한다. 살아갈 날이 적은 사람은 오히려 신중하지만 살아갈 날이 많은 사람은 선택의 여지가 많으니 도리어 제멋대로인 걸까.

"사장님, 저 그만두겠습니다."

지금 내가 편의점을 운영하면서 문자메시지 하나 달랑 남기고 출근하지 않는 알바생을 볼 때마다 예전 내 모습을 떠올리곤 한다. 나도 그렇게 살았던 사람이니 그들에게 유난히 매섭게 굴 자격은 없다고 생각하기도 한다.

∞

그 뒤로 이런저런 일을 했다. 풍족하지는 않았지만 용돈에 그리 쪼들리는 편도 아니었으면서 기회가 생기면 일감을 찾았다.

1992년, 한반도 비핵화 공동선언이 채택된 후 평화의 분위기가 삼천리 금수강산에 넘실거렸다. 당장 통일이라도 되는 것마냥 들뜬 분위기였다. 1993년, 군인들의 30여 년 집권이 끝나고 이른바 문민정부가 탄생했다. 전대협이 한총련(한국대학총학생회연합)으로 신장개업했다. 같은 해 북한이 핵확산금지조약(NPT)을 탈퇴하면서 핵보유국으로 신장개업을 준비했다. 1994년, 김일성이 죽었다. 북한에 조문사절단을 파견하는 문제를 놓고 정치권이 요동쳤다. 우리나라 학생운동권의 배후에는 김일성 주체사상을 신봉하는 세력이 있다는 어느 가

톨릭 사제의 폭로를 시작으로 이른바 주사파 색출 열풍이 불었다. 문민정부가 공안통치 유형으로 영업 방식을 바꿨다.

시국이 이렇게 하루가 다르게 요동치니 고정된 아르바이트를 할 수 없다는 그럴듯한 핑계를 내세워 내가 선택한 것은 이른바 노가다, 즉 '막일'이었다. 직업소개소에 만 원인가 등록비를 내고 앉아 있으면 '십장'이라 부르는 현장 책임자들이 찾아와 일할 사람을 데리고 갔다. 선택받으면 좋고, 안 되면 일상으로 돌아가고.

경제 호황기인 데다 정부에서 주택 2백만 호 건설 계획 같은 것을 발표하면서 건설 현장에서 인력이 부족하다고 아우성칠 때였다. 당시에는 '외국인 근로자'라는 용어조차 없을 때여서 새벽 네다섯 시쯤 직업소개소에 나가 대기하고 있으면 일곱 시쯤에는 대부분 '오늘의 일터'로 팔려 갔다. 나는 끝까지 선택받지 못하고 뻘쭘히 뒤통수를 긁적이며 집으로 돌아가는 서너 명 가운데 하나였다. 당시 내 몸무게가 60킬로그램쯤 되었나. 삐쩍 마른 데다 키는 껑충하고 검정 뿔테 안경을 쓰고 있으니 누가 봐도 비실비실하고 왠지 불순해 보였던가 보다. 간절한 눈빛이라도 있어야 뽑힐 수 있었을 텐데 그런 면도 부족했던 것 같다. 대개는 뒤늦게 뛰어온 게으른 십장에게, '어쩔 수 없이 너라도 데려간다'는 표정으로 선발되어 현장으로 향하는 승합차 뒷좌석에 올랐다. 부실하다는 말을 듣지 않으려고 이를 악물고 시멘트 포대를 나르고 벽돌을 짊어 날랐다.

그런 이유로 내 생애 두 번째 아르바이트가 무엇이었는지 기억을 되짚는 경로는 복잡하다. 신축 건물에서 바닥 타일을 깔았던 것 같기도 하고, 어느 농가에서 비닐하우스 만드는 일을 거들었던 것 같기도 하다. 그런데 분명히 기억하는 사건이 하나 있다. 그렇게 번 돈으로 부모님에게 처음 선물을 사드렸던 일이다. 용돈이 아닌 '내가 번 돈으로' 선물을 샀던 첫 번째 기억. 그러니까 비로소 어른이 된 기억이라 말할 수도 있겠다.

어? 세차 아르바이트를 3개월이나 했다면서 그때 부모님께 선물을 해드리지 않았느냐고요? 당시에는 첫 월급 타면 부모님에게 빨간 내복을 사드리는 것이 일반적인 룰이었다. 그런데 나는 역시 '혁명적으로' 살아온 사람이라 그러한 일상 궤도 또한 따르지 않았다. 방문 세차로 받은 첫 월급은 조직의 '동지'들과 조국의 운명을 걱정하면서 술 마시는 데 홀랑 써버렸고, 두 번째 월급은 조직 사무실 임대료에 보탰던가, 선전물 제작 비용으로 썼던 것 같다. 세 번째 월급은 전대협 출범식에 참석하며 써버렸다. 나중에 막노동으로 받은 일당도 그날그날 홀랑홀랑 썼다.

대학 1학년 여름방학이 막 시작할 무렵이었다. 공사판에서 알게 된 선배에게 연락이 왔다. 열흘 동안 계속할 수 있는 작업이 있는데 하겠느냐는 것이다. 막노동을 쉬지 않고 열흘이나 계속하는 것은 상상만으로도 끔찍한 일이긴 했지만, 나 같은 비실이가 열흘 연속 선택을 받는 것은 조국통일이 이루어지는 것만큼 상상도 되지 않는 일이라 구미가 당겼다. 게다가 "노동 강도가 그리 세지 않은 일"이라고 했다. 공사판 막노동 가운데 그런 일도 있나? 대신 집에서 나와 열흘간 타향살이를 해야 한다고 했다. 최고의 메리트는 역시 일당이 세다는 점이었다. 당시 일반적인 막노동에 비해 일당이 두 배에 가까웠다. 대체 무슨 일인가 싶었다. 무조건 하겠다고 손을 번쩍 들었다.

빌딩 외벽에 대리석을 붙이는 석공 일이었다. 노동 강도는 세지 않지만 위험한 일이긴 했다. 그런데 일당이 센 이유는 따로 있는 것 같았다.

현장 책임자가 말도 못 하게 입이 거친 사람이었다. 공사판 언어가 절반이 욕이긴 했지만 그분은 그중에서도 상급 레

벨이었다. 그러니까 높은 일당은 모욕의 비용이었을까. 처음엔 대수롭지 않게 생각했다. 열흘만 참으면 되니까 귀 막고 사흘, 눈 감고 사흘 견디면 되겠지, 하고 생각했다. 하지만 닷새쯤 지나니 점점 참기가 힘들어졌다. 그냥 일반적인(?) 욕만 해도 충분할 텐데 꼭 부모 형제를 끌어와 출생의 비밀과 지능지수를 탓하면서 욕하는데, 한번은 큼지막한 스패너를 들고 있는 손이 부르르 떨리며 나쁜 상상을 할 정도였다. 이대로는 안 되겠다, 그만두자. 그런데 신기하게도 그날부터 욕쟁이 아저씨의 욕이 뚝 끊겼다. 내 머릿속을 들여다보기라도 한 것일까…… 닷새가량 욕을 듣다가 조용해지니 그 또한 허전하면서, 내가 무슨 심각한 잘못을 했길래 욕조차 않는 걸까 싶어 그 또한 불안했다.

석공 일은 열흘을 모두 채웠다. 열흘 지나 작업이 다 끝났다고 생각하고 광주에 돌아갈 채비를 하고 있는데 욕쟁이 아저씨가 나를 불렀다. "닷새짜리 다른 현장이 있는디 같이 가보지 않을텨?" 욕만 하지 않으면 따라가지 않을 이유 또한 없었다. 그해 여름엔 공안정국이 서늘하여 조직 활동도 잠복기에 있었을뿐더러, 그즈음 대리석 붙이는 일에도 상당히 익숙해져 '학교 때려치우고 이거나 해볼까?' 하는 생각까지 하던 참이었다.

"왜 하필 저인가요?"

저녁에 삼겹살에 소주를 마시면서 욕쟁이 아저씨에게 물었다. 세상에 많고 많은 인부들 가운데 왜 하필 부실한 나를 선택했던 것인지. 욕쟁이 아저씨는 나보다 나이가 서른 살가량 많은, 우리 아버지보다도 연세가 많은 분이었다.

"뭐긴 뭐여. 일을 잘하니까 그라제."

억양이 우리 아버지와 똑같았다.

내가 일을 잘한다고? 욕쟁이 아저씨 말인즉, 석공 일은 단순히 힘으로 되는 것이 아니라 꼼꼼함이 필요한데 그동안 같이 일했던 보조 인부 가운데 내가 제일 낫더라는 것이다. 그래서 계속 같이 일할 동료로 삼으려고 욕도 끊은 것 같았다(물론 나에게만 그랬다). "꼼꼼하다"는 평가는 태어나 처음 들어봐 웃었다. 기분은 좋았다. '나한테 그런 면이 있었던가?' 하면서 나도 모르는 나 자신을 발견한 느낌이었다.

닷새를 더 일했다. 욕쟁이 아저씨를 따라다니며 보름간 일한 수당을 합쳐보니 당시 웬만한 중소기업 근로자 월급보다 많았다. 다음 학기 등록금을 낼 수 있을 정도였다. 모텔에 숙식하는 비용은 아저씨가 냈고, 계속 외지에만 있다 보니 돈을 쓸 일도 없었다. 매일 일 마치면 기절하듯 쓰러져 잠들기 바빴으니.

욕쟁이 아저씨의 마지막 인사는 심플했다. "부모님힌티 잘하고 공부 열심히 해라." 물론 이 말도 잊지 않았다. "정 할 일 없으면 나한테 전화혀."

고속버스 타고 광주 터미널에 도착하니 곧장 백화점이 눈에 들어왔다. 태어나 백화점이란 곳에서 물건을 사본 적이 없어 갑자기 졸부라도 된 목소리로 종업원에게 말을 걸었다.

"첫 월급으로 부모님 선물을 사려고 합니다."

천하의 효자를 발견했다는 표정으로 감동의 눈망울을 반짝이던 백화점 점원이 지갑과 스카프를 꺼내 보이며 말했다.

"요샌 내복보다 이런 선물을 더 많이 해드려요."

하긴 그때가 중복 무렵이었다. 진정한 의미에서의 '첫 월급'을 그렇게 썼다.

∞∞

나도 모르는 나의 이면을 발견하는 계기는 '일'이었다. 세상의 속살을 알아가는 계기도 '일'이었다.

그 무렵 부모님은 갈빗집을 운영했다. 그것도 서울 태릉에서. 태어나 자란 곳의 반경을 크게 벗어나지 않았던 우리 부모님이 왜 갑자기 서울로 가게 되었을까. 그것도 인연이 전혀 없는, 갈비? 식당이라면 예전에 분식점을 했다고는 하지만 라면과 갈비는 거리가 꽤 멀지 않은가.

그즈음엔 나도 성인이라 분위기를 대강 짐작할 수 있었다. 그 갈빗집은 부모님이 몇 개월 한시적으로 운영하는 업소였다. 야외 수영장과 포도밭이 딸린 대형 갈빗집이었다. 갈비를 먹는 손님에게 무료로 수영장을 이용하게 해주고, 소정의 비용을 지불하면 포도도 마음껏 딸 수 있게 해주는 이른바 체험형 농장이었다. 건물주가 운영하다가 사정상 잠시 쉬게 되어 우리 부모님이 위탁 운영하는 조건이었다. 모르긴 해도 임대료가 상당했던 것 같다. 건물주가 기존에 거두던 수입을 거의 임대료로 지불하는 수준이라 들었다.

그런데 위험성이 제법 큰 사업이었다. 엄청난 임대료를 감당하려면 매출을 기존보다 올려야 할 텐데 갈빗집 손님이 갑자기 늘 수는 없는 일이고, 특히 수영장을 겸하고 있어 여름 성수기에 바짝 매출을 올려야 하는데 그 여름이 서늘하거나 태풍이라도 몇 번 만나면 한 해 장사를 망치기 십상이었다.

많은 것을 하늘의 운명에 맡겨야 하는 일이었다.

소망분식은 어머니가 전담했지만 포도밭갈빗집은 아버지가 앞장섰다. 처음엔 우리 아버지가 식당을 운영할 요령이나 능력이 있을까 미심쩍었지만 전혀 새로운 면모를 발견했다.

아버지는 운도 좋았지만 수완도 있었다. 그 갈빗집을 거의 24시간 운영 체제로 바꾸었다. 새벽부터 자정까지 포도밭갈빗집은 쉼 없이 돌아갔다. 어떻게 그런 일이 가능했을까.

일단 그 업소가 지닌 최고의 경쟁 요소라 할 수 있는 수영장. 자정 무렵에 수영장 물을 빼고 청소하고 곧바로 물을 채우면 새벽녘에 가장 깨끗한 수영장을 이용하는 고객은 청소년 대표 수영선수들이었다. 원래는 태릉에서 연습해야 하는데 공간이 부족하다는 이유로 당시 청소년 대표들은 외부 수영장을 전전했다. 그해 여름 청소년 대표들의 연습 장소는 우리 수영장이 되었다. 아버지가 대표팀 감독을 찾아가 '아침식사 제공', '갈비는 푸짐히' 등의 특전을 제시했기 때문이다. 갈빗집 뒤편에 있는 직원 숙사 일부 공간까지 대표팀 숙소로 제공했다. 그 덕분에 수영장은 새벽 네다섯 시부터 운영을 시작할 수 있었다.

선수들 아침 훈련과 식사가 끝나면 오전 아홉 시쯤 되었다.

그때부터는 일반 손님이 들어오기 시작한다. "청소년 국가대표 공식 수영장"이라는 현수막을 입구에 크게 걸어놓으니 수질이 깨끗하다는 사실은 저절로 보증됐다. 오후 여섯 시 정도까지 일반인을 상대로 수영장 겸 갈빗집을 운영했다. 아이들은 수영을 즐기고, 어른들은 아이들을 지켜보면서 갈비와 술을 즐기고.

여름이라도 오후 여섯 시 정도 되면 물이 차가워진다. 그럼 수영장은 어떻게 하지? 아버지는 다 생각이 있다는 듯 새로운 아이템을 추가했다. 수영장에 오리배를 띄웠다. 둘이서 페달을 밟아 움직이는 녀석 말이다. 수영장 둘레에 형형색색 조명까지 설치하고 오리배 네댓 척이 떠다니니 금세 무드 있는 야간 식당으로 바뀌었다. 갈비를 몇 인분 이상 먹으면 오리배를 무료로 탈 수 있게 해주니 아이들은 갈비 사달라고 엄마 아빠를 열심히 졸라댔다. 연인들의 데이트 코스로도 소문이 났다. 자정 무렵까지 손님이 이어졌다. 물 빼고 청소하고 수영장에 물 채우면 청소년 대표들이 졸린 눈을 비비며 걸어오는 모습이 저만치 보였다.

놀라운 점은 따로 있었다. 부모님이 그 갈빗집을 거의 무일푼으로 시작했다는 사실이다.

소망분식을 그만두고서 우리 집은 굉장히 어려운 시절을 보냈다. 2층짜리 집과 가게를 팔아 그것으로 몽땅 빚을 갚고, 근처에 있는 상하방으로 이사했다. 농약사 시절 상하방보다 그나마 나은 점이 있다면 상하를 모두 사용한다는 점이었는데, 상에는 나와 남동생, 하에는 부모님과 여동생이 잤다. 농약사를 할 적엔 한 방에 다섯 식구가 나란히 누워도 그리 비좁다는 생각이 들지 않았는데, 그때는 달랐다. 온 식구가 같은 공간 안에 있다는 사실만으로 숨이 막힐 지경이었다. 그때 나는 중학교 2학년. 말 그대로 '중2병'을 심하게 앓던 시절이었다.

그 집 연탄보일러 옆에는 주방이라고 말할 수도 없는 공간이 하나 있었다. 거기에 수도꼭지 하나 달린 것이 급수의 전부였다. 설거지도 세탁도 목욕도 조리도 모두 거기 쭈그리고 앉아서 했다. 다섯 식구가 돌아가며 구부정구부정. 돌아보면 우리 집이 가장 밑바닥까지 추락한 시기였고 가족 관계도 가장 암울했던 날들이었다.

엄마가 소망분식을 그만두자 아빠는 이불을 걷고 일어나

어디론가 돌아다녔다. 건강은 거의 회복한 상태였다. 아빠가 밖에서 무엇을 하는지는 몰라도, 손대는 일마다 뜻대로 되지 않는다는 사실은 빈한한 살림이 계속 보여주고 있었다. 아빠는 밖에 나가면 한 달에 한 번이나 집에 들어왔다. 엄마는 식당에 나가 일했다. 광주에서 유명한 어느 돈가스 집에서 설거지를 했는데, 손님이 남긴 음식을 매일 들고 왔다. 그것은 다음 날 내 도시락 반찬통에서 얼굴을 내밀었다. "야, 너희 집 돈가스 진짜 맛있다!" 친구들은 떠들썩 젓가락을 들이밀었고, 나는 무덤덤하게 반찬통을 양보했다.

그런 생활을 2년 정도 하다가, 아빠가 하는 일이 좀 풀렸는지 단독주택으로 이사하게 되었다. 외곽 변두리에 있는 셋집이었고 학교까지 거리가 굉장히 멀어졌지만 욕실과 부엌이 있는 집에 다시 들어간다는 사실만으로 마냥 좋았다. 집에서 허리 펴고 목욕할 수 있는 기쁨이란! 수도꼭지가 세 군데 있는 집의 소중함이란!

그러다 뜬금없이 운영하게 된 것이 그 포도밭갈빗집이다. 아빠가 사업을 한다면서 여기저기 돌아다니다가 우연히 만난 사람이 갈빗집 건물주였던가 보다. 아빠의 어떤 점이 맘에 들었는지 "몇 개월만 우리 가게를 운영해 보지 않겠는가?" 하고 물었다고 한다. 석공 일을 하는 욕쟁이 아저씨가 내게 "학교 잠시 그만두고 이 일 한번 해보는 건 어뗘? 한 학기만 제대로 뛰면 4년 치 등록금은 벌 수 있을 텐디" 했던 목소리가 떠올랐다.

나랑 동생들은 여름방학 때 잠깐 상경해 일주일 정도 일손을 거든 것이 포도밭갈빗집과 우리 인연의 전부다. 그래도 남매가 모이면 아직 그 시절을 이야기한다.

당시 태릉에는 지하철역이 없었고 이제 막 생긴 당고개역에서 다시 버스를 타고 가야 하는 외진 곳이었다. 자정 넘어 영업 끝나고 요란한 음악이 나오던 스피커 전원까지 내리면 까만 밤하늘 아래 맹꽁이 울음소리와 풀벌레 짝짓는 소리가 요란했다. 고추농장 시절의 추억이 자연 떠올랐다. 시골보다는 못하지만 서울 하늘에서도 별은 볼 수 있었다. 낭만에 젖을 새도 없이, 나와 동생은 빗자루를 챙겨 들고 수영장 바닥으로 내려가야 했다.

수영장은 쓸고 닦고 새로운 물로 채우기 바빴다. 포도밭의 켐벨 포도는 하루하루 검붉게 영글었다. 갈빗집의 숯불 연기는 하루종일 허옇게 허공을 향해 피어올랐다. 장마가 끝나면 훌쩍훌쩍 자라는 죽순처럼, 이제 막 생겨난 서울 상계동, 하계동, 중계동의 신축 아파트 단지 주민들이 이제 막 구입한 신형 르망 자동차를 몰고 갈빗집에 찾아와 신흥 중산층 가족의 여유로운 한때를 즐겼다.

부모님의 갈빗집은 갈비로 유명한 태릉에서도 소문난 집이 되었다. 주위 상인들이 "포도밭갈빗집에 새로운 사장이 하나 들어왔는데 정말 대단한 사람"이라고 수군거렸다. 그래봐야 뭐 하나. 사실상 우리 가게도 아니었는데.

∞

포도밭갈빗집은 2년 정도 운영하고 원래 주인이 가져갔다. 그만큼 매출이 올랐으니 건물주가 다시 운영하고 싶었던 것 같다. 좀 섭섭한 일이기는 하지만 어쩌겠나. 그 대신 우리 부모님으로서도 얻을 건 얻었다. 무일푼으로 시작해 다른 장사에 도전할 수 있는 종잣돈을 얻었고, 그렇게 큰 식당을 운영한 경험 또한 얻었다. 가장 큰 소득은 자신감이었다.

포도밭갈빗집 시절 아빠의 눈빛은 그야말로 집요하기만 했다. 그해 여름방학, 당고개역까지 승합차를 몰고 마중 나온 아빠의 눈빛을 보고 잠깐 놀란 적이 있다. 예전과 달리 번뜩이는 무엇이 느껴졌다. 이제와 생각해 보면 '여기에 모든 것을 걸어야 한다'는 처절한 각오의 눈빛 아니었을까 싶다. 그 눈빛은 점차 부드럽게 변했다. 매출이 껑충껑충 뛰었으니까. 만면에 웃음이 가실 날이 없었으니까. 나중에 나도 장사를 해 보니 알겠더라. 장사꾼의 눈빛과 미소의 비밀을. 되는 가게는 저절로 잘된다. 손님에게 친절하지 말라고 해도 주인이 절로 친절해진다. 마음이 덩실덩실 춤추고 있으니 입술과 눈꼬리에도 마음이 드러난다. 안되는 가게는 하는 일마다 안된다. 아무리 친절하려 해도 잘 안되고, 웃으려 해도 어색한 웃음만 짓게 된다. 바드득 이를 악무는 미소는 한계를 드러내기 마련이다.

'끝'이라는 아빠의 각오는 단단했다.

두 가지 끝이 있다. 힘과 지혜를 있는 대로 짜내서 끝을 보겠다는 파릇한 끝이 있고, 나는 여기까지라고 지레 포기하는 회색빛 끝이 있다. 어떤 끝은 갈고닦으며 번쩍번쩍 빛났고, 어떤 끝은 시무룩 초라하게 이울었다. 우리는 이 끝과 저 끝 사이를 이어가며 살아간다.

06.

| 장사의 기본 |

── 비밀에 대하여

동진오리탕

1993 ~ 1996

우리 가족의 다섯 번째 가게는 오리탕집이었다. 이제야 비로소 '가족의 가게'라 말할 수 있겠다. 그때는 우리 남매가 모두 장성해 각자 나름의 역할을 맡으며 가게 일을 거들 수 있었으니까. 다섯 식구가 함께 땀 흘린 최초의 가게였고, 마지막 가게가 되었다.

그나저나 웬 오리탕? 아니 그보다, 광주엔 오리 요리 식당이 왜 그리 많을까?

빛고을 광주에는 오리탕집이 유난히 많다. 지금은 아예 시에서 지정한 '오리 요리의 거리'가 있어 국내외 관광객들로 북적인다. 오리탕은 한정식, 떡갈비, 육전, 상추튀김, 보리밥,

주먹밥 등과 더불어 광주 7미味 가운데 하나로 꼽힌다.

어릴 때 나는 광주가 오리탕으로 그렇게 유명한 줄 몰랐다. 광주에 오리탕집이 별나게 많다는 사실 또한 몰랐다. 삼계탕 전문점처럼 전국 어느 지역에나 오리탕집은 흔한 줄 알았다. 나중에 서울에서 직장 생활 할 때 "오늘 저녁은 뜨끈한 오리탕 어때?" 하고 물었더니 "오리를 탕으로 먹어?"라고 되묻는 동료를 보고 놀랐다. 오리탕을 한 번도 먹어보지 못한 서울 사람도 흔하다.

광주에 오리탕집이 많은 배경은 의외로 간단하다. 전국 오리 생산량의 절반이 전남 지역에 집중돼 있기 때문이다. 그것도 내가 자란 전남 나주와 영암이 오리 주요 생산지다.

닭은 어디서나 자란다. 그래서 삼계탕집은 전국에 고루 생겼다. 오리는 다르다. 특정한 지역에 많이 자란다. 옛날엔 냉장 유통 체인이 그리 발달하지 않았고, 전남에서 도축한 오리를 다른 지역으로 보내는 과정에도 만만찮은 비용이 드니, 생산지와 가까운 대도시에서 소비하는 편이 가장 효율적이었다. 광주에서도 북구 유동에 오리탕 전문점이 밀집한 것은 그 때문이다. 과거에는 그 근처에 시외버스 터미널이 있었다. 시골 농가에서 사육한 오리를 트럭에 싣고 광주에 올라와 다른 지역으로 보내기 전에, 일단 터미널 근처 식당에서 식재료로 최대한 활용했던 것이다.

5·18을 배경으로 한 영화나 드라마에 계엄군이 터미널에 난입해 시민들을 폭행하는 장면이 나오곤 하는데 바로 그 터미널이다. 광주 고속버스 터미널은 1992년 다른 곳으로 옮겼지만 옛 터미널을 중심으로 형성되었던 구도심 상권의 흔적은 상당한 시간이 흘렀어도 찾아볼 수 있다.

그리하여 광주의 오리탕은 전국 오리탕 조리법의 원조가 되었다. 광주식 오리탕은 구수하고 푸짐하다. '원조' 광주식 오리탕은 된장으로 국물 맛을 내고 들깨를 듬뿍 갈아 넣어 걸죽한 식감을 주는 것이 특징이다. 손님상에 나가기 전에 생미나리를 한 움큼 뚝배기에 얹는 것도 공통된 특징인데, 미나리는 초고추장에 찍어 먹는 것이 광주 사람들의 정석이다. 그러고 보면 광주에선 많은 것을 이렇게 초고추장과 함께 먹는다. 족발, 순대, 심지어 감자탕까지 초고추장에 곁들여 먹는다. 나중에 서울에서 감자탕을 먹을 때 간장 소스를 주기에 "초고추장 없나요?" 물었더니 식당 주인장이 종지를 내밀면서 물었다. "광주 사람이시죠?" 서로 얼굴을 마주 보고 웃었다.

"많고 많은 식당 가운데 왜 오리탕집이었습니까?"

아버지에게 물었다.

'동진오리탕'이라는 우리 가족의 다섯 번째 가게가 문을 닫고 20년쯤 시간이 지난 어느 날이었다. 그날 아버지는 점심 식사로 오리고기가 먹고 싶다고 혼잣말처럼 말하더니 냉장고로 향했다. 고기를 불에 구워 먹는 것을 예전에는 '로스'라고 표현하는 경우가 많았는데 이는 영어 'roast'에서 유래한 말이다. 그 로스구이를 해 먹겠다며 오리 한 마리를 꺼냈다. 구이용으로 잘 다듬어진 제품이 냉동실에 있는데도 굳이 통오리를 선택했다. 당시 아버지는 서울 녹번동 주택가 골목에서 작은 육가공 업체를 운영하고 있었다. 정육점을 겸한 식당을 해볼까 하고 나랑 상의하던 중이었다. 고기를 다듬는 아버지 옆에서 다시 물었다. "그때 왜 오리탕이었습니까?"

내 질문의 뜻을 이해하지 못했는지 아버지는 엉뚱한 대답을 했다.

"오리고기는 말이여, 이걸 잘 떼어내야 돼. 이게 달려 있으믄 탕이 끓을 때 기름이 올라오고 오리 특유의 비린내가 난단 말이지. 초보들은 그걸 잘 몰라서 온갖 한약재를 넣고 양념 범벅을 만들어버리는디, 오리라는 고기는 손질을 어떻게 하느냐에 따라서 상당히 달라진단 말이여. 하기사 모든 고기가 그라제. 같은 부위라도 써는 방향과 두께에 따라 맛이 달라지는 법이여. 그걸 모르는 사람들이 너무 많아. 정육이 얼마나 중요한 것인디……"

오리 궁둥이 쪽에서 떼어낸, 노란 껍데기처럼 보이는 부위를 달랑달랑 흔들어 보이며 아버지는 말했다. 20년 넘는 시간이 흘렀어도 오리 한 마리를 해체하는 아버지의 손놀림은 여전히 빠르고 능숙했다. 뼈에서 제대로 발라낸 살코기가 접시 위에 차곡차곡 쌓였다. 뼈는 냄비에 따로 담아 탕을 끓일 육수 재료로 삼았다.

"자, 먹자."

캠핑용 버너에 불판을 올리고 오리고기를 펼쳤다. 치익-경쾌한 소리와 함께 고기 익는 고소한 냄새가 사방에 퍼졌다. 소주도 한 병 꺼냈다. 아버지와 단둘이 식사하면서 소주잔을 기울이는 것도 그리 흔치 않은 일이었다. 옆구리가 간지러웠다. 닭살 돋는 어색함을 깨려고 다시 질문을 던졌다.

"그러니까, 옛날에 우리 식구가 했던 그 오리탕집 있잖아요. 국밥집도 있고, 삼겹살집도 있고, 치킨, 피자, 칼국수도 있고, 식당으로 할 건 많은데 왜 하필 오리탕을 선택했던 겁니까?"

뭘 그렇게 집요하게 묻냐는 표정으로 빙긋이 웃은 아버지의 목소리에서 예상보다 싱거운 대답이 돌아왔다. 태릉 갈빗집에서 번 돈으로 낯선 서울에서 가게를 차리기엔 리스크가 너무 크고 자본 또한 넉넉지 않았단다. 그래서 그나마 익숙한 도시인 광주에서 창업하려고 가게 자리를 알아보러 다니던 중, 자본금 규모와 딱 맞는 식당 매물이 하나 나왔는데 그게 오리탕집이었다나.

"그 자리에서 다른 것을 해볼라고도 했제. 태릉에서 배운 갈비를 해볼까, 그때 한참 유행이던 대패삼겹살을 해볼까, 고기 무한리필을 해볼까…… 근디 유행 타는 업종은 안 하는 것이 좋은 법이여, 알제? 족발집을 해볼까 하는 생각도 해봤는디…… 근디 그 자리는 딱 보니까 그냥 오리탕집을 할 자리드란 말이여. 장사는 말이여, 자리의 힘을 이길 수 없는 법이여. 이 자리는 꼭 '이것'을 해야 할 자리. 그것이 기본이란 말이여, 알제?"

술을 마시면 사투리가 부쩍 늘고 '말이여' 화법이 세 배쯤 늘어나는 아버지의 습관도 그날 새삼 알았다.

아버지의 회고를 옮기자면 이렇다. 복덕방에서 적당한 식당 자리가 났다고 해서 달려가 보니 2층짜리 단독주택을 개조한 형태의 식당이었다. 주메뉴는 오리탕. 기존 주인이 10년가량 운영했던 가게인데 건강상 이유로 내놓게 되었다나. 부모님 눈에는 모든 것이 마음에 들었다고 한다. 광주 도심 한복판에 있어 손님이 안정적으로 확보되고, 가게 면적도 가족끼리 운영하기에 적당하고, 이미 식당을 했던 자리라서 기본적인 설비도 갖추어져 있고.

다만 문제가 있었다. 바로 오리탕. 부모님은 그때까지 한 번도 오리탕을 만들어본 적이 없었다. 하긴 좋아하는 음식이라도, 사 먹기만 했지 그걸 집에서 만들어본 사람이 몇이나 될까. 그래서 부모님 입장에서 익숙한 돼지갈비로 주메뉴를 바꿔볼까 생각도 했는데, 갈빗집을 하려면 문제가 하나 있었다. 연기가 빠져나갈 설비를 갖춰야 한다는 것. 참숯 구울 공간도 별도로 필요하다. 불판과 식기도 갈빗집과 오리탕은 조건이 약간 다르다. 당시 부모님이 갖고 있던 자본금으로는 그만큼 추가 투자를 할 여유가 없었다. 빚이라면 지긋지긋해 어디서 빌려서라도 감행할 용기 또한 생기지 않았다. 게다가 아버지의 '말이여' 화법을 빌려 말하자면, "그 자리는 딱 오리탕집을 해야 할 자리더란 말이여"였다. 산전수전 다 겪은 장사꾼에게는 '딱 ○○ 할 자리'라는 본능적 감각 같은 것이 있다.

갈빗집은 가족 단위 방문객이 많다. 주차 공간이 어느 정도 확보돼 있어야 한다. 부모님이 마음에 들어 했던 그 자리는 주차장은 없고 인근에 공공기관과 신문사, 금융기관 등이 밀집해 있었다. 갈빗집보다 오리탕집이 제격인 자리다. 광주오리탕 골목과는 거리가 좀 떨어져 있지만 그것이 오히려 장점으로 작용할 수도 있는 자리였다. 기존 주인이 10여 년간 그곳을 오리탕집으로 유지해 왔다는 세월의 무게 또한 무시할 수 없었다.

"그 사람이 그라데. 식당 인수하면 오리탕 만드는 레시피 갈차주고 주방장도 계속 일할 수 있게끔 해준다고. 애초에 그런 건 믿지 않았지만서도, 손해 볼 건 없는 장사라고 생각했제. 한두 달이믄 오리탕에 대해 알 수 있을 것이라 생각했단 말이여. 그라고 그 가게 장부를 찬찬히 봤는디, 매출을 끌어올릴 수 있는 가게드란 말이여. 딱 보믄 알제. 여기까지가 한계인 가게인지, 매출을 더 끌어올릴 수 있는 가게인지. 어쨌든 그런 자신감이 있었던 것이란 말이여."

그 자신감의 근거는 뭐였냐고 물으니 역시 싱거운 대답이 돌아왔다.

"감이제, 감."

엄청난 비밀이 숨겨져 있을 것이라 기대했던 세상일 가운데에는 사실은 이렇게 우연과 우연이 겹쳐 이루어지는 것들이 많다. 우리 가족의 오리탕 '새 시대'도 우연으로 열리게 되었다.

운영하는 가게가 장사가 잘될 때 다른 사람에게 운영권을 넘기는 경우는 거의 없다. 한국에는 독특하게 '권리금'이라는 제도가 있어 가게를 성공시키고 흥행의 정점에서 매각하는 이른바 '권리금 장사꾼'도 있다지만 그런 건 아주 특수한 사례에 속한다. 안정적인 수입이 발생하고 있는데 특별히 일시금을 바라고 성업 중인 점포를 내놓는 경우는 일반적인 경제 관념과는 어울리지 않는다. 황금알을 낳고 있는 거위를 굳이 왜 팔겠는가. 많은 일은 상식의 범위 안에서 생각해야 한다. 시장에 매물로 나온 식당은 대체로 '안되는' 식당이다. 겉으로는 개인 사정이 있다고 둘러대지만 상식적으로는 장사가 안되기 때문에 내놓는 것이다. 각자 속사정은 있기 마련이다. 어쨌든 인수하는 사람의 입장에서는 옛 주인의 속사정이 무엇인지까지는 정확히 알 필요 없다. '내가 이 가게를 키울 수 있을 것인가, 없을 것인가.' 그 판단만 냉정하게 내리면 되는 것이다.

식당을 인수한 자영업자로서는 매출을 끌어올리기 위해 크게 두 가지 선택 옵션이 주어진다. 음식 맛을 확 좋아지게 하거나(혹은 서비스 태도를 개선하거나), 원가를 절감하거나. 그러나 음식 맛이나 서비스를 극적으로 개선해 매출을 뛰어오르게 만드는 방법은 기실 로망에 가깝다. 그것은 장기적 해결책이지 단기적인 접근법으로는 그리 적절하지 않다. 역시 가까운 방법은 원가를 줄이는 쪽. 식재료 비용을 줄이거나 인건비를 줄이거나 기타 영업에 소요되는 비용을 줄여야 한다. 이윤의 폭을 넓혀야 한다. 그런데 그렇게 되면 음식 맛이 떨어진다. 서비스 만족도도 떨어질 수밖에 없다. 매출은 더 줄어든다. 이렇게 할 수도 없고 저렇게 할 수도 없고…… 영세한 자영업자가 겪는 고민의 악순환이다.

무슨 이유에선지 급매물로 나온 그 오리탕 가게를 우리 부

모님은 심사숙고 끝에 인수했다. 식당 이름은 '동진오리탕'
이었다. 상호마저 기존 주인이 사용하던 것을 그대로 유지했
다. 이것도 기존 식당을 인수한 자영업자들이 맞닥뜨리는 고
민 가운데 하나인데, 그동안 쌓아온 역사와 전통을 뒤집고 새
로운 상호로 시작할 것인가, 그대로 유지하는 쪽을 택할 것인
가. 부모님은 '굳이 뒤집을 필요까지는 없다'는 쪽으로 기울
었다. 사실 그것도 거창한 이유보다는 현실적인 돈 문제 때문
이었다.

"간판을 바꾸려면 돈이 들잖여. 새로 오픈했다고 전단지도
찍고 홍보도 해야 되잖여. 그만한 돈도 없었어. 그냥 딱 그 가
게 인수할 돈밖에 없었던 것이여. 한두 달 가게를 회전할 여
유도 없었응게. 지금 돌아보면 무모하기 짝이 없는 짓이었는
디, 그래도 그때는 믿는 구석이 있었으니께."

기존 점주는 종업원을 여럿 고용하고 있었다. 홀에서 고정
으로 일하는 사람이 둘, 거기에 주인까지 셋. 주방에서 일하
는 사람이 둘 또는 셋.

"그 사람들 다 내보내고 네 엄마랑 나랑, 그리고 너희들도
좀 도와주면 인건비는 많이 줄일 수 있겠다 생각했던 거여.
그때는 젊었으니까 그것만 믿던 시절이었제."

우리 남매의 노동력까지 인건비 절감의 고려 사항 안에 들어 있었구나. 20년 뒤에야 알게 된 비밀이다.

"그나저나 동진오리탕에서 그 동진의 뜻이 뭐예요?"

이 또한 20년 뒤에야 확인했다. 대답은 역시 싱거웠다.

"몰라. 동쪽으로 나아간다는 뜻 아니었을까? 허허허."

소주 한 잔을 입 안에 털어 넣었다.

"식당은 말이여, 음식 맛이 좋으면 간판도 위치도 홍보도 다 필요 없는 법이여. 캬, 소주 맛 좋네."

가게 이름 같은 게 뭐 대수냐는 표정이었다.

∞

동진오리탕은 방이 네 개였다. 1층에 두 개, 2층에 두 개. 네 개의 방을 각각 매, 난, 국, 죽이라고 불렀다(참 올드한 작명법 아닌가). 방 이름조차 기존 주인이 쓰던 것을 바꾸지 않고 그대로 사용했다. 각 방에는 두어 개의 테이블이 있었는데, 전체 열두 테이블 정도였다. 식당의 성패는 결국 이 테이블을 얼마나 잘 '회전'시키느냐에 달려 있다.

부모님은 우리 남매의 노동력을 기대했지만 초기 1~2년 정도는 전혀 도움이 되지 않았다. 대학생인 나는 세상 어떤 사업보다 혁명 사업에 바빴고, 집에 들어오는 날보다 들어오지 않는 날이 더 많았다. 고등학생인 남동생도 혁명 사업 때문에 바빴다(남동생은 중학생 때 학생운동을 시작했다). 초기엔 막내 여동생이 오히려 가게 일을 가장 열심히 도왔다. 2년 후내가 군대에 갔고, 그동안엔 남동생이 가게 일을 도왔다. 그무렵 혁명 사업이 조금 시들해져서 그랬을 것이다. 내가 군대에서 제대해 돌아온 다음, 이어달리기를 하듯 남동생이 군대에 갔고, 여동생은 대학에 갔다. 이번엔 여동생이 혁명 사업에 바빴다. 우리 삼 남매는 그렇게 혁명으로 인생을 회전했다. 다행히 여동생을 마지막으로 우리 남매의 혁명 사업은 끝을 맺었고, 우리나라 학생운동도 역사의 뒤안길로 점차 사라져 갔다.

내가 군대에서 휴가를 나오는 날엔 다섯 식구가 모두 앞치마를 둘러맸다. 그런 날은 꼭 손님이 없었다. 많은 장사가 그렇다. 일손을 늘려놓으면 장사가 안된다. 일손을 줄이면 손님이 몰려든다. "장사의 신은 심술꾸러기"라며 우리끼리 웃곤했다. 한산한 가게 안을 남매가 어슬렁거렸다.

저녁엔 오리탕과 오리보쌈을 한 상 푸짐하게 차려놓고 다섯 식구가 둘러앉았다. 가족 회식에 이용하는 방은 항상 1층의 '국' 방이었다. 남동생은 기어이 오리로스구이를 먹겠다고 옆 테이블에 불판을 올렸고, 여동생은 "메뉴 통일!"을 외치며 한심하다는 표정을 지었다. 오랜만에 가져보는 오붓한 시간이었다.

그럴 때마다 나주에서 농약사를 하던 시절이 떠올랐다. 그 시절 목욕탕엔 '가족탕'이 있는 곳이 많았다. 대중목욕탕에 욕실을 따로 만들어 가족 단위로 이용할 수 있는 시설이다. 다섯 식구가 한 욕조 안에 들어가 호젓한 시간을 보냈다. 나랑 남동생이 수영장에서처럼 물장구를 치다가 엄마에게 혼나곤 했지만 행복한 웃음소리는 끊이지 않았다. 돌아보면 가족탕 이용 요금이 꽤 되었을 텐데, 그 무렵 부모님은 그것을 유일한 사치나 보상처럼 여겼다. 농약 냄새에 찌든 몸을 그렇게라도 위로해 주고 싶었을 것이다.

목욕을 마치면 아빠는 늘 따뜻한 베지밀을 하나씩 삼 남매 손에 쥐여주었고, 집에 가는 길엔 중국집에 들러 둥그런 테이블에 둘러앉았다. 목욕탕도 베지밀도 짜장면도 기름때가 반들반들 묻어 있던 중국집 나무 의자도, 어느 것 하나 놓칠 수 없이 소중한 추억이다. '우리 식구는 다섯 명'이라는 생각은 그때 가장 또렷했던 것 같다. 식구食口란 본래 '함께 밥을 먹는 사이' 아니던가. 동진오리탕 때까지는 그런 식구 관계가 그럭 저럭 유지되었다. 식구는 그렇게 한 입으로 모여 있다가, 삼 남매가 각자 가정을 꾸리면서 흩어졌다. 누군가 지금 나에게 "식구가 몇 명이냐" 하고 묻는다면 어떻게 대답해야 할지 약 간 아리송하다. 어머니 아버지는 여전히 나에게 식구인 걸까.

'뉴' 동진오리탕이 선택한 방법은 사람 줄이기였다. 기존에 대여섯 명이 일하던 것을 곧장 세 명으로 줄였다. 아버지, 어 머니, 그리고 주방 아주머니. 주방 아주머니마저 1년 뒤에 그 만둬, 나중에는 부모님 두 분만 일했다. 어머니는 주방과 홀 을 전천후로 뛰어다녔고, 아버지는 고기 손질과 설거지, 카운 터를 종횡무진했다. 가게가 1, 2층으로 나뉘어 있다 보니 더 욱 정신없었다. 하루에만 수십 번 계단을 오르내렸을 것이다. 장사는 차츰 번창해 2년쯤 지날 무렵에는 기존 주인장이 운 영하던 때보다 매출이 곱절은 늘었다고 했다. 그럼에도 특별 히 직원을 채용하지는 않았다. 그쯤엔 부모님의 운영 수완도 곱절은 늘어, 두 분이 모든 일을 척척 처리했다. 물론 무임금 가족 알바생도 종종 있었다.

동진오리탕 메뉴는 딱 세 가지였다. 오리탕(전골), 오리보쌈, 오리로스구이. 그중 오리보쌈이 가장 다루기 쉬운 요리였다. 서빙하는 입장에서 오리탕은 가급적 피하고픈 메뉴였다. 뜨겁고 무거운 뚝배기나 전골냄비를 들어 옮겨야 하니 힘들고 위험하다. 주방에서도 덥고 귀찮다. 그러나 보쌈은, 미리 만드는 과정이 좀 까다롭기는 하지만, 일단 영업을 시작하면 썰어 내놓기만 하면 되는 요리다. 나중에 설거지하기에도 편하다. 오리로스도 수월한 메뉴이긴 하지만 굽다 보면 기름이 사방에 튀어 나중에 테이블 청소나 설거지를 하기가 힘들다 (오리고기는 유독 기름이 많이 나온다). 그리하여 우리 가족은 일심단결 보쌈, 보쌈을 응원했다.

손님에게 적극적으로 권하는 메뉴는 단연 보쌈이었다. 돼지고기 수육이나 보쌈은 먹어봤어도 '오리고기 보쌈'은 처음 본다는 손님이 많다 보니 메뉴 선택률은 높았다. 그렇게 1~2년 꾸준히 보쌈을 밀다 보니 동진오리탕은 탕보다 보쌈으로 유명한 맛집이 되었다. 식당에 온 손님들이 '1테이블 1보쌈'을 기본으로 여기게 되면서 매출 증대에 지대한 공헌을 했다. 어쩌면 우리는 조금 편하게 장사하려고 오리보쌈을 편애했던 것인데 그것이 훌륭한 성과로 연결되었다. 빵집 주인이 새벽에 일어나 빵을 굽는 이유는 그가 착한 사람이라서 그런 것만은 아니라지 않은가. 장사꾼은 이익에 충실했을 뿐인데 자신과 손님 모두에게 만족스러운 결과를 선물한다. 우리의 오리보쌈도 그러했달까.

개인적으로도 오리보쌈은 행복한 요리였다. 동진오리탕은 주택을 개조한 가게였기 때문에 영업시간이 끝나면 다시 주택의 모습으로 돌아갔다. 식구들은 집으로 돌아가고, 내가 매일 밤 경비원 역할을 자청해 동진오리탕을 지켰다. 식당에 지켜야 할 황금 송아지가 있던 것은 아니고, 오롯이 나만의 시간을 즐기고 싶어 그랬다. 1층 '죽' 실에 이불 펴놓고 뒹굴거리면서, 밤새 책 읽고 영화 보고 가끔 친구도 불러 술도 마셨다.

그러다 생각지 못한 부수입도 좀 생겼다. 밤늦은 시각에 가게 문을 두드리는 손님이 있는 것 아닌가. 영업시간이 끝났다고 말해도 "딱 한 잔만!" 하면서 사정하는 손님들이 있었다. 그럴 때 내가 권하는 메뉴는 오로지 보쌈이었다. 보쌈 아니면 안 된다고 했다. 할 줄 아는 요리가 그것밖에 없었으니까. 보쌈은 전자레인지에 데워 나가기만 하면 되는 요리였다. 거기서 얻은 영업의 결과는 내 호주머니 속에 들어가곤 했다(쉿!).

동진오리탕은 우리 가족이 행복했던 시절의 끝자락 추억이다. 거기서 적잖은 수입을 얻기도 했다. 나중에 광주 시내에 아파트를 하나 장만할 수 있을 정도였으니까.

내가 군대에 있을 때다. 휴가 나가기 전날 집에 전화하니 우리 집이 이사했다는 소식을 들었다. 동생이 "예전 집으로 갔다가 경찰 출동할 일 만들지 말고 잘 찾아오슈"라고 썰렁한 농담을 건넸다. 예전 살던 집은 단독주택 2층이었는데, 1층 주인집을 귀찮게 하기 싫어 나랑 동생은 술 마시고 집에 들어가는 날엔 담벼락을 기어오르곤 했던 것이다.

아파트는 훌륭했다. 담벼락을 기어오를 필요가 없는 집이었다. 일반적인 시선으로야 세상에 흔한 아파트지만 산전수전 다 겪다 거기 살게 된 우리 가족에겐 '우리가 이런 곳에 살아도 되나' 싶을 정도로 황송한 신축 아파트였다. 묘한 인연으로, 예전에 방문 세차 아르바이트를 했던 아파트 단지에서 그리 멀지 않았다. 거실 커튼을 열면 그때 그 단지가 맞은편에 보여 기분이 묘했다. 우리 가족이 각자의 자리에서 함께 만든 성과를 축하받는 느낌이었다.

나중 일이지만 부모님은 상당한 권리금을 받고 동진오리 탕을 다른 사람에게 넘겼고, 아버지는 그 돈을 종잣돈 삼아 다른 사업을 벌였다. 1990년대 중후반, 세상의 거품이 정점을 향해 달려가던 시점이었다. 아버지는 이런저런 사업을 확장 하다 최종적으로는 돌을 채취하는 채석장을 운영했는데, 규모가 꽤 크고 인부도 여럿 고용하고 있었다. 전국의 건설 현장으로 부지런히 돌을 실어 날랐다. 그러다 IMF를 맞았다. 그 시절 대한민국에서 IMF로 운명이 뒤바뀐 가족이 어디 한둘이랴마는 우리 가족 또한 그랬다. 부도가 나자 여기저기서 독촉장이 날아왔다. 다시 하루아침에 빚더미에 올랐다. 하나뿐인 재산인 아파트라도 지켜야 한다면서 어머니는 이혼을 선언했다. 더 이상 아버지를 감당하기 힘들었을 것이다. 오리탕집을 그만두고 사업을 확장하는 과정에 두 사람은 이미 여러 차례 다퉜다.

행운은 단막극으로, 불행은 연속극으로 찾아온다던가. 부모님의 이혼 결정은 나에게, 경제부총리가 티브이에 나와 "정부는 어려움을 극복하기 위해 국제통화기금에 자금을 지원해 줄 것을 요청하기로 결정하였습니다"라고 태연한 목소리로 말했던 것보다 거대한 사건이었지만, 이미 성인이 되어 그런지 그리 충격적으로 다가오지는 않았다. 나라를 망가뜨리고도 무덤덤한 정치인들처럼 나도 그냥 무덤덤했다. 부모님은 그 뒤로 각자의 길을 걸었고 지금도 마찬가지다. 한때는 평생 보지 않을 사람들처럼 냉랭하더니, 이제는 아버지가 종종 가족 채팅방에 '친애하는 장 여사'로 시작하는 장문의 안부 메시지를 올린다. 어머니도 아버지에게 무운을 빌어준다. 늙으면 그렇게 풀어질 거면서 그때는 왜 그랬을까.

그 뒤로 나도 결혼하고 이혼하면서 아버지와 한층 더 가까워지게 되었다.

로스구이를 다 먹고 된장에 구수하게 끓인 오리탕을 내왔다. 들깻가루가 없어 동진오리탕의 그 맛을 충분히 살리지는 못했지만 그래도 옛 추억을 우려내기에는 부족함이 없었다. 소주도 얼큰하게 들어갔겠다, 한 번도 꺼내놓지 못했던 간지러운 이야기들을 술상 위에 풀어놓았다. 이랬구나, 그랬구나, 부자가 함께 낄낄거렸다. 그러다 문득 물었다.

"아버지는 언제가 가장 행복했어요?"

"행복?"

행복이라는 말을 태어나 처음 들어본 사람처럼 아버지는 어색한 표정을 지었다.

"이 자식이 글을 쓰드만 시인이 다 됐네."

잠깐 침묵이 흘렀다.

"행복이라……"

아버지가 운을 띄웠다.

"너희들이랑 있을 때는 언제나 행복했지."

"아니 그러니까, '언제' '가장' 행복했었냐고요."

취조하듯 따졌다.

"언제라니? '언제나'라니까."

∞

동진오리탕 시절 어머니와 아버지에 대한 나의 인상은 각각 하나의 에피소드로 남아 있다.

먼저 어머니 편.

오리탕집을 오픈하고 얼마 되지 않았을 무렵이다. 한번은 내가 홀 서빙을 돕다가 손님이 남긴 반찬을 단정히 수습해 주방으로 옮겼다. 손님이 젓가락을 거의 대지 않은 반찬 그릇이었다. 그걸 본 어머니가 뭐 하는 짓이냐고 물었다.

"내가 일했던 식당에서는 다들 이렇게 하는데?"

실제로 그랬다. 알바로 일했던 분식점이나 중국집에서는 남는 반찬을 재활용했다. 그 시절엔 그걸 당연하게 여기는 풍토마저 있었다. 손님이 남긴 김치를 모았다가 김치찌개 재료로 재활용하는 것은 그나마 점잖은 축이었고, 손님이 남긴 밥을 모았다가 볶음밥 재료로 쓰는 식당까지 있었다. 그 뒤로 나는 누가 볶음밥을 먹는 모습만 봐도 이상한 상상이 든다 (물론 지금은 그런 식당이 없을 것이다).

어머니는 내가 쟁반 위에 모아놓은 반찬을 음식물 쓰레기통에 모두 쏟아부었다. 냉랭한 목소리로 말했다.

"내가 먹을 수 없는 건 남에게도 먹으라고 해선 안 되는 법이다."

어머니는 집에서는 두루마리 화장지 한 칸도 아끼는, 알뜰하기 이를 데 없는 사람이다.

다음, 아버지 편.

하루는 가게에서 경비원 노릇을 하고 있는데 아버지가 아침 일곱 시쯤 문을 열고 들어왔다. 부모님은 보통 아홉 시쯤 함께 가게에 나와 오픈 준비하고 점심 손님을 받았는데, 그날은 꽤 이른 출근이었다. 게다가 아버지 혼자였다. 그러거나 말거나 나는 이불 속에 들어가 웅크리고 있었다. 주방 뒤편에서 뭔가 달그락거리는 소리가 계속 들렸다. 아버지는 워낙 실험정신이 투철한 양반이라 또 뭔가를 만들거나 고치고 있으려니 하고 생각했다.

한 시간쯤 지났을까. 여전히 주방 쪽에서는 뚝딱거리는 소리가 들렸다. 그러다 낮은 비명이 울렸다. 놀라 달려가 보니 아버지 손가락에 피가 줄줄 흐르고 있었다. 얼른 수건으로 지혈하고 카운터 서랍에서 밴드를 찾아 건넸다. 핏자국이 흥건한 곳에는 털이 벗겨진 통오리가 스무 마리쯤 쌓여 있었다.

"뭐 하시는 거예요?"

"보면 모르냐. 오리 다듬고 있잖여."

"그건 주방 이모가 하는 일이잖아요."

"주방 이모가 없으면?"

"오늘 이모 안 나와요?"

"아니, 그게 아니라……"

아버지는 오리를 다듬는 '연습'을 하고 계셨던 것이다.

"식당 주인이라면 말이여. 가게 모든 일을 자신이 장악하고 있어야 하는 법이여. 직원 가운데 누가 자리를 비워도 주인이 기본적으로 땜질을 할 수 있어야 한단 말이지. 그래야 직원들한테 안 휘둘려."

시간이 흘러 나중에 내가 식당을 차린다고 했을 때, 아버지가 귀에 딱지가 앉도록 강조했던 말이기도 하다. 물론 나는 그 충고를 따르지 않았지만.

아버지는 '헤어지는 연습'을 하고 있었던 셈이다. 오리에 대해 전혀 모르는 아버지와 어머니가 오리탕집을 시작했으니 오픈 초기에 오리 손질은 전적으로 주방 이모의 몫이었다. 아버지는 그것이 불안했던 것이고, 그래서 혼자서도 종종 오리를 연구하고 연마했다. 1년쯤 뒤에 정말 주방 이모가 가게를 떠나는 일이 일어났다. 그 무렵 아버지의 오리 손질 솜씨는 10년 경력 이모보다는 못하지만 가게 운영에는 전혀 지장이 없을 정도였다.

거리에 있는 숱한 가게를 볼 때마다, 더욱이 식당을 볼 때마다, 나는 저곳이 그냥 저기에 있는 것이 아니라는 생각을 하곤 한다. 얼마나 많은 피와 땀과 눈물이 배어 있을까 상상하곤 한다. 그러다 보면 국밥 한 그릇 허투루 먹을 수 없게 된다. 부모님은 내게 그런 것을 가르쳐주셨다. 한마디 말도 없이 가르쳐주셨다.

07

각자의 길

― 이별에 대하여

소
주
장
학
생

2000

이혼한 부모를 둔 자녀의 결혼식은 참 어색해진다.

나는 더욱 그랬다. 부모가 이혼한 이듬해에 결혼했으니까. 예식장에서 두 분은 얼굴조차 마주 보지 않으려 했고, 결혼식 전날 친척들이 모인 식사 자리는 안 하느니만 못한 자리가 되었다. 나는 생각했다. 나중에 설령 이혼을 한다 해도 자식이 결혼하기 전에는 하지 않겠노라고. 결혼식장에서 그런 생각이나 떠올리다니, 무슨 망측한 상상이람. 그것은 일부 현실이 되어버렸고.

어릴 적 나는 엄마를 닮았다는 말을 많이 들었다. 엄마는 언제나 조용하고 차분한 분이었다. 감정 표현에 신중하고 계산이 정확했다. 회계사나 법무사 스타일이랄까. 그런 성격을 가진 사람은 좋게 말하면 '똑 부러진다' 평가를 받고, 나쁘게 말하면 차갑다는 인상을 남기기 십상이다. 엄마가 그랬다. 한편 남동생은 아빠를 닮았다고 주위에서 한결같이 입을 모았다. 외모는 물론 성격까지 아빠를 닮아, 활동적이고 허세가 있으며 방랑 기질에 넘치는 호기심까지 닮았다.

여동생은 엄마와 아빠를 절반씩 섞어놓은 모양이랄까. 삼남매는 그렇게 엄마 아빠의 유전자를 소재로 각각의 후속작이 되었다.

그런데 나는 엄마를 닮았다는 말을 썩 달갑게 여기지는 않았다. 정확지 않은 분석이라 내심 반발했다. 한시도 집에 붙어 있질 못하고 밖으로 뛰어다니는 남동생과 달리 나는 방구석에서 책만 붙드는 스타일이라 그런 점에서는 엄마랑 비슷했지만, 엄마처럼 냉철하지는 않았다. 어설픈 감상에 젖기 일쑤였고, 남에게 아쉬운 소리를 못 하는 성격이었고, 그래서 대인 관계에서 늘 손해 보는 쪽에 속했다(스스로 그렇다고 생각했다). 그래서 나는 엄마의 반쪽만 닮았다고 생각했다. 나머지 절반은 어디 있을까 찾아보곤 했다.

세월이 흘러 부모가 이혼한 나이보다 지금 내 나이가 더 많아져 인생의 족적을 되짚어보니, 내 절반은 정확히 아빠의 모습이다. 어릴 적 사람들은 나를 보고 "장래에 교수가 될 상"이라고 했다. 남동생을 보고는 "아빠를 닮아 사업가가 될 것"이라고 내다봤다. 인생이라는 역사의 결과는 정반대로 나타났다. 지금 나는 편의점 점주로 살고 있고, 동생은 대학 교직원으로 일한다. 나는 그동안 직업(직장이 아니라 '직업')을 예닐곱 번쯤 바꾸고 세상 온갖 풍파 겪으면서 방황했지만, 동생은 20년 전 들어간 직장에서 꾸준히 일하고 있다. 그 직장에 뼈를 묻을 것 같다. 나와 동생이 자동차를 맞바꿔 타고 인생을 질주한 느낌이다.

오묘하게도 여동생은 중간쯤이다. 기간제 교사로 일하다가 결혼과 육아 때문에 그만둔 뒤 학원을 차리겠다고 자리를 알아보러 다녔다. 그러는 와중에 "공인중개사가 괜찮겠던데?"라고 뜬금없는 푸념을 하더니 어느 날 갑자기 자격증을 땄다면서 공인중개사 사무실을 차렸다. 지금은 자기 학원 자리 보러 다니는 사람이 아니라 남의 학원 자리 알아봐주는 사람이 되었다. 괄괄하고 드센 성격인가 하면 치밀한 측면 또한 있어 장사도 그럭저럭 번창한다는 소문이다.

우리 남매는 그것을 엄마스럽다, 아빠스럽다, 분류해서 말한다. 무엇이든 또박또박 따지면서 변화를 거부한 채 고집부리면 "엄마스럽다"라고 말하고, 될 대로 되라는 식으로 밀어붙이면 "아빠스러운데!" 하면서 웃는다. 우리 가족만의 가족어家族語라고 할까. 우리끼리는 말뜻을 정확히 아니까 우리끼리만 주고받으며 피식 웃는다.

막내가 성인이 되고 나서도 20여 년 시간이 흘렀다. 그동안 남동생과 여동생이 각자 어떠한 시간을 보냈는지 나는 정확히 모른다. 언젠가부터 서로 데면데면해진 탓이다. 내가 10년 가까이 해외에 나가 살기도 했고, 지금도 각지에 흩어져 살고 있으니 얼굴을 볼 기회조차 드물다. 분명한 것은, 우리는 같은 부모의 유전자를 공평하게 물려받아 때로 엄마스럽게 때로 아빠스럽게 살았을 것이라는 사실이다. 각자 엄마가 되고 아빠가 되기도 하였다. 때로 엄마 쪽이 늘고 때로 아빠 쪽이 늘기도 하였을 테지만, 우리 삼 남매의 삶 속에는 엄마 아빠의 요소가 일정 분량으로 녹아 있고, 그런 엄마 아빠의 퍼즐 조각을 엮어 오늘 자신의 모습으로 살아간다.

부모님이 헤어진 후로, 어쩌면 당연하지만, 명절에도 우리 가족은 한자리에 모인 적이 없다. 나는 아버지에게 가고 남동생은 어머니에게 가고 여동생은 양쪽을 오간다. 명절날 아침엔 영상통화로 서로의 집안 풍경을 보여주며 인사를 나눈다. 마치 화상 국제회의를 하는 것만 같다. 우리는 그렇게 새 시대 새 가족의 새로운 풍속도를 만들어간다. 화면 가득 손자 손녀가 여덟 명이나 되니, 그런 측면에서 두 사람은 성공한 인생을 산 것임은 분명하다.

∞

엄마에게 전화가 온 날은 내가 결혼하고 한 달도 지나지 않았을 때였다.

"가게 자리 좀 알아보러 가자."

웬 가게? 만나자는 장소는 내가 다녔던 대학 정문 앞이었다. 만나고 보니 엄마는 어떤 가게에 이미 계약금을 걸어놓고 있는 상태였다. 그러니까 가게 자리를 '알아보러' 가는 것이 아니라 엄마가 점찍어 놓은 가게를 '둘러보러' 가는 격이었다. 권유가 아니라 통보를 했던 셈. 엄마 스타일이기는 하다.

결혼하고 나는 마땅한 생계 대책이 없었다. 그 무렵 나는 황당하게도 IT 회사를 차려보겠다고 후배들과 궁리 중이었다. 어떤 '거래'를 하는 인터넷 플랫폼을 만들겠다고 친구들이랑 사무실(이라기보다는 작은 창고)에 모여 앉아 저녁마다 머리를 맞대고 있었다. 이렇게 표현하니 거창하고 치열한 사업 현장을 떠올릴 테지만, 동네 아저씨들이 공원 벤치에서 캔맥주 홀짝거리며 잡담을 늘어놓는 광경과 다르지 않았다. 이거 해볼까 저건 어떨까, 가당찮은 아이디어만 늘어놓다가, 당시 유행하던 어떤 인터넷 게임의 아이템이 고가에 거래된다는 이야기를 듣고 "게임 아이템 거래를 중개하는 사이트는 어때?" 하는 수준의 이야기를 주고받았다. 대화는 매번 "그런 사이트를 만들 수는 있는데, 그럼 우리는 무엇으로 수익을 얻지?"라는 장벽에 막혀 중단되곤 했다. 그럴 때마다 우리는 "그냥 게임이나 하자"면서 각자 컴퓨터 하나씩을 붙잡고 아이템 사냥에 열중했다.

그렇다. 우리가 만들려고 했던 사이트는 이듬해 다른 사람들에 의해 탄생하고 말았으니, '아이템베이'다. 만약 우리가 아이디어를 현실로 옮겼더라면 나는 지금쯤…… 하는 후회 같은 건 하지 않는다. 아이디어 정도는 누구든 내놓을 수 있다. 아이디어를 아이디어로만 붙들고 있으면 그저 망상일 따름이다. 망상을 현실에 옮겨놓는 실행력에 승부가 달려 있는 법이다.

서기 2000년, 우리나라는 '벤처 광풍'이라 불릴 정도로 너도나도 창업 대열에 뛰어들고 있었다. 회사 이름에 '벤처'라는 수식어만 붙어도 정부 기관이나 금융기관에서 어렵지 않게 지원금을 받아낼 수 있었다. 그 돈으로 흥청망청하는 사람이 있다는 소문이 수도 없이 들렸다. 그런 소문을 들으며 솔직히 부러운 때도 있었다. 나도 그때 창업 대열에 올라탔더라면…… 운명의 나침반이 약간 다른 방향을 알려주었을지도 모르겠다. 분명 '흥청망청' 가운데 하나가 되었을 테지. 나중에 벤처 거품이 가라앉으면서 인생의 거품까지 가라앉은 사람 또한 적지 않았다.

어쨌든 이런 것들을 전혀 알 리 없는─알았다고 하더라도 크게 달라질 것은 없었겠지만─엄마는 한 가정의 가장이 됐으면서도 특별한 대책 없이 놀고 있는 내가 한심해 보였던가 보다. 호구책을 마련해 주겠다는 뜻에서 대학 앞에 술집을 열 것을 제안, 아니 통보했던 것이다. 역시 엄마다운 방식이었다.

∞

가게 오픈 준비는 일사천리로 진행됐다. 준비랄 것도 없었다. "가급적 손대지 말자"는 것이 엄마의 지론이었으니까. 어차피 손댈 돈도 없었다.

임대보증금이 백만 원이었던가. 보증금이라고 할 수도 없는 금액이었고 월세도 쌌다. '어떻게 이 가격에 이런 가게가 나올 수 있지?' 싶은 수준이었다. 그도 그럴 것이, 대학 정문에서 그리 멀지 않은 곳이었지만, 그 거리를 10년 넘게 왕래한 나조차도 '여기에 이런 곳이 있었던가?' 싶은 자리였기 때문이다.

건물 지하였다. 끼익- 하고 신경을 거스르는 마찰음을 들으며 녹슨 철문을 열고 들어가니 눅눅한 습기가 확 덮쳐왔다. 물속에 한 번 잠겼다 빠져나온 자리 같았다. 한쪽 벽면에는 웨스턴 바bar 시설이 되어 있고, 장식장 뒤로 커다란 거울이 붙어 있어 예전에 이곳이 어떤 연습실이나 수련장(?)으로도 활용되었다는 사실을 알 수 있었다. 천장에는 방음 용도로 사용하는 계란판 같은 것이 듬성듬성 지저분하게 붙어 있었다. 이곳을 스쳐 간 가게들의 이력을 대충 짐작할 수 있었다. 우리가 술집을 차리기 전에는 만화방이었다고 했다. 직전 임차인이 야반도주라도 했던 것인지, 끝내 처리하기 어려웠던 것인지, 습기를 머금어 뚱뚱해진 만화책 수백 권이 여기저기 어지럽게 나뒹굴고 있었다. 책장을 남겨놓고 그는 떠났다.

그런 곳을 나는 술집으로 운영했다. 돌아보면 참 황당한 일이기는 하다. 누가 술을 마시면서 삼면이 책장으로 둘러싸인 술집에서 마시고 싶겠나. 도서관 열람실에서 마시는 기분을 만끽하고 싶은 것도 아닐진대…… 물론 그런 독특한 사람도 있을 수는 있겠다. 그것도 일종의 '콘셉트'일 수 있겠다. 실제로 20년쯤 후에 '책 읽는 술집'이라는 콘셉트의 위스키 바가 화제를 모으긴 했다. 그래도 우리는 타임머신을 타고 20년 뒤를 여행할 수 있는 존재가 아니니까 최소한 책장 정도는 치웠어야 하는데, 당시에 나는 무슨 자신감에 넘쳤는지 그것을 콘셉트로 내세우기로 결심했다.

책장을 그대로 두고 상호를 '소주장학생'으로 지었다. 나름의 고육책이기도 했다. 책장을 치우는 데도 비용과 수고가 들고, 엄마는 그마저도 손대지 말자고 말렸으니.

소주장학생은 동진오리탕과 비슷한 처지에서 시작하기는 했다. 임대보증금을 지불하고 나니 남은 돈이 없다는 측면에서 그랬다. 하지만 그때와 지금이 다른 점이 있다면, 그때는 원래 오리탕집이었던 식당을 오리탕집으로 지속하는 일이었고, 지금은 만화방이었던 점포를 하루아침에 소주방으로 바꾸는 일이다. 그 차이를 나는 너무 간과했다.

소주장학생을 오픈하면서 들었던 비용은 딱 하나, 간판뿐이었다. 만화방 간판을 그대로 두고 소주방 영업을 할 수는 없으니 엄마가 하릴없이 투자를 결정했던 것인데, 최저가에 제작할 것을 강조하고 또 강조했다. 다행히 내가 과거에 간판 가게에서 아르바이트를 한 경험이 있었다.

술집을 차린다고 하니까 간판 가게 사장님은 놀라는 표정이었다. 고작 열흘 정도 일했을 뿐인데 '왕년에 내 밑에서 일했던 녀석이 드디어 자수성가를 하는구나' 하는 흐뭇한 눈빛으로 나를 반겼다. 그런데 다음 날 간판 크기를 실측하러 온 사장님의 얼굴엔 걱정하는 그림자가 가득했다. '이 자리는 안될 텐데' 하는 표정. 간판을 하도 많이 달다 보니 '딱 보면 아는' 것 또한 간판 가게 사장님들의 직업적 감각일 것이다. 그럼에도 그분은 "대박 나길 바란다"면서 견적에 없는 조명등을 간판에 넣어주었고, 조그만 돌출 간판까지 개업 선물로 달아주셨다. 그 가게를 넉 달 만에 접었을 때, 누구보다 간판 가게 사장님께 죄송했다.

간판 외에 모든 것은 집에 있는 것을 활용했다. 주방은 엄마가 맡고 홀 서빙을 비롯한 나머지는 내가 맡기로 했다. 돌아보면 이것도 웃지 못할 사실인데, 결혼한 지 얼마 되지 않을 때라 집에 식기가 전부 새것이었고 그걸 식당으로 옮겼다. 업소용으로는 잘 쓰지 않는 그릇이었다. 그릇이 좀 부족할 듯하여 엄마 집에 있는 것까지 옮겼다. 각기 다른 모양으로 알록달록한 그릇들을 보면서 '참 독특한 술집이로군' 하고 손님들이 생각했을 것이다.

소주장학생은 실로 특이한 술집이긴 했다. 위치는 음습한 지하. 비가 오면 계단을 타고 물이 흘러들었다. 어둑한 내부는 사방이 책장으로 둘러싸여 있고, 곳곳에 만화책이 보이고, 중앙에 테이블이 대여섯 개 덩그러니 놓여 있다. 수저통이나 냅킨통도 따로 없었다. 언젠가 그곳이 재즈 바로 운영되었는지 천장에 'JAZZ'라는 네온사인이 있고, 바 테이블이 붙박이였는데, 철거에도 돈이 들어 그것도 그대로 내버려 두었다. 먼지 쌓여 뒹굴던 바텐더 의자 서너 개를 깨끗이 닦아 바 테이블 앞에 배치하니 좀 그럴듯해 보이기는 했다. 썰렁한 책장 뒤로는 벽면이 노출되어 있었다. 전신 거울이 붙어 있어 손님이 자신의 모습을 전신으로 확인하며 술을 마실 수 있는 귀한 곳이었다. 집에서 책 몇 권을 가져와 책장에 꽂아놓았다. 이곳이 만화방인지 소주방인지 재즈바인지 무술 도장인지 독서

실인지, 여러모로 기괴하고 포스트모던한 술집이었다.

그런 곳에서 나는 장사를 시작했다. 태어나 처음으로 '사장'이라는 소리를 듣게 되었다. 간판 가게 사장님이 어깨를 두드리면서 "어이, 봉 사장. 잘될 거야!" 하고 격려해 주는데 기분이 몽롱했다. 내가 지금 뭐 하는 건가 싶었다.

내가 다녔던 대학 바로 코앞이었다.

∞

가게 오픈일은 따로 정하지 않았다. 간판을 단 날이 그냥 오픈일이 되었다. 신기하게도 간판을 달자마자 손님이 들어왔다.

손님이 가게 안으로 빼꼼히 얼굴을 내밀었는데, 내부를 한번 쓱 둘러보고는 '헉, 뭐지?' 하는 표정으로 변했다. 주인인 나도 이상하다 여기는 술집이었으니 손님의 이런 반응은 이상할 것도 없는 반응이다. 각오했던 일이기도 하고, 나중에 숱하게 반복된 일이기도 하다.

첫 손님이 신기하게 여긴 대목은 따로 있었다. 쭈뼛거리며 가게에 들어와 "여기 영업하지요?" 하고 묻더니 내 얼굴을 보고는 다시 놀랐다. '이 사람이 왜 여기에 있지?' 하는 당혹감을 읽을 수 있었다. 그도 그럴 것이, 몇 개월 전까지 나는 우리 대학 총학생회장이었다. '이거 총학생회 일일 호프 같은 건가?' 하고 생각했을지도 모르겠다.

"혹시……"

"맞아요. 저 '그 사람'입니다."

첫 손님은 우연하게도 나랑 같은 단과대학 학생들이었다. 남녀 커플. 그러고 보면 내 자영업 인생에 첫 손님들인데, 그들에게 무엇을 팔았는지는 또렷이 기억나지 않는다. 다만 둘이서 어색하다는 낯빛으로 메뉴판을 몇 번 살피더니 죄지은 사람마냥 물었다. "사장님, 여기 맥주는……?" 아차. 근처 슈퍼에서 맥주를 구입해 테이블 위에 올려놓기는 했는데, 맥주 안주는 생각해 본 적이 없어 역시 슈퍼에서 사 왔던가, 엄마가 즉석에서 메뉴에도 없는 요리를 해줬던가, 그것도 기억이 분명하지 않다.

그날 밤 부랴부랴 메뉴판을 수정했다. 메뉴판이라고 해봤자 내가 워드 프로그램으로 편집해 출력한 A4 용지 한 장이 전부였다. 주류 목록에 맥주를 넣고, 안주에 오징어와 땅콩을 추가했다. 엄마가 명태와 노가리도 넣으라고 해서 메뉴판 끝자락에 적어넣었다. 소주장학생은 첫날부터 그렇게 뒤뚱거리며 시작한 술집이었다. 이름을 잘못 지었다는 후회가 벌써부터 밀려들었다.

"처음엔 다 그런 법이야. 손님이 찾는 메뉴를 차근차근 추가하고, 그러면서 가게가 자리 잡아나가는 거야."

엄마가 군대 조교와 같은 목소리로 설명했다.

∞

현실은 녹록지 않았다.

손님이 예상보다 많기는 했다. 일단 내가 가게를 차렸다는 소문이 학교에 퍼졌고, 막내 여동생도 우리 학교에 다니고 있어 날마다 친구들을 몰고 왔다. 첫 달은 손님 대부분이 아는 사람이었다.

그런데 이렇게 지인을 상대로 시작하는 장사는 분명한 한계가 존재한다. 아는 사람이니까 음식 맛이 어떻다, 서비스 태도는 어떻다 허물없이 지적해 주기도 하지만, 아는 사람이니까 '좋은 게 좋은 것'이라고 너그럽게 넘어가 버리기도 한다. 소주장학생은 대체로 후자에 속했다. 그것이 하나의 문제였다. 부족한 점이 분명 많았을 텐데 "좋네요", "괜찮네요", "훌륭하네요"라는 응원의 말만 들었으니 발전이 더딜 수밖에. 개점에서 폐점까지 4개월이라는 극히 짧은 시간 동안 영업했으니 발전할 새도 없긴 했지만.

문제는 여럿 있었다.

무엇보다 엄마의 몸이 편치 않았다. 주방을 엄마 혼자 맡았는데, 바쁠 때는 음식 만들랴 설거지하랴 재료 다듬으랴 몸이 서너 개쯤 있어야 했다. 그 무렵 엄마는 소망분식 시절 엄마가 아니었다. 동진오리탕 시절 엄마도 아니었다. 낼모레면 할머니가 될 사람이었다.

오픈하고 보름 지났을까. 그날은 대학 시험 기간이라 소주 장학생에도 손님이 없었다. 한동안 엄마가 기척이 없어 주방 안을 넌지시 들여다보니 종이박스를 펼쳐놓고 바닥에 누워 계셨다. 초여름이지만 바닥은 서늘했을 텐데…… 눈물이 핑 돌았다. 안타까운 생각과 함께 원망이랄까 책망이랄까, 복잡한 생각이 밀려들었다. 엄마는 왜 이 가게를 하자고 해서 이 고생을 하는 건가. 나를 위해 그랬다고 하지만 내가 원했던 것도 아닌데 왜 이런 죄책감이 들게 만드는가. 사나흘쯤 후에 엄마는 허리가 좀 아프다고 했다. 엄마가 '좀' 아프다는 말은 상당히 아프다는 말을 누르고 누르다 밀려 나오는 말이다. 엄마가 주방에 누워 있는 시간은 점점 늘었다. 내가 할 수 있는 일이라곤 약국에서 약 지어 건네고, 종이박스 대신 야외용 돗자리를 깔아주는 것밖엔 없었다.

손님이 많을 때는 접시와 그릇이 부족할 정도였다. 해물탕을 주메뉴로 하다 보니 휴대용 가스레인지를 사용했는데, 그것도 부족했다. 숟가락, 젓가락까지 부족했다. 손님이 한 팀 나가면 얼른 설거지해서 돌려 막는 방식으로 움직였다. 오픈 초기에는 손님이 많아 매일 들어오는 수입이 있었고, 그것으로 식기를 새로 장만하면 됐을 텐데, 밤늦게 집에 들어오면 나는 곯아떨어지기 바빴다. 손님 대부분이 대학 선후배다 보니 이 테이블 저 테이블 옮겨 다니면서 권하는 술잔을 받기 바빴고, 셔터를 내릴 시간에는 언제나 절반쯤 취해 있었다. 술집을 운영하는 사람이 절대로 해서는 안 되는 행동이었다.

식기를 추가로 장만해야 한다는 생각을 엄마도 절박하게 하지는 않았던 것 같다. 필요하면 엄마가 앞장서 장만했을 테니까. 장사가 어떤 날은 잘되고 어떤 날은 안됐는데, 그러니 엄마도 굳이 필요성을 느끼지 않았으리라. 그것이 엄마스러운 면모이기도 하다. 돌다리도 두드려보고 건너고, 앞길이 분명해야 비로소 결정하는.

소주장학생의 결정적 문제는 따로 있었다. 대학가에서 장사하는 사람들은 시험과 방학 기간이면 영업에 큰 타격을 입는다. 상식에 가까운 사실이다. 나는 그것을 장사를 시작하고 나서야 깨달았다. 왜 그랬던 것일까. 교육대학교 옆에 있는 소망분식점 시절만 떠올리는 엄마가 그것을 몰랐던 것은 있을 수 있는 일이다. 하지만 고등학생 때부터 운동권으로 살면서 10년 넘게 대학가를 돌아다녔던 내가, 게다가 얼마 전까지 대학생이었던 내가 그 사실을 몰랐다는 것은 좀 어처구니없는 실수다.

술집에 손님으로 드나들 때는 자신이 드나들 때의 풍경만 그 가게의 것으로 기억한다. 내가 그 가게에 가지 않았을 때 다른 사람도 가지 않았으리란 사실을 잘 모른다. 그러니 그 가게는 언제나 장사가 잘되는 줄 안다. 대학가 술집은 언제나 흥성이는 줄 안다. 간단한 사실을 간과한 대가는 컸다.

모든 것이 엉망이었다, 엉망.

장사가 잘되는 가게는 모든 것을 용서한다. 지난날의 많은 고생을 '다 오늘을 만들기 위한 신의 장난'쯤으로 여긴다. 고단했던 과거를 떠올리며 서로 웃는다. 장사가 안되는 가게는 일상 전체가 짜증스럽다. 쟤 때문에, 그것 때문에, 무엇 때문에 안되는 것이라고 서로 손가락질하기 바쁘다. 책임의 희생양을 외부에서 찾으려는 경향이 생긴다. 혹은 지나치게 자신을 책망하기도 한다. 왜 이렇게 되어버렸을까…… 세상 모든 불행이 나에게로만 몰려드는 것 같다. 나는 왜 이럴까, 하는 일마다 이럴까, 그것만 바꾸면 되었을 텐데, 다시 예전으로 돌아간다면 다른 선택을 할 텐데…… 자책하고 후회하고 한탄한다. 인간이니 당연히 그렇다.

소주장학생은 그 정도 상황까지는 아니었다. 장사는 그럭저럭 되었고, 임대료가 워낙 저렴하고 인건비도 없다 보니 그리 손해 볼 것 또한 없었다. 1년 정도 그 자리에서 꾸준히 장사를 했더라면 어느 정도 번듯한 가게로 만들 수도 있었을 것이다. 돈이 벌리는 대로 설비 갖추고, 내부 환경 바꾸고, 메뉴와 서비스도 다듬으면서 가게를 키워나가는 재미 또한 쏠쏠했을 것이다. 사실 가장 큰 문제는 '나'였다. 내가 바로 서야 가게를 다잡고, 가게를 키우면서 나도 성장하는 법인데,

내가 이 가게를 도대체 왜 해야 하는지, 그때는 그에 대한 확신이나 의지가 별로 없었다. 그렇다고 살림이 풍족했던 것도 아니고 그렇다고 굶주릴 지경도 아니어서, 내 안에 들어 있는 '아빠스러움'으로 유유자적하며 장사에—특히 술장사에—회의감을 느꼈던 것 같다. 그즈음 나는 인생에 더 보람 있는 일을 해보고 싶다는 생각으로 가득했다.

손님으로 술집에 드나들 때는 내가 본 풍경이 전부라고 착각했던 것처럼, 손님으로 술을 마실 때에는 추태 부리는 손님이 술집 주인장에게 어떤 의미로 다가오는지 똑똑히 몰랐다. 술집을 운영하고 나서야 내가 그동안 저질렀던 짓들을 깨달았고, 그런 손님에게 치이기 시작했다.

한편 대학가 술집에는 외상 손님이 적지 않았다. 소주장학생에는 특히 많았다. "형, 다음에 줄게요"하는 후배들을 웃으며 보낼 수밖에 없었는데, 그건 몇 달 전 내 모습이기도 했다. 그럴 때마다 엄마랑 다퉜다.

"왜 그냥 보내니? 저걸 그냥 내버려둬? 그렇게 어리바리하면 장사 못 한다. 외상 쉬운 집이라고 소문나면 끝도 없는 법이야."

엄마의 잔소리는 끝이 없었다.

심지어 주방에서 일하다가 나와서는 홀에 있는 손님들을 찬찬히 뜯어 살펴보기까지 했다. 엄마의 몸은 할머니가 되었어도 기억력은 나주농약사 시절에 가까워, 장부를 들춰보지 않고도 알았다. "며칠 전 외상 얼마 했던 누구"라고까지 기억해 냈다. 어서 외상값을 받아내라는 사인을 그 손님이 나갈 때까지 집요하게 보냈고, 다시 외상을 줘서 보내면 세상 멍청한 녀석을 다 보겠다는 눈빛으로 나를 흘겨봤다.

"네 아빠랑 또옥—같다. 또오옥같애."

엄마가 누군가를 저주할 때 가장 심하게 하는 말이라는 걸 알기에 나는 또 아빠가 되어 다퉜다.

내게는 승부수가 있었다.

"아니, 누가 이 장사를 시작하자고 했던가요?"

서로를 콕콕 찌르는 말을 던졌다. 엄마는 조용히 시선을 돌렸다.

기말고사가 끝난 어느 날이었다. 홀가분히 시험을 끝낸 선후배들로 테이블은 오랜만에 만석을 이뤘다. 밤늦도록 부어라 마셔라 흥청망청 들이켰다. 그동안에는 손님이 권하는 술을 받아 마시더라도 조심은 했었는데, 그날은 브레이크 페달을 완전히 놓아버렸다. 집에 어떻게 들어갔는지 기억에 없다.

손님들에게 술값을 받았는지 어땠는지도 기억에 없다. 다음 날 오후 늦게 가게에 나갔다. 입에서는 아직 술 냄새가 폴폴 났다. 컴컴한 홀 안에 엄마가 홀로 앉아 있었다. 전날 테이블을 정리하지 않아 가게 안은 폭격을 맞은 것처럼 엉망진창이었다.

"이런 정신으로 장사를 어떻게 하려고 그러냐?"

나를 바라보며 엄마가 톡 쏘아 말했다. 내 잘못이 겸연쩍어 곧장 승부수를 던졌다.

"누가 이 장사를 하자고 했던가요?"

테이블마다 그릇과 오물이 잔뜩 쌓여 있었다. 엄마와 아들의 관계도 그런 상황이었다.

∞

어릴 적 나는 회사에 다니는 부모를 둔 친구들을 부러워했다. '가게' 말고, 우리 엄마 아빠에게도 반듯한 '직장'이 있으면 좋겠다고 생각했다. 넥타이 매고 서류가방 들고 "회사 다녀올게" 하고 가장이 집을 나서면 아내와 아이들이 쪼르르 달려나와 "아빠 잘 다녀오세요" 인사하고 뽀뽀하는 풍경이 어릴 적 내가 그리던 가족의 이상향이었다. 그 무렵 드라마나 광고에 많이 나오던 풍경이니 그것이 '정상적' 가정의 모습이라고 생각했던 것 같다. 나는 다정한 아빠가 되고 싶었다.

초등학교 4학년 때였던가, 친구에게 그런 이야길 했더니 엉뚱한 반응이 돌아왔다. "나는 네가 부럽다"라는 것이다. 친구의 부모님은 맞벌이를 했고, 특히 아버지는 주말에도 자주 출근했던 것 같다. 당시에는 토요 휴무제가 없었고, 이런저런 명목으로 주말에 직원을 회사에 불러내는 일 또한 아무렇지도 않던 시절이었다.

"너희 아빠는 무슨 일을 하시는데?" 내가 물었다.

"몰라."

의아했다. 그 친구 아빠가 학교 근처 화학공장에 다닌다는 사실은 어렴풋이 들어 알고 있었다. 그런데 아빠가 무슨 일을 하는지 모른다니…… 친구는 '무슨 일을 하느냐'는 말을 회사 안에서 구체적으로 무슨 일을 하느냐는 질문으로 받아들인 것 같고, "몰라"라는 대답에는 '대체 무슨 일을 하는지는 모르겠지만 항상 바쁘다'는 뾰로통한 뉘앙스가 숨어 있었다.

부모가 회사원인 자녀는 밖에서의 부모를 알고 싶어 하지만 부모가 자영업자인 자녀는 조금 다르다. 자식 입장에서 부모가 자영업을 한다는 것은 밖에서의 부모와 안에서의 부모를 언제나 가까이에서 볼 수 있다는 뜻이다. 친구는 그것이 부러웠던 것인데, 내 입장에서는 '차라리 몰랐으면' 하는 여백에 대한 부러움이 있었다. 관계에도 일정한 거리가 필요한 법이고, 지나치게 가까운 일상은 때로 피로감을 부른다.

엄마는 화가 나면 침묵으로 상대에게 벌을 주는 습관이 있다. 그런 점은 나도 엄마를 닮아, 화가 나면 입을 닫아버린다. 그날 이후 엄마와 아들은 꼭 필요한 말 이외에는 하지 않게 되었다.

"앞으로 새벽 시장은 네가 보거라."

엄마는 벌을 주듯 장 보는 일을 맡겼다. 그거야 뭐, 가게가 어느 정도 자리 잡히면 어차피 내가 하려던 일이었다.

닭발을 고를 때는 이것을 조심해라, 새우와 조개는 저것을 유심히 살펴라, 양파와 마늘은 어떤 물건이 좋다…… 엄마는 식재료 고르는 방법을 깐깐히 가르쳐주었다. 힘든 장보기를 아들에게 인계하는 의미도 있었지만, 새벽 장을 보러 다니면 술을 덜 마실 것이라 예상했던 것 같다. 그런데 엄마는 닭발과 마늘은 알아도 아들에 대해서는 잘 모르고 있었던 것이다. 그 아들은 본래 술을 그리 즐기는 사람이 아니었다. 더구나 그 무렵엔 내가 왜 그렇게 술을 마셔댔던 것인지, 갈등하는 내면을 엄마는 전혀 몰랐다. 하긴, 털어놓은 적이 없으니 알 수가 없지.

새벽 공기 마시며 집을 나서는 기분은 아주 좋았다. 한창 불량하게 살다가 모범생으로 거듭난 느낌이랄까. 허연 입김 내뿜으며 시내버스 타고 새벽 장에 나가면, 장사하는 사람들로 시장은 벌써 북새통이었다. 장터에 가득한 손님들도 다른 곳에서는 장사꾼인 사람들이었다. 그 틈에 있다 보면 나도 열심히 살아야겠다는 가속의 에너지를 얻는 기분이었다. 쟁한 공기에 머리까지 개운해졌다.

소주장학생이 문을 닫는 날까지 장 보는 일은 내가 계속했다. 그러면서 맑아진 정신으로 앞으로 장사를 열심히 해야겠다는 각오를 세운 것이 아니라, 이렇게 살아서는 안 되겠다는 결심을 서서히 다졌다. 새벽 장은 좋지만, 아무래도 이곳은 내가 있을 곳이 아니라는 생각이 들었다. 이렇게 왕성한 에너지로 내가 왜 '장사를' 해야 하는지에 대한 확실한 대답을 나 자신에게서 듣지 못했다. 내가 가진 시간과 열정을 다른 곳에 쏟고 싶었다. 서울에 올라갈 결심을 굳혔다.

"엄마, 나 서울에 가려고 해요."

'서울에 간다'는 말이, 잠깐 놀러 가는 것이 아니라 아예 간다는 속뜻임을 엄마는 반사적으로 알았다. 그럴 줄 알았다거나 한숨을 내쉰다거나 하는 반응조차 없었다. 눈을 가늘게 뜨고 내 눈을 몇 초간 들여다본 것이 전부였다. 그리고 말했다.

"그래라."

그게 끝이었고, 엄마의 방식이었다. 엄마를 닮은 내 방식이기도 했다.

엄마는 가게 정리 또한 외과 수술을 하듯 진행했다.

그러고 보니 아리송한 사실이 있는데, 가게를 보자마자 자리가 좋다고 덜컥 계약금부터 던져주는 것은 우리 엄마의 방식이 아니었다. 아빠스러운 방식이다. 그때 잠시, 엄마 속에 아빠가 있었던가 보다.

∞

소주장학생은 2학기 시작과 함께 문을 닫았다. 딱 4개월 만이었다. 장학생이 아니라 낙제생이었다. 2학기에도 개강 파티는 있고 대목을 맞는 시즌이었는데 '영업종료' 안내문을 붙였다. 그런 안내문을 붙여본 사람은 알리라. 인생의 낙오자가 된 듯한 기분이다. '이까짓 것 하나 제대로 못 해서 문을 닫게 만들다니……' 자신이 능력 없고 가치 없는 존재라고 세상 앞에 인증하는 느낌이다. 나는 가게 운영에서 이미 마음이 떠나 있었는데도 그랬으니, 마지막까지 최선을 다한 사람들의 심정은 어떠할까.

마음은 진즉 떠났고 엄마의 행동 역시 단호했다. 미리 지불한 월세 기간만 채우는 식으로 가게를 정리했다. 건물주를 설득해 보증금도 절반 돌려받았다. 하도 많이 망해서 나가는 자리라서 그런지 건물주도 그러려니 했던 것 같다. 셔터를 내리고 건물주에게 열쇠를 넘겨주는 순간에는 미안하기도 하고 부끄럽기도 하고 마음 한구석이 찡했다. 식기 몇 개만 보자기에 싸서 집에 돌아오니 모든 일이 말끔하게 끝났다. 이렇게 간단한 일이었던가 싶었다. 허탈했다.

돌아보면 나의 십 대 후반과 이십 대는 늘 어떤 이념이나 가치를 찾아 헤매던 시절이었고, 소주장학생을 운영하던 무렵에는 과거를 넘어서야 한다는 갈증에 목이 마르던 시절이었다.

인생의 아이러니로 나는 전투경찰로 군복무를 했다. 돌과 화염병을 던지고 쇠파이프를 휘두르던 입장에서, 그것을 방

패로 막아내는 입장에 한동안 서봤던 것이다.

행정 부서에 있으니 시위 현황과 사건 사고, 피해자 인적 사항 등을 매일 보고서 형태로 받아볼 수 있었다. 새벽 근무를 서고 있으면 끼이익- 하는 팩스 기계음과 함께 전국의 어지러운 소식이 육하원칙에 따라 건조하게 정돈된 문서로 밀려 들어왔다. 학생이었을 때는 학생들의 피해 상황에 먼저 눈이 갔을 것이다. 전경이 되니 '동료'들의 근황에 가슴이 아렸다. 어느 날은 시위대가 휘두른 쇠파이프에 동료가 맞아 쓰러졌다는 상황 보고서를 받았다. 그는 나보다 세 살 어렸다. 내 남동생 나이였다. 그의 쾌유를 마음으로 빌었으나 곧 뇌사 상태에 빠졌다는 소식이 뒤를 이었다. 그가 진압복을 입고 출동한 대학은 내 남동생이 다니는 대학이었고, 시위 현장은 나와 동생이 자전거를 타고 숱하게 오가던 장소였다. 우리가 휘두른 쇠파이프와 각목이 그런 것이었구나. 학생들이 점거한 건물에 진입하던 동료가 옥상에서 던진 돌에 맞아 사망했다는 보고서를 받은 날도 있었다. 시위대와 대치하던 동료가 후진하는 차량에 깔려 숨졌다는 소식이 전해진 날도 있었다. 내가 던진 돌, 내가 불붙인 화염병이 자연히 떠올랐다.

처음엔 그렇게 '방법론'에 대한 회의로 시작했다. 내가 그

동안 추종했던 이념이 현실과 점점 어긋나고 있고, 여론의 상식으로부터 멀어지고 있다는 반성으로부터 출발했다. 그러다 점점, '방법뿐 아니라 세계관 자체가 애초에 잘못됐던 것은 아닐까?' 하는 근원적 회의로까지 접어들었다.

대학 캠퍼스에서 청년이 죽은 채 발견됐다. 처음엔 술을 많이 마신 사람에게 간혹 일어나는, 단순한 변사 사고 사건 보고서라고 여겼다. 밝혀진 진실은 달랐다. 그 대학 총학생회 간부들이 청년을 경찰 프락치로 오인해 학생회실로 끌고 가 고문하다 사망에 이르게 한 사건이었다. 사람이 죽자 시체를 다른 곳으로 옮겨 사고사로 위장한 사건이었다. 그 대학은 내가 다니던 학교였고, 조작극을 주도한 인물 가운데 몇 명은 내가 알던 이름이었다. 원래 그런 친구들이 아니었는데…… 싸우다 상대를 닮아간 것일까, 도대체 무엇이 그들을 그렇게 만들었을까. 군대에서 며칠간 밥을 제대로 먹지 못했다. 잠도 오지 않았다.

꼬리에 꼬리를 물고 사건은 일어났다. 상처에 상처를 덧대며 소식은 전해졌다. 그 무렵 신문과 잡지를 통해 북한에서 수백만 명이 굶어 죽고 있다는 소식을 들었다. 굶어 죽는다, 굶어 죽는다, 굶어 죽는다…… '굶어 죽는다'는 말을 수백 번도 넘게 되뇌며 넘어가지 않는 밥알을 씹었다. 국민을 굶주려 죽게 만드는 정권은 과연 어떤 정권일까. 이런 걸 '외부의 탓'이라고 말할 수 있는 걸까?

된다고 생각했던 일들을 돌아봤고 안 된다고 생각했던 일들을 회의했다. 돌아보는 일을 돌아보게 되었다. 그것이 거창한 표현이지만 내가 나중에 사상적 이별을 결심하게 된 이유다. 소주장학생을 운영하는 동안 헛헛했던 마음의 배경에는 그런 것들이 깔려 있었다. 생각의 방향을 바꾼 것은 바꾼 것이되, 그렇다고 학교 앞에서 장사하면서 돈을 벌고 있는 것이 내가 찾는 대안일까 하는 회의 가운데 방황했다. 세상 모든 일은 나름의 의미가 있는 법이지만 '이건 아닌 것 같다'는 생각이 줄곧 뇌리를 떠나지 않았다.

서울로 떠나기 전날 엄마와 밥을 먹었다. 평소 먹던 국과 반찬이었고 엄마는 아무런 말이 없었다. 밥상 위에 젓가락 들었다 놓았다 하는 소리만 조용히 오갔다. 아파트 현관문을 열고 나설 때, 엄마는 나지막이 한마디만 건넸다.

"네가 어디에서 뭘 하든, 나는 네가 건강하기만 하면 된다."

08.

렉서스와 졸업장

— 운명에 대하여

명성숯불갈비

2003 ~ 2013

최은영의 소설 『밝은 밤』에는 시간에 대한 상반된 견해가 등장한다.

하나는 시간을 흘러가는 강물이라 보는 견해이고, 다른 하나는 시간을 얼어붙은 강물이라 보는 견해다. '흘러가는 강물'이란 시간이 과거로부터 현재, 미래로 흘러간다는, 우리가 일반적으로 시간을 바라보는 시각. 한편 '얼어붙은 강물' 파는 시간은 환상일 뿐이며 과거와 현재와 미래는 동시에 존재한다고 말한다. 운명은 정해져 있고 일어날 일은 일어나게 되어 있다는 주장이다. 그러니 애면글면 바꾸려 애쓰거나, 예상과 다르다고 지나치게 후회하며 절망할 필요 없다는, 어쩌면 긍정적인 사고다.

어느 쪽이 맞을까? 물리적인 법칙으로야 흘러가는 강물 쪽이겠지만 때로 얼어붙은 강물의 사고방식에도 이점은 있다고 작중 화자는 말한다. 그런 믿음은 무엇보다 인간을 후회의 덫에서 구원해 줄 수 있을 것이라고.

오로지 후회하지 않기 위해 운명을 절대시하는 태도는 물론 수동적이지만, 운명이란 두 글자는 어떻게 활용하느냐에 따라 남다른 효용을 갖는다. 잊을 건 잊고, 얻을 건 얻고, 앞으로 나아가면 되는 것이다. 담담히, 강물처럼.

∞

아버지에게 전화가 온 날은 서울에 온 지 3년이 지난 어느 봄이었다.

사무실에서 일하고 있는데 낯선 번호가 휴대폰 화면에 똑똑, 노크를 했다. 받을까 망설이다 혹시 중요한 전화일지 몰라 연결 버튼을 눌렀다. 건너편에서는 3초쯤 말이 없었다. 중저음의 굵직한 목소리가 들렸다.

"나다."

어느 자식이 부모 목소리를 모를까. 한마디만 듣고도 아버지라는 사실을 알 수 있었다. 3년 만에 듣는 목소리였다.

소주장학생 문을 닫고 나는 곧장 서울로 향했다. 특별히 어디서 어떻게 일할 것이라는 계획이나 협의가 있었던 것은 아니다. 무작정 상경했고, 선배 집에 짐을 풀고 이튿날 무턱대고 북한인권 문제를 다루는 NGO의 문을 두드렸다. 청소를 시켜도 좋고 허드렛일도 좋고 월급 같은 것도 크게 바라지 않으니 무조건 일만 시켜달라고. 그게 7년간 북한인권운동을 하게 된 출발점이었다. 그동안 북한 정권을 추종했던 날들에 대해 내 나름의 속죄의 시간을 갖겠다는 생각이었다.

때마침 NGO 소식지를 발행하는 데 일손이 필요해 편집위원 역할을 맡게 되었다. 그런데 이게 무슨 조화인가, 며칠 지나지 않아 편집장이 다른 직장을 갖게 됐다. 얼떨결에 내가 편집장 책상에 앉았다. 말이 편집장이지 부서원 없이 홀로 이것저것 다 하는 1인 편집실이었고, 영세한 NGO가 필자들에게 원고료까지 줄 형편은 못 되니 원고의 상당 부분을 편집장이 실컷 채울 수밖에 없었다. 그것이 내가 엉겁결에 글 쓰는 일을 시작하게 된 계기다.

그 무렵 딸이 태어났다. 가족까지 데리고 서울에 올라와 은

평구 불광동에 보금자리를 마련했다. 광주에서 살던 집 월세 보증금으로 서울에서 얻을 수 있는 집은 지표면 위에는 존재하지 않았다. 반지하 월세방을 구했다. 그렇게 땅 밑 생활을 3년 정도 하다가, 둘째가 생기자 눅눅한 습기만큼은 피해야겠다는 생각에 이사를 했다. 이번엔 산꼭대기 집. 북한산 국립공원 매표소 바로 앞에 있는 집이었다. 아버지에게 전화가 온 날은 "서울에서 가장 낮은 곳에 살다가 가장 높은 곳으로 올라갔다"라고 동료들에게 웃으며 자랑하던 즈음이었다. 이사하고 열흘도 지나지 않은 날이었을 것이다.

"아직 거기 사냐?"

아버지가 말하는 '거기'는 예전에 살던 반지하 집을 이른다. 광주에서 서울로 이사한 직후 한 번 찾아온 적이 있는데 그 뒤로 연락이 끊겼던 것이다.

"아뇨. 다른 곳으로 이사하긴 했는데 거기서 멀진 않아요."

아버지는 다짜고짜 저녁에 시간 있느냐고 묻더니 지하철 몇 호선 무슨 역, 몇 번 출구 앞으로 나오라고 했다. 거절할 리 있겠나. 3년 만의 재회인데.

도착해 기다리고 있으려니, 만나기로 한 지하철역 출구 앞에는 어떤 가게 인테리어 공사가 한창이었다. 건물 하나를 통째로 사용하는지 외벽이 가림막으로 둘러싸여 있었다. 아버지가 거기 2층 가림막 사이로 불쑥 얼굴을 내밀었다. "이리 올라 오니라." 어제 만났다 헤어진 사람을 대하는 말투였다.

아버지는 조금도 변함이 없었다. 풍채는 여전했고 휑한 이마를 가리려고 앞머리를 빗어 넘긴 모양도 그대로였다. 다만 입고 있는 가죽 코트가 꽤 고급스러워 보였다. 구두 앞코가 유난히 반짝거렸다. 계절과 맞지 않는 차림이었고 지금 서 있는 공간과도 어울리지 않지만, '있는 척' 하려고 일부러 골라 입는 복장으로는 제격인 조합이었다.

건물 2층은 온갖 건축자재가 복잡하게 뒤엉켜 어지러웠다. 인부들이 분주히 오가며 목재를 나르고 페인트칠하고 전선을 연결하고 있었다. 뭔가 상당한 규모의 업소가 들어설 모양인가 보다.

"여기가 우리 가게다."

난데없는 정의에 귀가 얼얼했다. 3년 만에, 반나절 사이에, 대체 왜 이렇게 연달아 무시무시한 악송구를 하신다는 말인가. '우리'라는 표현이 유난히 귀에 거슬렸다. 아버지가 또 무슨 일을 저지르는 것인지 걱정이 파도처럼 밀려들었다.

들어보니 그곳은 아버지가 투자를 받아 운영하는 식당이

라고 했다. 이번엔 '투자'라는 용어가 해일처럼 치솟아 뒤통수를 덮쳤다. 그 '우리' 안에 포함되고 싶지 않다는 생각이 뇌리를 가득 메웠다.

가게 규모는 꽤 컸다. 위치는 지하철역 출구 코앞. 1층은 온전히 주차장으로 활용하고, 2, 3층은 고깃집, 4층은 직원 숙소와 사무실로 사용한다고 했다. 누가 봐도 임대료가 엄청나겠구나 싶은 장소였다. 아버지는 마무리 공사가 한창 진행 중인 현장 내부를 뒷짐 지고 돌아다니며, 미술관을 방문한 관람객에게 작품을 설명하는 모양으로, 이곳은 주방, 저기는 계산대, 여기는 어린이 놀이방…… 구석구석 자랑하며 소개했다. 졸졸 따라다니는 내 머릿속은 '이 돈은 대체 어디서 났을까', '혹시 또 무슨 일이 생기는 건 아닐까', '투자금이 상당할 텐데' 하는 복잡다단한 의문과 불안으로 가득했다.

"5월 초에 오픈이니까 그때까지 홍보 전단지 좀 만들어라."

그게 아버지가 나를 부른 이유였다. 3년 만에.

그래, 내가 전단지 하나는 잘 만들지.

결과적으로 그 가게, 명성숯불갈비는 장사가 너무 잘됐다. 끊임없이 손님이 밀려들었다.

매출도 매출이지만 나는 무엇보다 운영 방식에 놀랐다. '장사가 잘되는 식당을 누가 운영을 못 해?' 싶겠지만 그렇지 않다. 테이블이 백 개쯤 되는 대형 식당은 웬만한 경력자를 데려다 놓고 운영해 보라 하여도 우왕좌왕하기 마련이다. 종업원 숫자만 수십 명에 달해 웬만한 작은 기업 하나 이끄는 것과 같다. 식당 안의 이런저런 업무 파트를 조율해야 하고, 그들 사이의 알력 관계를 통제해야 하고, 들이닥치는 손님을 원활하게 접대할 수 있도록 직원들을 통솔하는 일 또한 보통 아니다. 처음엔 뒤죽박죽이다가 대체로 몇 개월 지나면서 점차 시스템이 갖춰지는데, 명성갈비에서 아버지는 마치 수십 년 동안 그 자리에서 장사를 해왔던 사람처럼 능숙하게 모든 일을 처리했다. 계산대 앞에 버티고 서서 우렁우렁한 목소리로 명령하는 아버지의 압도적 카리스마가 아니었더라면 원만한 가게 운영은 불가능한 일로 보였다. 누가 봐도 그랬다.

문득 우리 가족의 태릉 갈빗집 시절이 떠올랐다. 가족은 흩어졌지만 시간의 강을 건너 아버지는 그렇게 명성갈비에 있었다. 태릉의 경험이 있었기 때문에 서울 한복판에서 이런 일이 가능한 것이로구나, 알 수 있었다.

명성갈비는 24시간 영업했다. 갈빗집이 24시간 돌아가는 경우는 흔치 않지만 태릉에서 이미 한 번 그것을 목격했던 나로서는 '역시 아빠스럽다' 싶었다. 아침에는 해장국을 찾는 손님이 몰렸고, 신기하게도 아침부터 고기 굽는 손님들이 있었다. 점심에는 인근 상인과 직장인들로 2층 테이블이 만석을 이뤘다. 오후가 되면 3층까지 오픈했는데, 초저녁부터는 번호표를 받아야 했다. 1층 주차장엔 대리운전 기사를 위한 대기 장소가 따로 마련되어 있어, 계산을 마치자마자 운전기사가 달려왔다. 아이들을 위한 놀이시설과 후식으로 제공되는 커피, 아이스크림, 수정과까지 완벽했다. 여름에는 창문을 완전히 개방해 원두막 같은 느낌이었고, 겨울에는 아늑한 장작불 난로를 땠다. 손두부를 현장에서 만들어 내놓았다. 자정 넘으면 요금 할인에 들어갔고, 동치미 국수가 서비스로 나왔다. 몇 년 지나니 명성갈비 메뉴와 운영 방식은 물론, 건물 외관까지 비슷한 갈빗집이 서울 곳곳에 생겨나기 시작했다. 명성갈비는 명성을 전국에 떨쳤다.

명성갈비를 오픈하고 2년쯤 지났을까, 아버지는 투자받았다는 돈을 모두 갚았다. 어느 날 명성갈비 사무실에 갔더니 아버지가 싱글벙글한 표정으로 책상 위에 다리를 올려놓고 사무용 의자에 깊숙이 몸을 기대고 있었다.

"어, 왔냐. 오늘은 역사적인 날이다. 날짜 좀 기록해 놔라."

골프공을 바닥에 통통 튀기며 말을 이었다.

"빚을 다 털어부렀시야. 빚을 빛의 속도로 털어버린 거란 말이여, 허허허."

썰렁한 말장난을 하는 아버지의 얼굴에는 자부심과 홀가분함이 반반 섞여 있었다. 그러니까 그날, 갚아나가던 투자금 잔금을 모두 치렀다는 것이다. 투자자 가운데 투자금을 돌려받지 않겠다는 사람이 있을 정도라고 했다. 얼마든 재투자를 하겠으니 명성갈비 2호점을 빨리 오픈하자고 재촉한다나 뭐라나.

"투자하겠다는 사람이 여기서 남대문까지는 줄을 서 있어. 이제 아무한테나 투자를 받을 수는 없지. 골라 받아야지. 껄껄껄."

아버지 말씀은 절반은 거르고 들어야 한다는 사실을 알고 있었으면서도 어쨌든 다행으로 여겼다. 내가 걱정했던 최악과는 분명 멀찍이 떨어진 것만은 확실하니.

많은 것이 어리벙벙했다. 3년 동안 전화 한 통 없던 아버지가 갑자기 부자가 되어 나타났으니, 이 무슨 드라마에나 등장할 법한 스토리인가. 동진오리탕이 문 닫고 7년 만에 벌어진 대반전이다.

그 7년 동안 아버지에게 일어난 일은 참혹하기 그지없었다. IMF로 무너졌고, 이혼했고, 내가 결혼할 무렵에는 거의 빈사 상태였다. 그럼에도 어디서 구해 왔는지 결혼에 보태라고 천만 원을 건네주셨는데, 그게 내 사회생활 종잣돈이 되었다. 그걸로 월세방 구해 신혼살림을 시작했다. 그 돈의 출처가 어디인지 몰라 미안하기도 하고 마음에 걸렸다.

그 뒤로 3년 동안 아버지에게 연락이 없었던 이유 가운데 하나는 빚쟁이들에게 쫓겨 다녔기 때문이다. 막내는 아직 대학에 다녔고, 남동생은 이제 막 취업한 상태였으니, 당시 아버지가 기댈 사람이 있다면 단연 장남인 나였다. 그러나 그때는 나 또한 빈털터리였다. 내가 옳다고 생각하는 일에 매달리는 것으로만 생각이 가득한 시절이었다. 돌아보면 나의 이십 대와 삼십 대 중반까지 삶은, 마냥 '사랑도 명예도 이름도 남김없이'였다. 시대에는 열정적이었을지 모르겠으나 가족의 삶에는 냉정하고 무책임한 아들이었다.

사실 아버지는 나에게 굉장히 섭섭할 만했다. 서울에 이사하고 서너 달쯤 지났을 때였나, 한번은 아버지와 가까운 친구분에게 전화가 왔다. 이백만 원인가 삼백만 원인가, 아무튼 나로서는 적지 않은 금액을 말하면서 그 돈이 없으면 너희 아버지가 사법적으로 위험하게 생겼으니 오늘 중으로 꼭 구해달라는 것이다. 이른 아침부터, 게다가 내 사정을 뻔히 알면서도 전화한 걸 보니, 보통 다급한 일이 아니라는 걸 알 수 있었다. 나도 어찌할 도리가 없었지만 신용카드 현금서비스라도 받아볼 요량으로 "어떻게든 구해보겠습니다" 하고 전화를 끊었다. 그런데 이 무슨 하늘의 조화인지 그날 내 신용카드가 모두 정지되었다.

그 무렵 우리나라는 신용카드 대폭발이 일어나던 즈음이었다. 거리에 테이블을 펴놓고 "신용카드 만드세요!" 붙드는 사람이 편의점 숫자보다 많던 시절이어서, NGO 활동가로 수입이 변변찮은 나조차도 대여섯 종류의 신용카드를 갖고 있었다. 신용카드를 만드는 일은 그토록 쉬웠지만 사용 대금을 연체하는 것이 얼마나 엄중한 사건인지는 미처 깨닫지 못한 시절이어서 '이달 내지 못하면 다음 달 내면 되겠지', '갚으면 바로 정지가 풀리겠지' 하는 수준으로 대수롭지 않게 생각했던 것 같다. 신용카드 하나가 막히자 다른 카드가 일시에 정지됐고, 일체 경제 활동이 꽉 막혀버렸다. 월말마다 숨이 턱턱 막힐 지경이었다. 추심하는 전화를 피했다. 몇 개월 후, 신용불량자로 등록되었다는 통보가 왔다. '불량'이라는 두 글자가 유난히 가슴에 박혔다.

아버지의 긴박한 사정을 알렸던 친구분에게 어느 늦은 밤 전화가 왔다. 술에 잔뜩 취한 목소리였다.

"에이, 후레자식."

이래저래, 나는 불량한 녀석이로구나.

아버지는 아버지 나름대로 곤궁한 시절이었겠지만 나도 나대로 씁쓸한 시절이어서, 내가 아버지의 사정을 정확히 모르는 것처럼 아버지도 나의 근황을 모른 채 3년간 소통이 단절되어 있었다. 간간이 동생을 통해 "아빠가 요즘 보통 힘든 게 아닌가 보더라"는 소식 정도만 듣고 있었다. 나로서도 어찌할 방법이 없어 무력한 날들이었다. 그런 아버지가 3년 만에 완벽히 부활해 등장한 것이다.

돌아보면 명성갈비 시절 아버지 나이는 오십 대 초반이었다. 모든 것이 원숙할 나이, 경험에서 뿜어 나오는 힘이 느껴지는 나이, 그러면서 절제할 줄도 아는 나이였다.

남들은 모르겠지만 명성갈비 흥행의 이면에는 아버지가 그동안 숱하게 쓰러지고 넘어지면서 얻은 실패의 흔적들이 고스란히 녹아 있었다. '그때 왜 망했을까' 하면서 이를 악물고 쓸개를 씹으며 '다음에는 꼭!' 했던 재기의 다짐들이 명성갈비 간판 아래 숨어 있었다. 테이블 배치 하나, 숟가락 놓는 위치 하나에도 그런 시간의 무게가 깃들어 있었다. 다른 사람은 몰라도 나는 그것이 보였고 느낄 수 있었다.

명성갈비 성공에 나도 어리벙벙했는데 당사자인 아버지는 어땠을까. 누구나 성공을 바라지만 그 성공이 막상 뭉텅이로 쏟아지면 당황하게 된다. "하느님, 이 행운을 할부로 끊어 조금씩 나눠주시면 안 될까요?" 짐짓 익살까지 부리게 된다. 그때 아버지가 그랬다. 다행히 아버지는 20년 전에 이미 한 번 비슷한 과정을 겪은 바 있고, 이제는 노련한 오십 대가 되어 있었다.

명성갈비로 아버지는 상당한 부자가 됐다. 그래도 역시 아버지는 아버지여서, 버는 족족 까먹었고 아버지 나름대로 부를 탐닉했다. 그렇다고 흥청망청하셨던 것은 아니다. 사람마다 나름의 방식으로 성공을 자축하기 마련. 그때부터 아버지가 '나는 좀 벌었다' 과시한 방향은 크게 세 가지였다.

　첫째, 아버지는 우리나라 최고 수재들이 다닌다는 서울의 한 국립 대학교 '신입생'이 되었다. 물론 학부생은 아니다. 그렇다고 대학원생도 아니다. 아버지는 고등학교만 졸업하셨으니까. 그 대학 '최고 경영자 과정'에 등록했다. 대학발전기금이라 부르는 적잖은 후원금까지 쾌척했다. 학창 시절 수재의 전당殿堂에 들어가지는 못했어도 스스로 부자의 전당錢堂을 만들어 들어간 셈이다.

　아버지는 그곳을 수료하고 명성갈비 출입문 기둥에 그 대학 '동문의 집'이라는 황금색 현판을 자랑스레 걸어놓았다. 손님들이 보곤 '와, 이 식당 사장님 S대 출신이구나!' 하고 놀랐겠지. 아버지는 현판을 매일 번쩍번쩍 닦았고, 나중에 명성갈비를 그만두었을 때에도 다른 집기는 다 모르는 척하고 오직 그것만 반듯하게 떼어 승용차 옆자리에 실었다. 아버지는 S대를 말할 때 지금도 "우리 학교"라고 다정스레 말한다.

둘째, 아버지는 렉서스 승용차를 구입했다. 벤츠도 있고 크라이슬러도 있고, 이른바 부를 과시할 수 있는 수입차는 많은데 왜 하필 일본 차를 샀느냐고 물으니, "진짜 부자는 소박한 차를 타는 법이여!"라나. 그 소박함이 아버지에게는 렉서스였는가 보다. 렉서스는 도요타 자동차가 싸구려 이미지를 벗기 위해 별도로 만든 브랜드이니, 그때 우리 아버지의 염원과 뭔가 일치하는 구석 또한 있다. 의뭉스러운 허세라면 또 끝내주는 양반 아니던가. 주위에서 검정 차를 사라고 하는데도 굳이 흰 렉서스를 고집했고, 명성갈비 1층에 전용 주차 구역을 만들어놓고 보란 듯 세워뒀다. 매일 왁스 발라 번쩍번쩍 광을 냈다. 흰둥이 렉서스 옆에는 '동문의 집' 현판이 단짝처럼 붙어 있었다. 누가 더 반짝거리는지 대결이라도 하자는 듯 서로 존재감을 과시했다.

아버지가 성공했어도 나는 천 원짜리 한 장 받지 않고—무슨 염치로 손을 내밀겠는가—나중에 한국을 떠나는 날까지 산꼭대기 집에 살았지만, 아버지는 종종 렉서스를 몰고 좁디좁은 비탈길을 거슬러 올라왔다. 집 앞에 차를 세워놓고 "애들 과자 좀 사 왔다. 나와봐라" 하시면서도 한 번도 집 안으로 들어오지는 않으셨다. 그때 아버지의 마음을 알 것도 같고 모를 것도 같다.

셋째, 명성갈비 3층에 아버지는 자신만의 공간을 만들었다. 원래 식자재를 보관하는 예닐곱 평 정도 되는 창고인데, 깨끗이 치우고 출입문에 '연구실'이라는 팻말을 달았다. 거기에 온갖 장비를 들여놓고 희한한 실험을 하곤 했다. 예컨대 '덤블링'이라는 기계를 구입해 레미콘같이 생긴 통 안에 고기를 넣고 얼마나 덤블링을 시켜야 육질이 최상의 상태로 부드러워지는지 온갖 고기를 넣고 돌려보았다가, 나중에는 '인젝션'이라는 기계를 구입해 소고기에 인위적으로 마블링을 주입해 맛의 혁명(?)을 이루겠다고 큰소리 떵떵 쳤다가, 또 한번은 국내에 시판 중인 불판을 있는 대로 구입해 고기가 들러붙지 않는 혁신적인 불판을 발명하겠다고 이렇게 구워보고 저렇게 구워보고…… 세계 각국의 참숯을 구입해 참 다양하게 태워보기도 하였다.

미국에서 열리는 인권 관련 행사에 NGO 대표단 일행으로 참석하느라 출국을 앞둔 어느 날이었다. 아버지에게 전화가 왔다. 미국에 갈 때 가져갈 것이 있으니 저녁에 꼭 가게에 들르라는 것이다. 나는 또 김치라도 챙겨주시는 줄 알고 뭉클한 마음에 뛰어갔더니 3층 연구실로 올라오라 하였다. 책상 위에 커다란 도면 같은 것이 펼쳐져 있었다. 우주선 설계도인가? 대포동 미사일? 내용을 보니 괴상한 기계 안에 사람이 앉아 있는 모습이었는데, 자세가 꽤 우스꽝스러웠다. 딱 봐도 아버지가 그린 그림이다.

"이것이 '캡슐 로스터'라고 하는 것이여. 캡슐 안에 손님이 들어가서 고기를 먹는 것이란 말이제. 여기 구멍 보이제? 여기로 연기가 빠져나가고 불판은 자동으로 교체되고…… 이것은 모니터여. 이 모니터로 게임도 하고 노래도 부르고 광고도 나갈 거란 말이여. 음식을 먹고 나면 테이블이 아래로 내려가면서 자동으로 청소가 되고……"

쥘 베른의 소설에 나오는 희한한 기계 장치를 보는 듯한 느낌이었다. 아버지는 이것으로 '월드 비비큐 마켓'을 장악할 수 있을 것이라고 말했다. 그리하여 나를 부른 이유인즉, 미국에 가거든 투자자를 좀 찾아달라는 것이다. 이것은 분명 세기적 발명품이고, 이것만 성공하면 마이크로소프트를 뛰어넘는 역사적인 기업이 탄생할 것이라고 초롱한 눈빛으로 열변을 토했다. 아버지, 아, 우리 아버지.

명성갈비가 성공하고 내가 중국에 가기 전까지 3년 정도는 아버지와 내가 거리감을 점점 줄여나가던 시기였다.

시시때때로 아버지 가게에 갔다. 때로 술 마시고 얼큰한 상태에서 찾아가기도 했는데 그건 내가 어른이 되면 아버지에게 꼭 해보고 싶었던 행동이기도 했다. NGO 동료들을 데려가 실컷 고기를 먹고 계산대 앞에서 그냥 인사만 하고 나가면 동료들이 "우와!" 하고 탄성을 질렀다. 쑥스럽기도 하고 어깨가 으쓱하기도 했다. 아버지도 그 풍경이 썩 마음에 들었는지 언제든 와서 먹으라며 흐뭇하게 웃었다. 돌아갈 땐 고기를 포장해 한아름 안겨주었다. 돌아보면 그때 그랬던 것은 NGO 동료들에게는 좀 미안한 일이기는 했다. 집안 형편이 넉넉해 시민운동을 하는 사람은 한 사람도 없었다. 모두 없는 집 자식들이었고, 우리 단체 대표도 사채까지 빌려 활동가들에게 급여 주면서 단체를 이끌어가고 있었다. 동료들 앞에서 괜스레 있는 척을 했던 것은 아닌지, 그때는 그런 것까지 미처 생각하지 못했다.

중국으로 떠나기 직전에는 거의 매일 아버지 가게에 들렀다. NGO에 휴직계를 낸 뒤로 별로 할 일이 없었고, 2년 정도 있다가 한국에 돌아올 것이라고 주위에 말하기는 했지만, 왠지 영영 돌아오지 못할 것 같다는 미묘한 예감 또한 있었다.

하루는 아버지에게 물었다. 마지막이라 생각하고 과감히 이런 질문을 던졌다.

"예전에 제가 학생운동을 할 때 있잖아요. 그때 왜 그렇게 반대하셨던 거예요?"

그 시절 학생운동에 빠진 자식을 말리지 않은 부모가 어디 있었으랴만, 아버지는 좀 유별났다. 집회 현장에서 나를 붙잡아 큰집에 끌고 가 골방에 가둬놓기까지 했다. 큰아버지는 초등학교 교사였다. 그 무렵 교감 승진을 앞두고 있었는데 혹시 해를 끼칠까 봐 그러는 것 아닐까, 그때는 추측했다. 그렇더라도 아버지는 꽤 지나쳤다.

"너희 할아버지 때문이지 뭐."

아버지가 술잔을 내려놓으며 말했다. 서른이 넘도록 들어보지 못한, 아버지 입에서 나온 '할아버지'라는 단어였다.

"네 할아버지가 동란(한국전쟁) 때 사상적 문제로 돌아가셨다. 네 작은아빠가 53년생인디 네 할아버지는 그해 봄에 돌아가셨어. 이게 무슨 의미인지 알겠제?"

작은아버지가 유복자라는 사실은 알고 있었다. 알다마다, 모를 리 있겠나. 명절에 친척들이 모이면, 그러잖아도 괄괄한 성격의 작은아버지는 에너지 게이지가 열 배쯤 올라가 술잔을 들이켜며 신세 한탄을 시작했다. 아버지 얼굴도 못 보고 태어나 오 남매의 막내로 온갖 고생 다 하면서 자랐노라고. 엄마가 나한테 해준 것이 뭐가 있느냐고. 비슷한 사연이 있는 여느 집안이 그렇듯, 그럴 때마다 할머니는 조용히 부엌으로 자리를 옮겼고, 큰아버지는 착잡한 표정으로 허공을 응시했다. 듣다 못한 아버지가 버럭 소리를 지르기 일쑤였다. "너만 힘들었냐? 너만?"

할아버지의 그 '사상적 문제'라는 것이 무엇인지 나는 구체적으로는 모른다. 남들 앞에서 말하기 좋아하는 우리 아버지도 그 부분에 대해서만큼은 입을 꾹 다문다. 왼쪽이든 오른쪽이든 어느 한쪽에 휩쓸려 그리 편치 않은 임종을 하셨던 것 같다. 사실 아버지도 고작 걸음마 떼던 시절 벌어진 일이라 나중에 쉬쉬하는 소문으로만 들었을 것이라 짐작한다. 평생 상처와 울분으로 간직하고 있었겠지.

때로 가슴에 안고 가야 하는 것들이 있다. 역사와 함께 묻어두어야 하는 것들도 있다. 아버지에게 '아버지'는 그런 이름이었을 것이다. 아버지에게 아버지는, 한 번도 다정히 불러 보지 못한, 그저 개념으로만 존재하는 호칭이었을 것이다. 돌아보면 아버지가 우리에게 서툴렀던 이유도, 아빠가 아들에게 어떻게 해야 하는지를 한 번도 경험해 보지 못한 탓이라고 생각한다. 아버지도 아버지가 처음이었던 것이다.

1983년엔가, 티브이에 남북이산가족 찾기 캠페인이 한창일 때였다. 전 국민의 화제가 온통 그것뿐이고 만남과 헤어짐에 대한 사연으로 전국이 눈물바다를 이루고 있을 때였는데, 밤 이슥한 시각에 아버지가 전화 수화기를 들었다. 그날 아버지는 굉장히 취해 있었다. 평소 술을 별로 드시지 않는 분이라 기억에 또렷이 남아 있는 날이다. 친구에게 전화라도 하는 건가 했더니, 티브이 자막으로 흐르는 전화번호를 보며 천천히 다이얼을 돌렸다. 아버지는 또 무슨 일을 저지르는 건가. 통화 연결음이 들렸다. 긴장하여 침을 꼴깍 삼켰다.

"거기 이산가족 찾기 사무국이죠? 여기가 전라도 나준디요. (딸꾹) 우리 아부지가 6·25 때 돌아가셨는디 말이지요. (딸꾹) 굉장히 억울하게 돌아가셨는디요. (딸꾹) 그런 사람도 이산가족 등록을 할 수 있당가요? (딸꾹)"

하늘에 계신 아버지를 어떻게 찾는단 말인가.

할아버지가 죽고 오 남매를 오롯이 할머니 혼자 키웠다. 지금 생각해 보면 반세기 넘는 시간을 시골 과부로 살면서 할머니는 얼마나 고생이 많았을까. 할머니 생각을 해도 눈시울이 뜨거워진다. 그렇게 할머니와 고모, 큰아버지, 우리 아버지, 작은아버지의 삶을 번갈아 잇대어 보곤 한다. 그 시대에 많은 가족이 그랬듯 우리 아버지 가족도 큰아들에게 모든 기대를 거는 수밖에 없었다. 고모들은 일찍 시집을 갔고, 아버지와 작은아버지는 고등학교 졸업장에 만족해야 했다. 혜택을 입은 큰아버지의 마음 또한 그리 편치 않았을 것이다.

이런 것들이 아버지가 배움과 학력에 대해 갖고 있는 한이다. 아무리 공부하고 노력해도 대학에는 갈 수 없다는 좌절에 몸을 떨었던 슬픔을 털어놓곤 했다. "너희들은 얼마나 좋은 시대에 태어났느냐." 습관처럼 말했다. "뭐가 부족해 그렇게 공부를 안 하는 것이냐." 꾸짖기도 했다. "너는 반드시 서울대에 가야 한다." 얼마나 다그쳤는지 모른다. 다행인지 불행인지 나는 아버지의 소원을 이뤄줄 수 있을 만한 성적이 되었는데, 고등학교 1학년 여름방학이 지나면서 모든 기대가 와르르 무너져 버렸다. 나중에 아버지가 내게 말하는 소원은 급격히 초라해졌다. "제발 고등학교만이라도 졸업해라." 그런 최소한의 희망마저 들어주지 않은 채 나는 가출까지 감행하며 학생운동의 이념에 빠져들었다. 아버지가 내 머리채를 잡아 끌고 갔던 때의 심정이 짐작되고도 남는다.

∞

"네가 맨날 병살타만 치더니 드디어 홈런 한 방을 크게 때리는구나."

내가 북한인권운동을 하겠다고 했을 때 큰아버지는 감격한 목소리로 말했다. 무척 기뻐하고 격려하는 마음이 표정에 고스란히 드러났다. 그땐 왜 그러시나 했는데 할아버지의 사연을 알고 나서야 어렴풋이 짐작할 수 있었다.

큰아버지는 언제나 너그러운 분이었다. 화를 내는 것을 본적이 없다. 어렸을 적 나는 큰아버지 댁에 가면, 아버지에게는 미안한 말이지만, 큰아버지가 우리 아버지였으면 좋겠다고 생각했다. 큰집에는 책이 엄청 많았고, 한구석에 자리 잡고 앉아 읽고 싶은 책을 실컷 읽을 수 있었다. 큰아버지는 항상 온화한 미소로 우리를 맞았다. 궁금한 것을 물으면 조금도 귀찮아하지 않고 차분히 설명하는 분이었다. 너는 큰사람이 될 것이라고 격려해 주었다. 큰아버지에게 그런 말을 들을 때마다 나는 내가 '큰사람'이 될 것이라는 사실을 믿어 의심치 않았다. 아버지에게 잡혀 큰집에 갇혀 있을 때에도, 큰아버지는 나를 대화로 설득하려는 유일한 인물이었다.

"네가 믿는 사상을 말해봐라. 그런 사상이 과연 현실에 실현될 수 있을 것이라고 믿냐? 만약 그렇더라도, 그런 세상이 과연 행복할까?"

비꼬는 투도 강박하는 투도 아니었다. 큰아버지는 진지하게 대화를 해보자는 표정으로 이런 질문을 던졌는데, 당시에 나는 그저 침묵으로 반항했다. 그 질문은 7년쯤 후에 내가 스스로에게 던진 질문이 되었다.

큰아버지는 두 동생에게 늘 마음의 빚을 갖고 있었던 것 같다. 나중에 정년퇴임하고 명성갈비에 찾아와 종종 식당 한 구석에 앉아 계셨다. 불판을 나르기도 하고, 숯불 굽는 곳에서 돕기도 하고, 손님 테이블을 치우기도 하고…… 직원이 많으니 굳이 이런 일을 하지 않으셔도 된다고 말려도 집에서 노는 일이 더 힘들다면서 틈틈이 가게에 나와 일손을 거들었다. 40년 교단을 지킨 선생님은 그렇게 앞치마를 둘러맸다.

내가 8년간의 중국 생활에 마침표를 찍고 귀국한 지 며칠

안 돼, 아버지 삼 형제가 명성갈비 맞은편 카페에 모였다. 그 무렵에는 작은아버지까지 명성갈비에 출근해 고기 써는 법과 양념 재우는 법 등을 배우고 있었다. 아버지가 곧 명성갈비를 그만두어야 할 시점이었고, 작은아버지는 작은 갈빗집을 오픈하려고 준비 중이었다.

커피와 빵을 가운데 놓고 아버지가 먼저 말문을 열었다. "나는 큰돈을 벌지는 못했지만 누구한테 손 벌리지 않으면서 노후를 보낼 수 있을 정도로는 모아놨고, 형님은 국가에서 연금으로 지켜주고 계시고, 동생도 일가를 이루었고……" 그러고는 여전히 미덥지 않다는 표정으로 나를 바라보며 말을 이었다. "이제 너만 안정을 찾으면 우리 가족은 걱정할 것이 하나도 없을 것인디……"

큰아버지는 내가 중국에서 생계가 지독히 어려울 때 연락하지 않았던 것을 탓했다. "너는 네 애비를 꼭 닮긴 했는디, 홀로 견디는 것이 마냥 좋은 것이 아니여. 가족이란 말이여, 어려울 때 서로 도우라고 있는 것이여. 가족이 없어 슬픈 사람도 많은디, 이렇게 말짱한 가족이 있으면서 뭘 여럽게(쑥스럽게) 생각한다냐. 힘든 일이 있으면 언제든 말해라."

어른들 틈에 있으니 마흔 살인 내가 마치 어린애라도 된

듯한 느낌이었는데, 큰아버지가 교장 선생님다운 훈화를 이어가셨다. "가족의 '족族' 자가 말이여, 거기 한자에 화살 '시矢' 자가 들어 있잖여. 외적이 침범하면 활을 들고 함께 싸우는 집단이 '족'이라는 뜻에서 만들어진 글자여. 활을 들고 사냥하면서 함께 먹고 사는 존재가 '족'이라는 뜻도 있고 말이제. 그러니까 가족이란 말이여……" 테이블 위에 손가락으로 글자를 써가며 큰아버지는 부지런히 설명했다.

아버지는 팔짱을 끼고 고개를 끄덕였고, 작은아버지는 "나는 네가 조카들 중에서 제일 크게 될 놈이라고 아직도 그렇게 생각해" 하면서 카페가 쩌렁쩌렁 울릴 정도로 크게 웃었다. 삼 형제가 나란히 '말씀 이어달리기'를 계속했다. 이만하면 할머니도 하늘나라에서 흐뭇하게 웃지 않을까.

길 건너 명성갈비에는 여전히 손님이 많았다.

∞

영화 「흐르는 강물처럼」은 초록빛 강물의 이미지가 강렬한 작품이다. 목사인 아버지의 가르침에 늘 순종했던 모범생 큰아들은 나중에 대학교수가 되어 오히려 아버지 품을 벗어나

도시로 떠나지만, 개성 있고 자유분방한 둘째가 의외로 고향을 지키면서 유유자적 낚시를 즐기며 살아간다.

영화에서 뭉클한 장면 가운데 하나로 꼽는 대목은 이렇다. 둘째 아들이 도박 빚에 쫓기다 죽고, 아버지가 마지막 설교에서 했던 말. "사랑하는 이가 곤경에 처한 것을 보고도 우리는 어떻게 도와야 하는지 모를 수도 있습니다." 그리고 이어지는 말. "완전히 이해할 수는 없다 하여도 완전히 사랑할 수는 있습니다."

명성갈비를 그만두고 지금까지 아버지의 삶이 그리 순탄치는 않았다. 역시 아버지는 아버지여서 가만히 있질 못하고 또 일을 벌였다. 그러다 굉장히 큰 손해를 봤다는 소식이 들렸고, 왠지 힘없는 목소리로 "잘 지내냐?" 하고 뜬금없는 전화를 걸어온 날도 있었다.

그래도 우리 아버지는 아버지만의 개성을 잃지 않을 것이라고 이제는 확신한다. 칠십이 넘은 지금까지도 도전을 계속하는 분이니까. 평생을 그렇게 '아버지답게' 살아온 분이니까. 일생을 통해 보여준 스타일대로 다시 아버지의 길을 찾을 것이라고 믿는다. 태릉에서 2년 정도 갈빗집을 운영한 경력을 갖고 명성갈비 간판 밑에 'since 1992'라고 붙여놓았던 배짱

처럼(하긴 여기서 'since'가 전혀 틀린 말은 아니겠다), 어떤 역경에도 꺾이지 않고 배짱 좋게 웃으리라 믿는다.

불쑥 걸려올 아버지의 전화를 오늘도 기다린다. 설령 도움을 줄 수 없다 하여도, 여전히 이해되지 않는 측면이 있다 하여도, 사랑하는 마음은 이제 말할 수 있을 것 같다.

명성갈비는 10년째를 맞는 해에 문을 닫았다. 정확히 말하자면 건물주가 가져갔다. 듣기로는 건물주 아들이 상호를 유지한 채 운영한다고 했다. 원래 그 건물은 건물주 아들이 식당을 운영하다 망했던 것을 아버지가 인수해 명성갈비로 업종을 전환하고 부흥시킨 것인데, 그리하여 가치가 올라간 건물을 주인이 다시 회수한 셈이다.

운전을 하다 가끔 명성갈비 앞을 지날 때면 '여기가 우리 가게였는데' 하면서 간판을 올려다보곤 한다. 내 마음도 이리 착잡한데 아버지의 마음은 어떨까. 명성갈비는 그 후 5년간 건물주가 운영하다 지금은 전자제품 전문점으로 바뀌었다. 아버지는 환갑이 훌쩍 넘은 나이에 대학에 입학해, 끝내 학사모를 쓰셨다.

흐르는 강물처럼 인생도 흐른다. 운명을 거스르며 우리는 단단해진다.

09.

아침 꽃을 저녁에 줍다

— 용기에 대하여

하
하
호
호

2006

내가 왜 여기 있는 것일까. 어쩌다 이렇게 되어버렸을까. 자신의 선택이 도무지 이해되지 않을 때가 있다. 스스로 머리를 쥐어박으며 바보 같다, 바보 같다, 자신을 책벌하고 싶을 때가 있다. 2006년 9월, 중국 선양瀋陽의 어느 식당 계산대 안에서 나는 그렇게 긴 한숨을 내쉬고 있었다. 어지럼증을 느꼈다. 이것이 과연 현실인가 싶었고, 꿈이라면 대단히 황당한 꿈을 꾸는 것 같았고, 다른 사람의 껍데기 안에 내 영혼이 들어가 잠시 머무는 것 같았다. "환잉꽝린, 어서 오십시오" 인사하는 모습은 과연 내 육신의 외양이 맞는데…… 무언가에 단단히 홀리지 않고서야 이런 일을 벌일 수는 없는 것이다. 뭐에 씌었을까, 도대체 뭐에.

처음부터 식당을 창업하러 중국에 갔던 것은 아니다. 북한 인권 NGO에서 일한 지 6년이 지났을 무렵이다. 좀 쉬고 싶다는 생각뿐이었다. 당시 내 상황은 단단한 납덩이거나 흠뻑 물먹은 스펀지와도 같아, 머리는 딱딱히 굳어 움직이지 않았고 심장은 살짝 누르면 가득 차 있던 무엇이 주룩 빠져나갈 것만 같았다. 그 무렵 우리 단체는 인터넷 신문 매체를 창간한 상태였다. 기사에 달린 악성 댓글에도 상처를 받아, 거리에 나가면 지나는 사람들이 온통 나를 노려보는 모양으로 느껴졌다. 사람들은 왜 할퀴는 글을 남기는 걸까. 왜 우르르 몰려다니면서 힘없는 상대를 끌어내리고 쥐어패지 못해 안달인 걸까. 때리려면 때리시오. 일종의 자포자기 상태에 빠졌다가, 감정의 밑바닥에 침잠하던 분노의 화약고에 불을 붙여 폭발했다가, 다시 주저앉았다가, 하루에도 몇 번씩 기분이 오락가락했다. 이런 상태를 뭐라고 표현해야 할까. 나중에 '번아웃'이라는 용어가 유행하는 것을 보고 그때 내 형편이 그러하였음을 알았다. 단체 대표에게 딱 1년만 쉬겠다고 말했다.

뚜렷한 생계 대책이 있던 것은 아니다. 가난하게 사는 것에는 이골이 나 있었다. NGO에서 일할 때 부족한 생계비를 벌충하기 위해 잡지 프리랜서로 기사를 쓰고 있었는데, 다른 잡지사 일감을 더 받아 오면 최소한 굶어 죽지는 않겠지, 라고 막연히 생각하는 정도였다. 왕년에 공사판 일도 해봤고 별의별 아르바이트를 다 해봤는데 못 할 게 뭐가 있을쏘냐 싶었다. 부딪치다 보면 어떻게 되겠지. 이제 와 유심히 그때 내 판단을 되살펴보면, 낭떠러지 앞에 서게 된다 하더라도 기댈 언덕이 있다는 교활한 믿음 또한 있었던 것 같다. 아버지. 어쨌든 내게는 아버지가 있으니 최악의 상황이 온다 하더라도 굶주리지는 않겠지. 아버지가 성공해서 다시 내 앞에 나타나지 않았다면 그 무렵 내가 그렇게 앞뒤 없는 결정을 내릴 수 있었을까 싶다.

중국에 가겠다는 결정은 순식간에 내렸다. 그저 한국을 떠나고 싶었다. 한국이 싫었다. 내가 뿌리내리고 살아온 대지를 무작정 떠나고 싶었다. 버리고 싶었다. 짐짓 거창하게 말하자면 "세상 같은 건 더러워 버리는 것"이라는 시구처럼 그렇게.

어머니랑 소주장학생을 차릴 때처럼, 중국으로 이사하는 그 어머어마한 일을 일사천리로 진행했다. 해외로 이사하는 일을 은평구에서 마포구로 이사하는 것보다 아무렇지 않게, 무심하고 빠르게 진행했다. 갖고 있는 재산이 없으니 집주인에게 임대 보증금만 돌려받으면 되는 일이었고, 가재도구는 NGO 동료들에게 나눠주거나 중고로 팔았다. 이사 전문업체를 찾지 않아도 될 정도로 짐을 최소화했다. 가장 큰 이삿짐은 책이었다. 나중에 중국에서 폭삭 망해 다시 짐을 정리하면서, 수백 권의 책을 마주하곤 허탈하게 웃었다. 먹지도 못할 저것들을 비싼 비용 지불하며 왜 그리 부득부득 들고 왔던가. 내 안에 들어찬 허영심이라는 암 덩어리의 표본으로 보여 책을 모두 불사르고 싶었다.

책을 원망해 뭣 할까. 그 많은 걸 읽고도 사람이 되지 못한, 오롯이 내 탓인데.

∞

숱한 나라 가운데 왜 하필 중국이었을까. 중국은 그렇다 치고, 왜 하필 '광활한 만주 벌판' 한복판에 있는 동토凍土의 도시 선양이었을까. 쉬고 싶었으면 남방 어느메, 야자나무 열매 가득한 휴양 도시로 떠나도 되었을 텐데.

어릴 적 '아오지 탄광'이라고 하면 북한 정치범들이 끌려가 모진 고생을 한다는, 사람 못 살 곳의 대명사로 꼽히는 이름이었다. 세계지도를 펼쳐놓고 아오지 탄광이 있는 북한 함경북도 경흥군에서 위도선을 따라 수평으로 줄을 쭉 그어보면 거기 중국 랴오닝성 선양이 있다. 겨울이 되면 기온이 영하 15~20도에 이른다. 체감기온은 영하 30도쯤 되는, 눈물마저 얼어붙는다는 곳이다. 아버지에게 미움받은 소현세자가 청나라에 끌려가 인질로 잡혀 있던 곳. 그곳으로 나는 자신을, 가족을 인질처럼 끌고 갔다.

선양과의 인연은 북한에서 비롯했다. 북한인권 NGO에서 일할 때 매년 서너 차례 중국을 오갔다. 중국에 체류 중인 탈북자들을 인터뷰하고 최근 북한 동향을 파악하기 위해서였다. 그때 자주 들른 도시가 바로 선양이었다. 원래 탈북자는 옌볜延邊조선족자치주 주도인 옌지延吉시 인근에 많은데, 한국에서 옌지로 통하는 직항편이 있지만 꼭 선양을 경유하는 것이 국내외 NGO 활동가들의 일반적인 관례였다. NGO 활동가가 중국에서 북한 주민들과 접촉하는 것은 북한은 물론 중국 공안당국도 주시하는 일이다. 그래서 옌지 직항편을 자주 탑승하면 눈에 띠니 우리 딴에는 감시의 눈초리를 피하기 위해 그랬던 것이다. 현실적인 이유는 따로 있었다. 옌지 직항편은 항공 요금이 비쌌다. 선양은 저렴했고, 시간이 좀 걸리더라도 선양에서 내려 기차를 타고 옌지로 이동하는 편이 여러모로 유리했다. 한 푼이라도 아껴야 할 NGO 활동가 입장에서는 하릴없는 선택이다(선양에서 옌지는 기차로 15시간 걸린다).

말이 나왔으니, 비행기가 아니라 배를 이용하는 활동가도 많았다. 인천에서 중국 단둥丹東까지 여객선으로 이동했다가(꼬박 하루 걸린다), 거기서 버스를 타고 선양, 기차로 갈아타고 옌지로 이동하는 것이다. 뱃삯을 아끼려고 보따리 무역상 아르바이트를 하면서 여객선에 오르는 활동가마저 있었다. 세상은 알아주지 않아도 '옳은 일'을 한다고 확신하면서 부지런히 살았던 시절이었고, 선양은 우리에게 정류장 같은 도시였다. 한국인 수만 명이 살고 있어 중국 정보기관의 눈길을 피하기도 좋았다. 그것이 선양과 나의 직업적 인연이다.

대학 때 선양에 한 번 들른 적도 있다. 우리 대학과 옌벤대 미술대학이 자매결연을 맺고 있어 매년 왕래하며 교류작품전을 열었는데, 내가 총학생회장일 때 전시회 장소가 마침 옌지였다. 그때는 한국에서 옌지로 가는 직항편이 없어 무조건 선양을 거쳐야 했다. 그러니 따지고 보면, 비록 하룻밤 경유하는 도시이긴 했지만, 내가 태어나 처음으로 밟아본 외국 땅이 선양이기도 하다. 7년쯤 지나 다시 그 도시에 식당을 차렸으니 제법 묘한 인연이다. '운명'이라고 표현하기에는 지나치게 거창하고, 선양이라는 도시가 내 마음속 어딘가에 계속 잠복해 있던 것은 아닐까 생각한다.

사람의 인생은 이리저리 참 신비하게 얽히고, 그저 허투루 지나는 만남은 없다.

한국에서 임대 보증금을 돌려받고 그동안 살아온 흔적을 말끔히 정리하고 나니 남은 돈이 삼천만 원 정도였다. 그것으로 어떻게 해외 이주가 가능할까 싶겠지만 중국은 가능했다. 당시 중국은 물가가 저렴하고 환율도 괜찮았다. 중국 주택은 보통 1년 치 월세를 보증금으로 내면 되니 자금은 충분했고, 주택을 임차하면 가전제품까지 대부분 구비되어 있어 별도로 지출할 비용이 없었다. 선양에 도착해 아파트를 빌리고 이런저런 생활용품을 구입하고도 수중에 이천오백만 원 정도가 남았다. 알뜰하게 산다면 아무런 일을 하지 않고도 2~3년 정도 버틸 수 있겠다고 생각했다.

게다가 운 좋게 일자리까지 구했다. 현지 한국어 신문사에서 조선족이 번역한 원고를 한국식 문법에 맞게 윤문하는 일을 맡아달라고 했다. 그건 내가 한국에서 해왔던 일과 들어맞았고, 중국의 시사 정보를 알기에도 좋고, 중국어 실력도 키울 수 있고, 더구나 재택근무! 급여는 아파트 임대료를 낼 수 있을 정도였다. 중국에서 10년도 거뜬히 살 수 있겠네! 엉뚱한 자신감이 솟았다. 아이들을 한국인 학교에 보내는 비용이 꽤 들긴 했지만, 그것도 살다 보면 어떻게 되겠지. 막연한 기대감까지 겹쳤다.

중국에 오길 참 잘했다는 생각이 들었다. 해외로 이주한 사람들이 다들 비슷한 과정을 밟는다. 초기에는 대체로 이렇게 들떠 있다. 엊그제까지 번아웃에 시달리던 사람이 이제는 지구를 쥐고 흔들 수 있을 것처럼 자신감에 부풀었다. 실수의 유령은 들뜬 인간을 찾아 어슬렁거리기 마련이다.

∞

중국에서 식당을 창업하겠다고 마음먹은 때는 대륙에 짐을 풀고 반년이 채 지나지 않았을 무렵이다. 하루는 탈북자 지원을 위해 중국에 상주하는 NGO 활동가와 밥을 먹다가 솔깃한 이야기를 들었다. 어떤 한국인이 식당을 열려고 적당한 건물을 찾았는데, 건물주가 가급적 건물을 통째로 임대하려

한다는 것이다. 그에게 필요한 것은 1층뿐인데 건물은 3층짜리. 그러니 2~3층을 임대할 사람이 있는지 주위에 알아봐 달라고 내게 부탁했다. 이야기를 듣자마자 '내가 한번?' 하는 생각이 들었다. 갑자기 왜 그런 생각이 들었는지는 모르겠지만, 중국에 온 지 6개월쯤 되니 생활도 어느 정도 안정되었겠다, 그 무렵 빵빵하게 부풀었던 내 자신감과 분명 관련 있었을 것이다.

　고백하자면 이렇다. 중국에 있는 한국 식당을 다녀보니 대체로 맛이 없었다. 이 정도는 나도 만들 수 있겠네, 하는 수준이었다. 중국인 입맛에 맞게 현지화했다고 말하지만 내게는 모두 변명으로만 들렸다. 또 중국에서 한식당을 운영하는 한국인들은 한국에서 식당을 운영해 본 적이 없는 사람이 대부분이었다. 게다가 중국어도 잘하지 못했다. 나도 한국에서 3개월 정도 중국어 학원에 다닌 것이 전부였지만 그들보다는 중국어를 잘한다는 느낌이었다. 더구나 나는 중국에 와서 현지 신문사 일을 하면서 중국의 이런저런 사정에도 정통해졌다고 믿었다. 그러니까 나보다 요리도 못하지, 식당 경험도 없지, 중국어도 못하지, 현지 사정도 모르지, 사업 수완도 없는 것 같은 사람들이 중국에서 식당을 운영하고 있다니! 가소롭게 느꼈던 것 같다. 나는 소주장학생을 3개월 동안 운영해 본 '유경험자' 아니던가.

그런 오만함으로 나는 건물 임대차 계약서에 덜컥 도장을 찍고 말았다. 생전 처음 보는 중국어 계약서에 내 이름 석 자를 적으면서, 중국 외식업계를 장악하는 원대한 진군의 첫걸음이 될 것이라는 황금빛 꿈에 벅찼다. 앞으로 나는 중국에서 제2의 백종원으로 거듭나게 되리라. 인터뷰는 어떻게 하지? 방송에 출연하려면 매니저가 필요하겠군. 매니지먼트 회사를 설립해야 하나? 요리책도 써야겠네. 이런 헛된 망상.

수중에 갖고 있던 돈이 그 식당 임대료를 치를 돈과 들어맞았다. 건물 2~3층을 모두 사용하는 요금이 고작 연 이천만 원 수준이라니. 중국은 상가 임대료도 꽤 싸네, 하는 생각마저 했더랬다.

무슨 메뉴를 주력으로 삼아야겠다는 뚜렷한 계획조차 없었다. 아버지에게 돼지갈비 조리법을 배워 오면 되겠다고 막연히 생각했던 것 같다. 한국에서도 크게 성공한 메뉴인데 중국인들의 저렴한(?) 입맛 하나 공략하지 못할까. 아무렴, 아버지가 아들에게 고기 양념 레시피 정도는 전수해 주시겠지. 절반은 맞고 절반은 틀린 생각이었다. 아니 몽땅 틀린 생각이었다. 망상과 망상, 헛발질과 헛발질의 시작이었다.

그때 이런 생각도 했더랬다. 이왕 NGO를 떠나게 된 것, 이제 실컷 돈이나 벌어볼까? 돈 벌기가 무에 그리 어려워? 내가 그동안 돈을 벌 수 없어 못 벌었던 건가. 벌기 싫어 안 벌었던 거지. 자, 본격적으로 벌어보자. 에잇, 하찮은 돈!

나는 용감했다.

∞

원래 중국에 갈 때 다짐은 '앞으로 1년 정도는 한국 땅을 밟지 않겠다'는 것이었다. 언제 그런 생각을 했었냐는 듯, 식당 임대차 계약서에 도장을 찍고 사나흘쯤 지나, 새벽 첫 비행기를 타고 인천공항에 도착했다. 공항 리무진을 타고 명성갈비 앞에 도착하니 아버지는 이제 막 늦은 아침 식사를 하려던 참이었다. 숟가락을 내려놓고 눈을 크게 떴다.

"어? 이게 누구셔?"

행색을 위아래로 살피고 주위에 뭐가 없나 살폈다. 처자식은 어떻게 하고 너 혼자 왔느냐는 표정이었다.

그건 반가움의 뜻이기도 했다. 원래 아버지는 내가 중국

에 가겠다고 했을 때 "6개월쯤 지나면 돌아오니라" 하고 말했
다. 적당히 버티다가 포기하고 돌아올 것이라 예상했던 것 같
다. 그래서 애초에 가는 것을 말렸고, "NGO 일이 그렇게 힘들
면 가게에 나와 일하는 건 어떠냐"라고 권하기도 했다. 남의
속도 모르고. "정 가고 싶으면 해외여행 한다 생각하고 몇 개
월 쉬다 돌아오니라. 한국에 오면 다시 살 수 있는 집 정도는
마련해 주마." 금전적 회유도 하였다. 그때는 명성갈비가 한
창 잘나가던 때라 그만한 제안도 할 수 있었을 것이다. 그런
아들이 6개월 만에 다시 얼굴을 비추니 '드디어 돌아왔구나!'
하고 기뻐했던 것인데…… 엄청난 대형 사고를 저지르고 잠
깐 찾아온 것이라고는 상상조차 못 했겠지. 내막을 알 리 없
는 아버지는 일단 반갑게 맞아주었다.

앉자마자 나는 중국에서 식당을 운영하게 되었다는 말부
터 꺼냈다. 아버지 눈이 두 배는 커졌다. 아침 댓바람에 중국
에서 도깨비처럼 날아온 녀석이 이 무슨 뜬금없는 말인가 싶
었을 거다. 그간 있었던 일을 속사포처럼 쏟아냈다. 아버지
표정이 순식간에 어두워졌다.

"일단 밥부터 묵자." 숟가락을 다시 들었다. "아침 아직 안
먹었제?" 하면서 주방에서 내 밥까지 들고 왔다. 된장국에 김

치 하나가 전부인 식사였다.

그러더니 직원에게 갑자기 숯과 불판을 가져오라고 지시했다. 고기도 3인분 부탁했다. "아침부터 웬 고기입니까? 괜찮습니다" 했더니 "중국에서는 이런 거 못 먹었을 것 아니여" 하면서 김치겉절이, 쌈 채소, 양념게장까지, 손님상에 올라가는 그대로 완벽하게 한 상 차리라 하였다. 최근에 식사 메뉴로 추가되었다는 육개장까지 주문했다. 한 상 빼곡히 푸짐하게 차려졌다. 불판 위에 지글지글 익는 갈비를 바라보며 대화가 시작됐다.

"식당을 한다고?"

"네."

"중국에서?"

"네."

"계약서는 이미 써버렸고?"

"네."

아버지가 황당하게 여길 것이라는 짐작은 당연히 하고 있었다. 뭐가 하나 날아올 것이라는 예상마저 하고 있었다. 그런데 반응이 의외로 차분했다. 한참 고기만 뚫어져라 바라보고 있었다. 불판 위에 고기가 까맣게 타들어 가고 있었다.

"그 계약, 취소하면 안 되겠냐?"

전혀 예상치 못한 반응이었다. 아버지는 내가 계약금만 걸어놓고 온 줄 알았는가 보다. 잔금까지 일시불로 모두 치렀다고 대답했더니 첩첩산중이라는 표정이었다. 적당히 손해 보고 넘어갈 수 있는 수준을 뛰어넘은 것이다.

"그런 일을 어떻게 그렇게 성급히……"

아버지의 목소리엔 여전히 노여움은 담겨 있지 않았다. 다시 차분한 어조로 말을 이었다.

"임대료를 완전히 날리는 건 어떠냐?"

이번엔 내가 당황스러웠다. 그게 어떤 돈인데…… 식당을 아예 차리지 말라는 너무도 강한 뜻 아닌가. 태어나서 들었던 말 가운데 가장 황당한 말로 꼽을 만했다. 이건 나를 완전히 무시하는 태도로구나. 섭섭함을 넘어 오기마저 생겼다.

"아예 안 하는 게 훨씬 나을 것 같은디……" 까맣게 타버린 고깃덩어리를 집게로 집어 테이블 아래 휴지통에 버리면서 아버지는 독백처럼 말했다.

다음엔 나의 독백이 이어졌다. 중국에 성업 중인 한국 식당들이 얼마나 형편없고 실력이 떨어지는지 성토하고, '우리 같은' 한식 전문가들이 중국 시장에서 성공 케이스를 만들어야 한다는 제법 그럴듯한 선동까지 곁들이면서, 준비해 온 말을 주절주절 풀어놓았다. 아버지는 그저 듣고만 있었다. 불같은 성격의 아버지가 그러는 모습은 태어나 처음 봤다. 상대의 침착함이 오히려 마음을 조급하게 돋우는 경우가 있다. 그때 내가 그랬다.

내 설교가 조금 잠잠해졌을 때에야 아버지가 육개장 뚝배기를 숟가락으로 톡톡 두드리며 물었다.

"너, 이거 한 그릇 만드는 데 얼마나 걸렸는지 아냐?"

3분? 아니 5분? 주방에서 만드는 시간을 묻는 줄 알았다.

"6개월이여. 오천 원짜리 육개장 한 그릇을 신메뉴로 내놓는 데 걸린 시간이 6개월."

불판 위에 고기를 새로 올려놓으며 다시 물었다.

"이건 또 얼마 걸린 줄 알어?"

"……"

"태릉에서부터 시작해 유명한 갈빗집 찾아다니면서 레시피 구하는 데만 몇 년 걸렸다. 어떤 갈빗집은 손님상에 고기가 나가기 전에 분무기로 뭘 뿌리던디, 그 안에 들어 있는 것이 뭔지 알아내려고 내가 주방에 몰래 취직했던 적도 있어. 이 가게 오픈하면서도 고기를 수 톤 내다 버렸제. 지금도 조금만 이상하면 내다 버리고…… 그라고도 여즉 부족한 점이 많어."

할 말이 없었다. 아버지의 표정은 '너 같은 애송이가 뭘 안다고……' 하는 담담한 고소로 바뀌어 있었다. 차라리 버럭 소리를 지르면 나도 똑같이 맞서겠는데, 상대가 이렇게 나오니 풀이 죽었다. 나중에 아버지에게 들은 말인데, 그땐 하도 어이가 없어 화도 나지 않더란다.

그렇다고 내가 아버지 설득에 넘어갔을까. 나는 어차피 전 재산을 밀어 넣은 상태였다. 그 식당은 집기가 다 갖춰져 있어 임대료 이외에는 더 이상 자금을 투입할 필요도 없어 보였다. 그때는 그렇게 생각했다. 밑져야 본전이라는 계산이었다. 그런 생각을 내보였더니 아버지가 또 웃었다. 이번에는 가게 구조와 설비 여건을 자세히 물었다.

이제야 말이 좀 통하는구나. 종이를 꺼내 간단한 도면을 그려 보였다. 그릇 하나까지 다 준비되어 있다고 여건을 말했다. 팔짱을 끼고 이야기를 듣던 아버지가 도면을 내려다보며 무심히 말했다.

"최소한 이천만 원은 더 들겠는디?"

무슨 이천만 원까지…… 불판 몇 개만 추가하면 될 것이라고 말했다. 아버지는 두고 보자는 표정으로, "그럼 메뉴는 뭘로 할 거냐?" 하고 물었다. 나는 당연하다는 어투로 돼지갈비를 팔면 된다고 말했고, 아버지는 '누구 맘대로?'라는 표정으로 대꾸했다. 이야기는 점점 깊이 들어갔다. 주방 구조는 어떻게 할 것이며, 주방장은 어디서 어떻게 채용할 것이며, 메뉴별 레시피는 어떻게 만들 것이며, 직원 교육은 어떻게 할 것이며, 고기와 식재료 매입은 또 어디서 어떻게 할 것이며…… 나는 특별히 깊이 고민해 보지 않은 내용을 아버지는 줄줄 쏟아냈다. 두렵기도 하고 반갑기도 했다. 일단 반대는 넘어선 것 같아 기뻤다.

"고깃집이니까 가장 중요한 것은 역시 고기인디, 가격도 가격이지만 균일한 품질의 원육을 얼마나 안정적으로 납품받을 수 있느냐 하는 것이 관건이여. 똑같은 양념으로 재워도 육질에 따라 맛이 달라지거든. 고기가 달라지면 레시피도 약간 바꿔야 하고, 숙성하고 해동하는 시간과 방법도 달라져야 하는 법이여. 알고는 있제?"

전혀 생각지 못한 문제였다. 고기야 그냥 떼어다 쓰면 되는 것 아닌가. 중국 돼지는 한국 돼지와 다르단 말인가. 중국 돼지를 다듬는 방법은 한국 돼지를 다루는 방법과 다르단 말인가.

점심 손님이 들어올 시간까지 대화는 한동안 계속됐다. 자식 이기는 부모 없다고 아버지는 결국 두 손을 들기는 했다. 하긴 인생을 돌아보아도 아버지가 내 뜻을 완전히 꺾은 적은 없었다. 이념에 빠져들지 말라며 잡아 가두던 시절에도 내가 끝내 고집하니 종국에는 포기하지 않았던가. 돌고 돌아 나는 언제나 나만의 방식으로 되돌아왔고.

"그러지 말고 돼지갈비 레시피나 가르쳐주시죠."

"야 인마, 그게 얼마짜린디 그냥 가르쳐줘?"

콧방귀를 뀌며 돌아앉은 아버지의 표정은 다시 원래 장난스러운 아버지의 그것이었다.

아버지는 계산서 뒷면을 메모지 삼아 무언가를 쓱쓱 끄적이기 시작했다. 힐끔 보니 간장 몇 리터, 월계수 잎 몇 그램, 배 몇 킬로그램, 감초 몇 그램, 흑설탕 얼마, 소금 얼마, 후추 얼마…… 어디에 적은 걸 옮겨 적는 것처럼 막힘없이 술술 써 내려갔다. 육수 재료를 적고, 강불에 얼마, 중불에 얼마, 식혀서 얼마, 시간까지 적었다. 그리고 빼먹었다는 듯 상온 숙성 몇 시간, 냉장 숙성 몇 시간, 상온에서 다시 몇 시간이라고 하단에 적었다.

"옛다, 이천만 원짜리다."

그러곤 시큰둥하게 말했다.

"이렇게 해봤자 안될 것인디……"

그 말의 의미는 한두 달 후에야 알았다.

점심시간, 손님으로 꽉 찬 명성갈비를 보면서 나도 이 레시피 한 장만 있으면 곧 이만한 식당을 만들 수 있을 것이라는 기대에 부풀었다.

∞

그 뒤로 중국에서 벌어진 일은 '이렇게 하면 망한다'는 몰락의 교과서와도 같은 과정이다. 아니, 그것은 중국뿐 아니라 한국에서도, 세상 어디에서도 해서는 안 되는 일이었다.

서점에 가보면 성공 신화를 자랑하는 책은 차고 넘치는데 실패의 경험을 절절히 기록한 책은 많지 않더라. 이유가 뭘까. 성공 비법을 따라 배우는 것도 좋지만 실패가 제대로 전파되어야 비슷한 실수를 되풀이하는 사람도 그나마 줄어들 텐데…… 하긴, 겪어보니 사람이 뭔가에 씌었을 때는 주위에서 무슨 말을 해도 들리지 않더라. '나도 실패할 수 있다'는 겸허함으로 세상 앞에 자신을 낮추는 사람은 생각보다 드물다.

아버지는 열흘 정도 한국에 더 있다 가라고 내게 권했다. 마장동 축산물 시장 같은 곳에 가서 고기를 제대로 배워보면 어떻겠느냐고 제안했다. 아버지가 알고 있는 곳을 소개해 주겠다고까지 했다. 나는 이런저런 핑계를 들어 거절했다. 중국에 빨리 돌아가야 하는 사정도 있었지만 '고기가 다르면 얼마나 다르다고……'라는 건방진 생각 또한 있었던 것 같다. 어떤 이들은 도축과 정육 과정을 체계적으로 배우고 싶어도 연줄이 없어 아쉬워하는데, 나는 아버지가 식당을 운영한다는 일종의 혜택이 있었음에도 그것에 감사하며 바람직하게 활용할 생각은 않고 말 그대로 시건방졌던 것이다.

창업을 위해 내가 무언가를 배웠던 기간은 사흘이었다. 명성갈비에 머물면서 고기를 절단하고 붙이는 과정, 양념 재우는 방법 등을 견학하듯 배웠다. 입국일과 출국일을 제외하면 제대로 배운 날은 딱 하루였을 것이다. 그걸로 나는 더욱 자신감에 불타올라 중국행 비행기에 올랐다. 구름 위를 날아가는 비행기처럼 내 마음도 붕붕 하늘에 올라 있었다. 창밖에 세상이 장난감처럼 펼쳐져 있었다. 그 무렵 내가 세상사를 바라보는 시선 또한 그러하지 않았을까.

실패의 원인은 모래알처럼 많고, 그걸 헤집는 일은 가슴

아프고 부끄럽기 짝이 없지만, 내 실패의 이유를 간단히 더듬어보니 이렇다.

먼저 상호. 식당 이름을 '하하호호'라고 지었다. 지금 생각해도 우습다. 갈빗집 이름을 대체 왜 그렇게 지었을까. 상호 아래 '한국식 불고기'라고 작은 글씨로 설명을 달아놓기는 했지만 그 이름을 듣고 누가 갈빗집을 연상할 수 있을까. 소주 장학생 이후로 작명 2연패다.

변명하자면 나는 그 식당을 프랜차이즈로 키우겠다는 뜻을 처음부터 품고 있었다. 맞다. 떡은 흔적조차 보이지 않는데 김칫국부터 벌컥벌컥 들이켜는, 참으로 원대한 꿈이다. 가족 단위 외식 장소로 적합한 식당을 콘셉트로 잡았다. 그래서 나름대로 부르기 쉽고 외우기 쉬운 이름을 고르느라 '하하호호'로 정했던 것인데…… 아무리 그렇더라도 하하호호가 뭔가, 하하호호가. 그때 일을 생각하면 한밤중에 뒤척이다가도 이불 속으로 얼굴을 묻는다.

다음 문제점, 메뉴. 처음엔 돼지갈비 하나만 주력으로 삼으려 했는데 점차 메뉴가 확장됐다.

한국에서 음식점은 보통 갈빗집, 보쌈집, 해물탕집, 감자탕집 하는 식으로 특정한 메뉴 하나로 대표된다. 중국도 그렇긴 하지만 어느 정도 규모가 있는 식당은 메뉴보다 '지역'을 앞세운다. 사천요리집, 광동요리집, 북경요리집, 상해요리집…… 그래서 중국에서 한식당을 운영하려면 '한국요리집'이 되어야 한다는 것이 주위 사람들의 조언이었다. 한국요리라고 할 만한 메뉴는 기본적으로 다 갖추고 있어야 한다나. 듣고 보니 그럴듯했다. 게다가 중국인들은 특별한 곳에서 외식할 때는 테이블을 가득 채울 정도로 거창하게 음식을 주문하는 문화가 있다. 그런 손님들을 끌어들이려면 갈비 하나만으로는 초라하다는 것이 주위 사람들의 또 다른 조언이었다. 맞아 맞아, 갈비만으론 안 되겠어. 로마에 가면 로마법을 따라야 하고, 여기는 중국이니 중국식을 따라야지.

내부 인테리어 공사를 하느라 오픈까지는 한 달 정도 시간이 남아 있었다. 그동안 메뉴를 개발하기로 했다. 시작은 족발이었다. 인터넷에 검색해 족발 레시피를 찾고 정성껏 만들어 친구들에게 시식을 부탁하니 맛있다는 칭찬 일색이었다. "이거 당장 메뉴로 내놓아도 손색이 없겠는데?" "중국 사람들도 족발을 아주 좋아해." "차라리 족발집을 차리는 건 어때?" 내게 특별한 요리 재능이 있다는 사실을 그때 처음 알았다. 태어나 지금껏 몰랐던 숨은 능력을 발견하는 순간이었다. 용기에 가속이 붙었다.

감자탕을 만들어보았다. 역시 칭찬 일색. 선양 코리아타운에 유명한 감자탕집이 있는데 거기를 망하게 만들 만한 솜씨라고 친구들이 칭찬 릴레이를 이어갔다. "와, 이거 어떻게 만들었어? 나도 레시피 좀 가르쳐줘." 김치찌개도 그랬다. 해물탕도 그랬다. 닭갈비, 부대찌개, 두루치기, 해물파전, 닭발, 계란말이까지 그랬다. 메뉴 개발을 위해 만들어 내놓는 음식마다 친구들은 맛있다면서 엄지손가락을 번쩍 치켜들었다. 환희의 미소를 지어 보였다. 심지어 서비스로 제공하려고 개발한 계란찜, 된장찌개까지 최고라는 찬사를 받았다. 야, 내가 요리 천재라는 사실을 왜 이제야 알았지?

요리를 단품으로 만들어 내놓는 것은 그리 어렵지 않은 일이다. 하지만 그것을 규격화·체계화·상품화하여 대량으로, 지속적으로 만들어 내놓는 것은 차원이 다른 일이다. 그런 상식을 나는 모르고 있었다. 그렇게 체계화하고 규격화한 결과물이 바로 '식당'이고 '외식업'이라는 개념조차 간과했던 셈이다.

뛰어난 요리사라고 해서 꼭 식당을 훌륭히 운영할 수 있는 것은 아니다. 요리와 식당은 개념이 다르다. 물론 나는 뛰어난 요리사조차 아니었고.

∞

그리하여 메뉴가 마흔 가지쯤 되었다. 주류와 음료까지 포함하면 칠십여 가지는 되었을 것이다. 처음에는 메뉴판이 네 쪽이었는데 6개월 뒤 하하호호가 폐업할 무렵에는 조금 과장하자면 얇은 책 한 권쯤 되었다.

돼지갈비, 소갈비, 삼겹살, 족발, 보쌈, 닭갈비, 등갈비김치찜, 감자탕, 해물탕, 동태탕, 김치전, 파전, 해물파전, 감자전, 닭발, 두루치기, 부대찌개, 김치찌개, 순두부찌개, 청국장, 냉면, 온면, 비빔국수, 칼국수…… 정체불명 식당이 되었다. 그야말로 '하하호호'가 되었다. 나중에는 1층 식당과 경쟁하려고 짜장면, 짬뽕, 돈가스까지 메뉴에 추가했다. 허허허허, 웃음이 나올 만한 식당이었다.

오픈 초기부터 메뉴가 이렇게 많으니 레시피가 제대로 지켜질 수 있겠나. 물론 내 나름대로 레시피를 문서로 만들고 중국어로 번역해 주방 벽면에 붙여놓았다. 시시때때로 요리사들을 모아놓고 교육했다. 주방 조리대 상단에 '조리 절차

준수!'라고 무릇 사회주의적인(?) 문구까지 붙여놓았다. 하지만 바쁠 때, 아니 바쁘지 않을 때에도, 하하호호 요리사들은 체제에 반항하는 의지를 뽐내는 모양으로 음식을 자유자재로 만들었다. 같은 식당의 같은 메뉴가 세 번 주문하면 세 번 다 맛이 달랐다. 엊그제 해물탕이 맛있다고 칭찬했던 손님이 오늘은 "전혀 다른 식당에 온 것 같다"고 실망감을 드러낼 정도였다. 메뉴 회전이 되지 않으니 신선한 재료를 그날그날 매입하거나 소진하기 어려웠고, 그러니 같은 메뉴에 들어가는 재료 또한 그날그날 다른, 어이없는 식당이었다.

주방 직원 예닐곱 명에게 역할을 배분하는 일 또한 쉽지 않았다. 요리의 품질에 대해 요리사들을 책망했더니 자기에게 생소한 메뉴는 잘 맡지 않으려 했다. 반대로, 할 줄 모르면서 의욕만 앞세워 자꾸 나서는 요리사도 있었다. 중국인들은 어렵고 까다로운 일은 대체로 피하려는 경향이 있었다. 서로 책임을 떠넘기려 했다. 주방장을 선임해 놓으니 그를 따를 수 없다고 거부하는 요리사가 있었고, 그를 해고하고 다른 사람을 채용하니 새로운 갈등이 불거졌다. 간신히 위계질서를 잡아놓으니 이번에는 주방장이 지나치게 비인격적으로 다른 요리사들을 대하는 태도가 보였다. 나중에는 아예 업무분장표를 만들어 주방 벽면에 붙여놓았는데, 그러니 이제는 문서에 없는 일은 하지 않으려 했다. 하라고 지시하면 '내가 왜?' 하는 표정을 보였다.

어떤 날은 한 메뉴에 주문이 몰려 특정한 요리사가 바빴다. 그러면 다른 요리사는 아무 일도 거들지 않은 채 주방 구석에 앉아만 있었다. 주방장은 이리저리 닦달하며 2층과 3층을 오르내리느라 바빴고, 나는 또 내 나름대로 영업을 한다면서 손님 테이블을 돌아다니며 따라 주는 술을 받아 마시기에 바빴다. 지배인으로 임명해 놓은 홀서빙 책임자는 "홀은 안정적인데 음식이 문제"라며 주방을 저격했고, 주방은 "음식은 괜찮은데 서비스 태도가 좋지 않다"고 홀을 향해 대포를 쐈다. 티격태격 국지전이 이어졌다. 때로는 전면전으로 확산됐다. 슬금슬금 그만두는 직원이 생겼고, 종업원이 새로운 얼굴로 교체되는 일이 반복됐다. 모든 것이 엉망, 총체적 난국이었다. 여기 잡아놓으면 저기가 터지고, 저기 수습해 놓으면 여기가 흔들리고, 내부에 문제가 없으면 바깥에서 일이 터지고, 바깥이 조용하면 내부가…… 하하호호는, 아니 중국은, 내가 감당할 수 있는 용량이 아니었던 것일까.

내가 실패했던 건 '중국'이라는 나라의 특수성 때문이었을까? 처음엔 그렇다고 생각했다. 스스로 그렇게 위로했다. 마음 한구석에 가득 쌓인 열패감을 중국에 대한 분노나 중국인에 대한 저주로 풀었던 것 같다. 그러나 아니었다. 돌아보고 또 돌아보니 문제는 오롯이 나에게 있었다. 중국뿐 아니라 세상 어디에서도 그렇게 하면 망할 수밖에 없었던 것이다.

하하호호가 3개월 정도 되었을 때, 새로운 선언을 했다. 아침마다 식재료 사러 도매시장에 가는 일을 내가 맡겠다고 했다. 큰 식당의 라오반老板, 중국어로 '주인장'을 이르는 말이 직접 장을 보러 다니는 것은 중국에선 흔치 않은 경우라 직원들이 놀라고 긴장한 기색이었다. 나로서도 정신을 다잡는 계기로 삼고 싶었다. 소주장학생 시절을 떠올리며 결심한 일이다.

10월이 되면 중국 선양은 아침 기온이 4~5도쯤으로 내려가 서리가 앉고 살얼음이 얼기 시작한다. 새벽 다섯 시 알람에 맞춰 일어나 집을 나서면 북방의 하늘은 여전히 컴컴해 머리 위엔 별 무리가 가득했다. 입에서 허연 입김이 푹푹 뿜어져 나왔다. 자전거 페달을 굴리며 시장으로 향하는 내 각오 또한 서늘했다. 오들오들 떨며 시장에 도착하면 장마당엔 벌써 사람이 한가득 몰려 열기가 후끈후끈했다. 와, 여기 중국 맞구나. 새벽 시장에서도 느낄 수 있었다.

그때 시장 입구에 간판을 위아래로 두 개 달아놓은 특이한 가게를 발견했다. 위 간판은 만두가게인가 찻집이었는데, 아래 간판은 거뭇한 널판에 흐릿한 글씨가 적혀 있었다. 상호는 아니고, 사자성어나 구호 같은 느낌이었다. 가까이 다가가 살펴보니 양각으로 朝, 花, 夕, 拾, 글자가 새겨져 있었다.

조화석습, 아침 꽃을 저녁에 줍다.

대학 때 읽은 루쉰魯迅의 수필집 제목이라 반가웠다. 그런데 음식점 간판 아래 이런 현판은 대체 왜 걸어놨을까.

∞

나중에 한국에 돌아와 편의점을 차리고, 이런저런 사업을 벌이고, 다양한 사람을 만나고, 그들에게서 이런저런 실패와 성공의 경험담을 들으면서 뚜렷한 공통점을 발견했다.

당연한 일이기도 하지만 대부분 사람들은 성공 무용담은 곧잘 자랑하고 추억하면서 실패했던 이야기는 감추려 한다. 실패의 원인을 들어보면 대체로 간단하다. '바깥' 탓이다. 자본금이 부족했던 탓, 가게 자리가 나빴던 탓, 동업자가 배신했던 탓, 직원들이 불량했던 탓, 프랜차이즈 본사가 악랄했던 탓, 경기가 나빴던 탓, 정부에서 지원이 부족했던 탓, 손님들이 저질스러웠던 탓, 운이 따르지 않았던 탓, 경쟁업체가 생겨났던 탓……

물론 외부 원인도 있었을 것이다. 그에 비해 자신의 잘못을 진지하게 돌아보는 사람은 그리 많지 않았다. 자신을 돌아본다 하여도, 감정적으로 책망하며 자학하는 방향으로만 흘러가는 경우가 많다.

"아침 꽃을 저녁에 줍다." 아침에 싱그러운 꽃을 발견하고도 곧장 줍지 않고 '주울까 말까' 하루종일 고민하다 저녁에 줍는다는 뜻인데, 대학 시절에 나는 그것을 '진중하게 기다린다', '생각하고 또 생각한다'는 의미로 받아들였다. 물론 그런 뜻도 있을 것이다. 그런데 선양의 그 가게는 '신중하라'는 의미의 경구를 왜 하필 간판 아래 걸어놨던 것일까. 손님에게 "여기 들어오려면 한 번 더 생각해 보세요"라고 말리는 뜻도 아닐 테고 말이다. 아마 그 가게 라오반이 자기 자신을 다잡기 위해 걸어놓은 문장 아니었을까. 그에게 물은 것은 아니지만 내 짐작으론 그렇다. 중국 선양 시절을 돌아볼 때마다 검정 바탕에 돋을새김으로 보일 듯 말 듯 적혀 있던 '조화석습' 네 글자가 눈앞에 떠오른다.

세월이 흘러 어느 정도 마음에 여유가 생겼을 때 루쉰 전집을 다시 읽었다. '조화석습'이라는 말의 뜻도 새로이 깨닫게 되었다. 그 수필집에 실린 글은 원래 루쉰이 어떤 신문에 구사중제舊事重提, 옛일을 다시 들추다라는 주제로 연재했던 글인데, 책으로 묶으며 '조화석습'이라는 제목을 새로 달았다. 이유를 서문에 설명하고 있다. 요컨대 과거를 살펴보는 일은 그저 '들추는' 일이 아니라는 것. '돌아보는' 일이 되어야 한다는 것이다. 꽃을 줍는 '결과'가 아니라 돌아보려는 '자세'에서 의미를 찾아야 한다는 말이다. 아침 꽃을 저녁에 주울 수도 있다. 하지만 줍지 않으면 또 어떠랴. 꽃을 돌아보는 '마음'의 소중함을 간절히 깨닫는다.

그럼에도 돌아보는 마음은 참 쉽지 않은 일이기는 하다.

가게를 차렸다가 실패한 사람들의 웃지 못할 공통점이 또 하나 있다. 하하호호가 문을 닫은 이후로 나는 선양 코리아타운 외곽에 있는 3층짜리 그 건물 근방으로 가지도 않았다. 택시를 타고 그쪽 방향을 지날라치면, 기사에게 다른 길로 돌아가 달라고 부탁할 정도였다. 꼴도 보기 싫었다. 그런 이야기를 나중에 편의점 업계 동료들에게 했더니 깔깔깔 웃으면서 자기도 그렇다는 고해성사가 이어졌다. 영등포 쪽으로는 안 간다, 성수동에 안 간다, 심지어 동쪽은 쳐다보지도 않는다…… 트라우마랄까, 돌이켜 생각하기조차 싫다는 뜻이다.

때로 어떤 기억은, 그것을 꺼내는 것만으로 용기가 필요하다. 이미 지나간 일을 지나치게 엄숙하게 돌아보면 뭐 하나 싶어 조금 익살스럽게 글을 쓰긴 했지만, 하하호호를 시작으로 내가 중국에서 사업을 하면서 뛰어다녔던 몇 년의 시간은 대부분 악몽이었다. 나 자신에게나 가족에게나 몹쓸 짓을 많이 했다. 그것 역시 바깥의 책임이 아니다. 오롯이 내 책임이다. 무식하고 무지하고 허술했던 내 책임. 그런데 이렇게 단순히 자학해 버리면 오히려 간단한 일이지만, 실패의 원인을 객관적으로 뜯어보고 다시는 그런 실수를 되풀이하지 않도록 조치하는 일에는 언제나 지혜보다 용기가 먼저 필요하다. 나 자신을 되돌아 직시할 수 있는 용기. 내가 만든 트라우마를 스스로 극복하겠다는 용기.

내면의 거울에 비친 얼굴을 똑바로 들여다보는 일만큼 두려운 일도 없다. 그래도 한 번은 봐야 하는 얼굴이다. 나는 용기는 물론 지혜도 없어 한동안 지난 시절을 돌아보지 않았다. 떠올리기조차 싫었다. '앞으로 성공해서 보상하면 그만'이라고 생각했던 것 같다. 그러나 성공은 보상의 기회를 한없이 유예했고, 성공한다 하여도 옛일이 덮어질 순 없었다. 내 숱한 실수와 실패를 사랑하며 나아가는 수밖에 없는 것이다. 옛일을 돌아보지 않은 나의 옛일에 용서를 구한다. 사업뿐 아니라 인생의 많은 일이 그렇다.

∞

하하호호는 내가 태어나 처음으로 사람을 고용하고 부려본 경험이었다. 이익을 추구하는 조직을 만들어본 것도 처음이었다. 사람을 모아 역할을 부여하고, 목표를 인식시키고, 함께 성과를 만들고, 과실을 나누는 조직. 거창하게 말하자면 그것이 원론적 의미에서의 '회사' 아니던가. 작은 식당이라고 회사와 크게 다를까. 그런 첫 회사의 경험을 나는 처절히 실패했다. 이론으로만 알고 현실에서는 풀어내지 못하는 먹물의 한계 아니었을까.

고백하자면 하하호호를 시작하면서 나는 아버지에게 손을 벌릴 수밖에 없었다. '원래 식당을 하던 곳이니 임대료만 있으면 된다'고 자신만만하게 떠벌이며 시작한 가게였는데 "최소 이천만 원은 더 들겠는디?" 했던 아버지 예견이 정답이었다. 정확히 이천만 원이 더 들었다.

　고기를 구워야 하니 흡배기 시설이 필요했다. 업자를 불러 비용을 물으니 한국보다 비쌌다. 차라리 내가 하는 편이 낫겠다 싶어 자재를 구입하고 인부를 불러 스스로 설치했다. 제대로 작동할 리 없었다. 나중에 기술자를 불러 다시 설치하는 비용이 더 들었다. 환풍구를 설치하는 기준에 대한 중국 법규를 몰라 제멋대로 설치했다가 민원에 시달렸고, 소방 관련 설비를 제대로 갖추지 않았다가 적잖은 범칙금을 물기도 했다. 나중에는 홍보 전단지까지 문제가 있다고 당국에서 경고장이 날아왔다. 불판도 가스레인지 규격과 맞지 않아 몇 차례 바꿔야 했다. 전문 시공업자를 통하지 않고 인테리어 공사를 진행했더니 이런 식으로 오픈이 몇 주 미뤄졌다. 어설프게 아껴보려던 사람이 치른 가혹한 수업료다.

　가장 큰 난관은 직원들 급여 치를 때였다. 월급을 준다는 것이 그렇게 힘든 일인 줄 몰랐다. 첫 달은 그럭저럭 장사가 되어 급여를 지급할 수 있었지만 다음 달부터 악몽에 시달렸다. 월급날이 돌아오는 것이 지옥 같았다. 월급쟁이일 때는 그렇게 멀게만 느껴지던 월급날이, 내가 월급 주는 입장이 되니 왜 그리 가깝게만 느껴지던지. 그래도 월급날 하루만 바라보며 한 달을 버텼을 사람들을 생각하며 어떻게든 제때에 주려고 노력했지만 말처럼 쉬운 일은 아니었다. 여기저기 돈 빌리러 다니다 보면 가게 일에 소홀해졌다.

하하호호의 이런저런 문제는 처음에는 작은 구멍과 같은 문제였다. 그런데 이쪽저쪽 구멍이 생기더니, 정신없이 여기저기 콸콸 쏟아졌고, 순식간에 둑이 무너졌다. 자포자기 상태가 되었다. 버틸 수 있을 때까지 버티되, 물러서야 할 때 물러설 줄 아는 것도 중요한 판단력인데, 나는 그저 마음으로만 안절부절못했다.

"처음부터 아예 안 하는 것이 나았는디, 그런 건 이제 와서 이야기해 봤자 아무 소용없는 일이고……"

하하호호가 최악의 상황에 이르렀을 때 용기 내서 아버지에게 전화했더니 이렇게 말했다. 한참 뜸을 들이다가 말을 맺었다.

"접을 수 있을 때 빨리 접는 것도 능력이여."

수없이 '접어' 본 적 있는 아버지로서도 쉽게 꺼낼 수 없던 말이었던 것만은 분명하다.

하하호호는 그렇게 짧은 운명을 마쳤다.

저마다 아침 꽃을 보았고 저마다 하루를 보냈다. 누구는 꽃을 주웠고, 누구는 꽃을 잊었으며, 누구는 꽃을 잃었고, 또 누구는 꽃을 버렸다. 다른 꽃을 주운 사람도 있을 것이다.

나는 무슨 꽃을 보았던가.

한국에 돌아온 이후로 다시 중국에 가본 적이 없다. 언젠가 선양을 여행할 기회가 생긴다면 연변가 26번지에 있는, 내가 한때 장사했던 가게에 가보고 싶다. 조화석습 현판을 간판 아래 걸어놓은, 도매시장 입구에 있던 가게도 잘 있는지 궁금하다. 만두가게였는지 찻집이었는지 여전히 기억은 가물거리지만 그 가게 라오반이 나랑 통하는 구석이 있을 듯하다.

꽃이 정말 거기 있었던가.

이제는 돌아볼 용기가 한 움큼 생긴 것 같다.

10.

나를 찾아 떠나는 여행

— 사랑에 대하여

해
방
편
의
점

2013 ~ ∞

오늘 나는 스무 번쯤 죽었다. 오후 다섯 시경이었다. 큼직한 권총을 움켜쥔 2인조가 편의점 안으로 뛰어 들어왔다. 곧장 계산대를 향해 오더니 "빵, 빠방!" 총구가 불을 뿜었다. 으아악— 비명을 질렀다. 그것이 재밌다고 2인조는 빠방, 빠바바바방, 기관총을 쏘아대듯 깔깔거리며 총신을 흔들었다. 으악, 꼴까닥, 까무룩, 흐헉, 살려주세요! 온갖 비명으로 나는 죽었다. 더이상 죽을 수는 없다고 항복 의사를 밝혔지만 순순히 물러날 녀석들이 아니지. 그렇게 나는 죽고 또 죽었다.

　　"은우야, 한결아, 거기서 뭐 하니? 어서 이리 와. 집에 가서 밥 먹자." 어머니 특공대의 체포 작전이 아니었으면 백 번도

더 죽어야 했을 것이다. "아저씨, 죄송합니다. 휴가 때 가지고
놀 물총을 사줬더니 그만……" "하하하, 아니에요. 애들아 재
밌게 놀다 와." 사탕 두 개에 만족하며 강도단은 사라졌다. 개
구쟁이 총질에 내 심장은 괴로워했다. 내일은 또 누구를 위해
죽어야 하나.

잠시 후, 우리 편의점에서 처음 보는 아가씨가 등장했다.
계산대로 다가오더니 대뜸 나이부터 밝힌다. "저는 여섯 살이
에요." 점잖은 표정으로 내 얼굴을 살핀다. 이럴 땐 여섯 살은
정말 대단한 나이라는 듯, 나는 한 번도 경험해 보지 못한 나
이라는 목소리로 최대한 정중하게 대답해야 한다. "오, 그러
세요. 여섯 살이시군요." 경애의 눈빛을 표했다.

여섯 살 소녀께서 과자를 고르다가 조용히 묻는다. "아저씨
는 무슨 색을 좋아하세요?" 앞에 있는 캐러멜 과자 포장지를
가리켰더니 "아, 민트색을 좋아하시는구나" 하면서 취향을 알
겠다는 듯 고개를 끄덕끄덕한다. 내가 하늘색이라고 말하는
색깔을 요즘 아이들은 민트색이라고 부르는구나. 까마득한
옛날 사람이라도 된 기분이다.

하늘색을 민트라고 부르는 여섯 살 소녀가 계산대 위에 초
콜릿을 올려놓으면서 말한다. "저는 세 살 때부터 김치를 먹

었대요." 손가락 세 개를 펼쳐 보인다. 이번에도 지극히 탄복하는 마음을 담아, 김치를 한 번도 먹어보지 못한 사람처럼 반응해야 한다. "우아아아, 대단한데!" 화제가 확 바뀐다. "지난주에는 엄마 아빠랑 할머니랑 선녀탕에 갔다 왔어요." 선녀탕? 그게 뭐지? 선녀와 나무꾼이 만났다는 그곳인가? 잠시 어리둥절한 사이 화제가 또 바뀐다. "아저씨, 편백나무를 뭐라고 부르는지 아세요?" 3초의 여유도 주지 않고 그녀가 말했다. "피톤치—드." 빠진 앞니를 휜히 드러내 보이며 소녀가 웃는다. 천 원짜리 지폐 한 장을 계산대 위에 올려놓고 그녀는 도도히 사라졌다. 편백나무 향에 취한 듯 나는 잠시 비틀거렸다.

어린이 이야기는 불패다. 어떤 에피소드를 써도 재밌다는 반응이 돌아온다. 그래서 종종 우리 편의점 꼬마 손님들 이야기를 신문이나 잡지에 풀어놓는데, 그래서 오해도 받는다. "아이들을 무척 좋아하시는군요." 아, 아닙니다. 그런 말을 들을 때마다 내가 마치 사람들을 속인 것마냥 부끄러워진다.

아이들을 유난히 좋아하지는 않는다. 눈에 콩깍지가 씌어 우리 아이가 세상에서 제일 예쁘게 보이는, 여느 평범한 부모들과 같다. 그런데 장사를 시작하고 나서 자본주의 친절이 몸에 배었다. 예쁘다, 착하다, 귀엽다, 똑똑하다, 우와 대단한데! 어린이 손님들에게 입에 발린 칭찬과 감탄을 거듭했더니 어느 순간 정말 그렇게 보이기 시작했다. 예쁘고 착하고 귀엽고 똑똑하고 대단한 아이들로 보이기 시작했다. 내 마음을 나조차 헷갈리기 시작했다. 그래, 나는 아이들을 좋아하는 편의점 아저씨인가 보다. 그렇게 살기로 했다.

∞

사람에겐 저마다 맞는 직업이 있다. 처음부터 자신에게 맞는 직업으로 출발한 사람이 있고, 다른 직업을 전전하다 결국 맞는 직업을 갖게 된 사람도 있다. 어쩌다 맞는 직업을 찾게 된 사람이 있고, 끝내 맞는 직업을 찾지 못해 불만 가득한 마음으로 살아가는 사람도 있다. 적성에 맞는지 안 맞는지는 모르겠지만 그냥 좋은 게 좋은 거라며 살아가는 사람 또한 적지 않을 것이다. 하릴없이 현실에 만족하며 살기도 한다.

나는 편의점 점주라는 현재의 직업이 맞는 것 같다. 10점 만점에 10점을 주고 싶다. 그러나 편의점 주인장이 된 동기를 말하자면 역시 '우연'에 가깝다. 그러고 보면 어렸을 때부터 편의점 점주가 되어야겠다고 마음먹고 성장한 사람이 얼마나 될까. 어릴 적 우리 집이 슈퍼(점빵)이긴 했지만 내가 커서 슈퍼 주인이 될 것이라고 생각해 본 적은 없다. 운명의 바윗돌이 구르고 구르다 보니 편의점 점주로 살고 있는 것이다. 그럼에도 현재 직업에 대한 종합적인 만족도를 말하라면 역시 만점을 주고 싶다. 만점 이상 점수를 줄 수 있다면, 그 이상이라도 좋다.

"편의점 벌이가 꽤 쏠쏠한가 보네요?"

벌이를 떠나 이 '일' 자체가 성격에 맞는다. 이 가게 저 가게 들락거리며 이 옷 저 옷 입어보아도 도저히 마음에 들지 않아 포기하고 집에 돌아가려다 마지막 들른 가게에서 '그래, 바로 이거야!' 싶은 옷을 발견한 느낌이랄까. 그렇다면 뭣 하러 그 숱한 옷가게를 들렀을까 싶다만, 그것이 인생이고 운명인 것이다.

편의점을 시작한 동기는 아버지 때문이었다.

"언능 들어오니라."

아버지는 이메일에도 사투리가 배어 있었다. 나와 편의점과의 만남은 뜬금없는 이메일 한 통에서 시작했다.

하하호호를 그만두고 중국에서 전전했던 직업만 다섯 개

쯤 된다. 그중 하나는 미용실인데, 내가 미용실을 운영했다고 하면 "미용사 자격증도 있으세요?!" 하고 놀라 묻는 사람들이 많다. 중국에선 미용사가 아니라도 미용실을 차릴 수 있다. 점주는 오너로 존재하고 미용사를 고용하면 된다. '한국 미용실'이라는 간판을 걸어놓고 미용실을 세 개 운영했다. 수입이 꽤 괜찮던 시절도 있었다. 하지만 어울리지 않는 옷을 계속 입고 있는 기분이었다.

미용실을 운영하기 전에는 어느 미용 프랜차이즈 회사에서 직원으로 일했다. 그것이 미용실을 차리게 된 연결고리다. 하하호호 시절 우리 가게 단골손님 한 분이 그 회사 사장, 즉 미용실 대표 원장이었다. 하하호호를 폐업하고 절반쯤 폐인 상태로 지내고 있을 때였다. 원장에게서 전화가 왔다. 특별히 하는 일이 없으면 자기 회사에 들어와 도와달라는 것이다. 한국에만 수백 개, 중국에도 이미 백여 개 이상 가맹점을 갖고 있는 대형 프랜차이즈였다. 내가 측은해 보였거나, 어떤 측면에선지 어여삐 보였나 보다. 잠시 주저했더니 홍보 파트를 맡아달라고, 그 정도 업무는 할 수 있지 않느냐고 물었다. 어차피 백수겠다, 경험을 쌓는 것도 나쁘지 않을 것 같았다.

그런데 출근 첫날, 가맹사업 본부장이라는 사람이 사고가 생겨 한국으로 급히 돌아가게 되었다. 그 자리가 공석이 됐다. 내가 본부장 역할을 맡았다. 신입 사원이 곧장 임원이 된 격이다. 세상에 어떻게 그런 일이 있는가 싶겠지만, 살다 보니 그런 일도 있더라.

그 회사에서 보낸 2년은 프랜차이즈라는 사업 유형이 지닌 빛과 그림자를 현장에서 경험한 귀한 시간이었다. 나중에 편의점을 창업하고 운영할 때도 적잖은 도움이 되었다.

미용 프랜차이즈 회사에 있을 때, 매출 상황이 좋길래 나도 가맹점을 몇 개 차렸다. 그런데 회사가 급격히 쇠퇴하면서 가맹점도 어려워졌고, 나는 다시 빚을 안게 되었다. 그 뒤로 어떻게든 일어서보겠다고 별의별 일을 다 하고 별의별 일을 다 겪었다. 월세를 내지 못해, 살던 집에서 밤중에 쫓겨난 적도 있다. 눈이 허벅지 높이까지 쌓인 중국 북방 도시의 골목 귀퉁이에서 오들오들 떨면서 "네가 어디에서 무엇을 하든 건강하기만 바란다"던 어머니 목소리가 떠올라 서럽게 울었다. 그냥 한국에 돌아갈까, 잠깐 망설이기도 했지만 어떻게든 홀로 일어서고 싶었다. 1위안짜리 지엔빙煎餅, 중국식 빈대떡과 요구르트 하나로 끼니를 때우며 막노동 일자리를 전전했다. 고생했던 이야기는 늘어놓아 뭐 하겠나. 사업에 실패해본 사람은 누구나 하나씩 기억에 담아둔 오목한 흔적이다. 오롯이 내가 선택한 결과이기 때문에 다른 사람을 원망하거나 불만을 가질 이유 또한 없다.

그러다 어느 경제단체의 직원으로 일하게 됐다. 거기서 맡은 업무는 '한국기업백서'를 발간하는 일이었다. 중국에 진출한 한국 기업이 현지 법규나 문화 차이로 어려움을 겪는 사례가 많은데, 그런 애로사항을 취합해 중국 정부에 공식적으로 제출하는 업무였다. 내가 맡은 업무는 오직 그것 하나뿐이어서 매일 한국 기업을 찾아다니면서 "어려운 일 있으세요?" 묻는 것이 일과였는데, 생각해 보면 인생의 희극 아닌가. 내 삶도 힘들어 죽겠는데 다른 사람들에게 힘들면 말하세요, 하고 격려하는 직업이라니.

그 경제단체에 직원으로 들어간 계기 또한 독특하다. 어쩌다 보니 교민 잡지사에 편집장으로 일하고 있었는데, 열심히 편집만 하면 되는 줄 알았더니 광고 영업까지 뛰라는 것 아닌가. 광고 한 칸 부탁하려고 베이징에서 사업하는 선배를 찾아갔다. 그런데 선배가 먼저 약속을 잡은 다른 손님과 대화가 길어졌다. 점심시간이 임박할 무렵에야 내 차례가 됐다.

"괜찮다면 이분과 점심 식사 같이하면 어때?"

나야 거절할 이유가 없었다. 그렇게 우연히 합석하게 된 '대화가 길어졌던 분'이 경제단체 임원이었다. 내 이력을 듣더니 "그러잖아도 당신과 같은 이력을 가진 사람을 찾는 중이었는데 마침 잘됐다"면서 일자리를 제안했다. 비영리기구 경험이 있고, 그러면서 회사 경험도 있고, 취재와 편집 경험이 있고, 글도 쓸 줄 아는 사람을 찾는다나. 바로 나 아닌가. 급여도 잡지사보다 곱절은 많았다. 거절할 이유가 없었다.

출근해서야 사연을 듣게 됐다. 원래 그 업무를 맡던 사람이 있었는데 상급자와 관계가 좋지 않아 갑자기 그만두게 되었단다. 그가 앉던 의자에 아직 온기가 남아 있었다. 나는 왜 이리 '공석'과 인연이 많은 걸까. 묘한 인생이다.

∞

워낙 복잡다기한 삶을 살다 보니 이야기가 샛강으로 흘렀는데, 갑자기 편의점을 운영하게 된 계기 또한 인생의 공백을 파고든 아버지의 이메일 한 통에서 시작했다. 아버지가 갈빗집을 곧 내놓게 생겼는데 앞으로 편의점을 운영하고 싶으니 도와달라는 것이 오타와 사투리로 범벅된 이메일의 요지였다.

명성갈비는 10년 차가 되었다. 인근에 유사한 경쟁 업소가 생기긴 했지만 매출은 그리 줄지 않았다고 들었다. 그런데 왜 가게를 내놓지? 게다가 난데없이 편의점?

당시 나는 계약직이지만 직장을 다녔고, 한국기업백서를 잘 발행하여 업무에서도 좋은 평가를 받고 있었다. 재계약을 앞두고 한 달가량 쉬고는 있었지만 다시 출근하는 것에는 전혀 문제가 없었다. 이참에 부업으로 컨설팅 회사를 설립하려고 후배와 준비하던 중이었다. 기업백서를 만들면서 상당한 데이터와 인맥을 확보하고 있었으니 영업에도 나름대로 자신 있었다.

아버지에게 이메일을 받은 날은 공교롭게도, 후배랑 함께 일할 사무실을 구해놓고 인터넷 전용선을 막 연결한 날이었다. 책상 위에 노트북을 올려놓고 이메일함을 여는 순간 '읽지 않은 메일' 하나가 보였다. 발신자 항목에 있는 굵은 글씨는 아버지 이름이었다. 아버지는 중요한 전달 사항이 있을 때 군이 이메일을 이용하는 습관이 있다. 나름대로 '공적인' 사안임을 강조하려는 의도가 아닐까 싶다.

이메일은 밑도 끝도 없이 "언능 들어오니라"만 반복하고 있었다. 그때 아버지는 내가 여전히 곤궁한 삶을 살고 있는 줄 알았는가 보다. 수년간 특별한 연락이 없었으니 그렇게 오해하는 것도 당연한 일이긴 하다(무소식이 희소식임을 아셨어야 하는데). 그러니 아버지 입장에선 아들을 도와주기 위해 그랬던 것인데, 당시 상황은 반대였다. 무너진 건물을 힘겹게 절반쯤 복구해 놓으니 그것을 무너뜨리고 다른 곳에 새로 지으라는 제안과도 같았다. 대단히 부적절한 타이밍에 지독히 일방적인 연락이로구나.

사나흘쯤 고민했다. 한국으로 아예 귀국할 생각은 물론 없었다. 다만 아버지가 내게 무언가를 해보자고 제안한 사건은 이상한 발명품 따위를 제외하고는 처음 있는 일이었고, 그것이 '편의점'이라는 사실이 유독 마음에 걸렸다. 당시 한국에는 편의점이 화제였다. 편의점을 차렸다가 극단적인 선택을 했다는 점주의 사연이 연일 뉴스에 오르내리고 있었다. 처음 소식을 들었을 때는 그저 남의 집 이야기라고 생각했는데 그게 가까운 일이 될 줄이야. 걱정이 밀려왔다.

인터넷에 검색해 보니 그 편의점 점주는 원래 대기업 하청업체 노동자로 일하다가 회사 사정이 어려워지면서 정리해고를 당했던 사람이었다. 홀어머니를 모시기 위해 빚을 내 편의점을 차렸다고 한다. 편의점 매출은 기대 이하였고 길 건너에 경쟁점까지 생겨나 경제적인 압박을 받던 중 결국 편의점 냉장고 안에 들어가 생을 마감했다는 안타까운 사연이었다. 냉장고에 사람이 대체 어떻게 들어갔을까? 당시 나는 편의점 냉장고에는 사람이 들어가서 일할 수 있다는 기본적인 상식조차 모르는 상태였지만, 어쨌든 편의점이라는 세 글자가 공포스러운 이름으로 들렸다. 이것저것 벌이기 좋아하고 남의 말에 쉬이 홀리는 아버지 성격에 또 무슨 사고를 저지를지 모르는 일이었다. 모자이크 처리된 뉴스 화면 가운데 아버지 얼굴이 겹쳐 떠올랐다. 안 됩니다, 아버지. 안 돼요, 편의점만은 안 돼요!

기업의 어려움을 해결하는 직업을 갖게 된 내가 이번에는 아버지의 문제를 풀기 위해 바다를 건너야 하는 웃지 못할 상황이 되었다.

요컨대 내가 한국행 비행기에 몸을 실었던 이유는 아버지를 '말리기' 위해서였다. 편의점을 하지 '못하게' 만들기 위해서였다. 그런데 이건 또 뭔가. 도착해서 이야기를 들어보니 아버지는 건물 임대차 계약서에 벌써 도장을 찍은 상태였다. 계약금은 물론 잔금까지 모두 치른 상태였다. 내가 말릴 수 있는 수준을 넘어선 것이다. 역시 아버지스러웠다. 어? 이거 어디서 많이 보던 풍경인데?

딱 일주일만 있다가 중국으로 돌아가려던 계획은 3개월로 늘었다. 베이징에서 홀로 사무실을 지키고 있는 후배에게 이메일을 보냈다. "미안하다. 3개월만 있다가 돌아가마." 3개월 후에 다시 이메일을 보냈다. "생각보다 일이 쉽지 않구나. 3개월 더 기다려라." 다시 3개월 후에 이메일을 보냈다. "정말 미안하다. 사무실을 정리하고 임대 보증금은 네가 갖도록 해라. 면목 없다. 건승을 빈다."

∞

아버지가 갑작스레 편의점을 하겠다고 선언한 이유는 명성갈비 때문이었다. 명성갈비 10년 차가 다가오는데 건물주 태도가 예전 같지 않았던 것이다. 임대료를 올려달라고 하면 차라리 올려주겠는데 건물주가 점포를 직접 운영하겠다고 나서면 달리 방도가 없었다. 그럴 조짐이 뚜렷했다. 어쩌겠나. 떼를 써도 될 수 없는 일이라면 얼른 다른 살길을 찾는 편이 현명하다. 자영업을 하다 보면 실사구시가 몸에 배게 된다.

여기저기 식당 자리를 알아보러 다녔지만 명성갈비만 한 입지 조건을 갖춘 곳은 찾기 어려웠다. 한번 최상의 자리에서 성공 신화를 맛본 사람은 웬만한 자리는 성에 차지 않기 마련이다. 마침 그때 어느 신축 빌딩에 예식장이 들어선다는 이야기를 듣고 어렵사리 식당 운영권을 따냈다. 예식장 부설 식당이라니, 명성갈비보다야 못하겠지만 썩 괜찮은 후속작이 될 수 있으리라 판단한 것이다. 건물 측과 운영권 위탁에 관한 양해각서 체결을 준비하고 겨우 한숨을 돌리고 있는데, 난데없이 그 건물을 어느 기업이 통째로 임차했다는 소식이 들렸다. 임차 조건은 건물 안에 예식장을 두지 않는 것, 그리고 구내식당은 그 기업이 직접 운영하겠다는 것이었다. 자다가 날벼락을 맞은 꼴이다.

상황이 그렇게 되니 건물 측에서 미안했는지, 귀퉁이에 있는 자리 하나를 보여주면서 여기서 무슨 장사든 해도 좋다고 제안했다. 그곳이 지금 내가 운영하는 편의점 자리다. 큰 식당을 운영했던 아버지로서는 결코 만족스럽지 않은 자리였고 작은 면적이었지만, 어쩌겠나, 그마저도 고마운 배려라 생각하고 계약서를 작성했다. 스무 평 공간에서 할 수 있는 장사는 무엇일까. 떠오른 것은 편의점뿐이었고, 편의점에 대해 아는 것이 없는 아버지는 중국에 있는 아들을 떠올렸다.

하지만 그 아들이라고 편의점에 대해 뭘 알았을까? 한국을 오랫동안 떠나 있었기 때문에 아버지보다 모르면 더 몰랐을 것이다. 편의점에 대한 최소한의 경험조차 없었다. 한국을 떠나기 전에 나는, 편의점은 비싸다는 편견으로 우리 집 골목 입구에 있는 편의점조차 들어가 본 적 없는 사람이다. 그동안 한국에 편의점이 그렇게 많이 생겨난 것도 어렴풋한 소문으로만 알고 있었다. 공항에서 내려 리무진을 타고 명성갈비 쪽으로 향하는데 서울에 무슨 편의점이 이렇게 많은지, 골목 곳곳 모퉁이 곳곳 온통 편의점만 눈에 들어왔다. 내가 중국에 있던 지난 8년 동안 한국에서 늘어난 것은 편의점밖에 없어 보였다. 이러니 편의점을 하다 망하는 거지…… 아버지를 말려야겠다는 확신이 더욱 굳었다.

황당하게도, 그 가게는 결국 내가 맡기로 했다. 말리러 갔다 말리든 것이다. 이미 아버지는 환갑을 넘은 나이였고, 젊은 층이 주로 찾는 편의점을 노인이 운영하는 일은 벅차 보였다. 거의 7년 만에 마주한 아버지는 예전 그 아버지가 아니었다. 우람했던 풍채는 조금 왜소해졌고, 카리스마 넘치던 목소리도 예전보다 힘이 약했다. 아버지도 벌써 이런 나이가 되었구나.

임대차 계약서를 보니 다른 사람에게 재임대를 금지하는 조항이 있었다. 무슨 장사든 우리가 직접 해야 하는 상황이었다. 건물 측에 일단 그 부분만 양해를 구해 임차인 명의를 내 이름으로 바꾸고, 아버지가 지급한 보증금은 내가 빌리는 형식을 취하기로 했다.

"부모 자식 간에도 이런 것은 확실히 해야 하는 법이여. 알제?"

임차인 명의를 바꾸던 날, 아버지는 차용증까지 준비해 나타났다. 돈을 얼마 빌리고, 이자는 얼마, 언제까지 갚는다는 차용증의 격식은 충분히 갖추고 있었지만, 글자 크기와 줄 간격이 터무니없는 것으로 보아 아버지가 직접 작성한 문서가 분명했다. 컴퓨터 앞에 앉아 두 손가락을 이용해 한 글자 한 글자 꾹꾹 눌러 차용증을 만들었을 아버지의 모습을 상상하니 웃음이 나왔다. 그런 점에 있어 아버지는 예전 아버지 그대로였다. 치밀한 듯하면서도 헐렁하고, 때로 엉뚱한 양반.

내 이름 옆에 서명란이 남아 있는 문서를 건네받자 조금 당황스러웠다. 이러려고 한국에 온 게 아닌데…… 말려드는 것 같은 이 느낌은 뭐지?

그때 빌린 계약금과 창업에 소요된 비용은 편의점 7년 차 되던 해에 모두 갚았다. 아버지는 그 돈으로 육류 가공 공장을 차렸다가 또 시원하게 망했다.

명성갈비 이후로 아버지는 하는 일마다 망했다. 폐기물 처리 공장을 운영한다더니 망했고(사기당했고), 장어 양식장을 만든다더니 망했고(사기당했고), 느닷없이 빵 공장을 차리겠다고 돌아다니더니 오픈도 못 해보고 망했고(사기당했고)…… 명성갈비 이후로 아버지는 유독 '공장'에 집착했다. 식당을 운영하는 것과 공장을 운영하는 것은 성격이 다르지 않은가. 40년 장사 경력의 아버지가 자꾸 사기를 당하는 것도 참 웃지 못할 일이었다. 아버지는 왜 잘하는 일을 놔두고 새로운 일에 집착하는 걸까.

"열심히 장사해서 건물 가치 올려줘 봤자 남 좋은 일만 시켜주는 법이드랑게……"

어떤 트라우마나 회의감이 생기지 않았을까 싶다.

∞

무대에는 내가 올라가게 되었다.

편의점을 열고 처음 한 달 동안은 거의 매일 마음속으로 눈물을 훔쳤다. 일단 장사가 안됐다. 신축 건물이라 입주율이 30퍼센트도 안 됐는데 예정대로 입주가 진행된다 하더라도 앞으로 1년 정도는 건물 곳곳이 비어 있을 것이라고 했다. 아버지는 그런 것조차 확인하지 않고 임대차 계약을 맺었던 것이다.

다리가 아팠고, 마음이 외로웠다. 편의점에서 서 있는 것은 미용실에서 서 있는 것과 차원이 달랐다. 중국에서 미용실을 운영할 때도 하루 종일 서 있는 것이 일상이긴 했지만 미용실은 그래도 여러 사람이 함께 복작이는 맛이 있다. 손님이 몇 시간씩 매장에 머무르니 옆에 앉아 이런저런 이야기를 나누기도 한다. 편의점은 달랐다. 처음부터 끝까지 혼자다. 오로지 혼자다. 손님은 겨우 몇 초만 계산을 치르고 훌쩍 스쳐 지나간다. 한국에 왔는데 한국어를 쓸 기회가 거의 없을 정도였다. "어서 오세요", "이천오백 원입니다", "안녕히 가세요" 같은 인사만 하루에 수백 번씩 반복, 또 반복했다. 때로는 손님을 붙잡고 "저랑 5분만 이야기 좀 하실래요?"라고 부탁하는 상상을 했다.

오랜만에 한국에 오니 많은 것이 낯설었다. 편의점 신상품은 하나도 모르지, 담배 종류만 이백 가지가 넘는데 담배 이름도 모르지, 편의점은 젊은 층을 타깃으로 해야 한다는데 어떤 상품과 서비스를 갖춰야 하는지도 모르겠지, 진열은 또 어떻게 하는 건지…… 모르는 것투성이었다. 누구에게 도움을 청할 수도 없었다. 거래처 직원과 협상하고, 들어오는 상품을 검수하고, 내 맘대로 진열하고, 그러다가 손님 받고, 아르바이트 지원자 면접하고, 손님 클레임 처리하고…… 하루 종일 우왕좌왕하다 넋이 나갈 지경이었다.

　통통 부은 다리를 냉찜질하면서 밤마다 긴 한숨을 내뱉었다. 내가 왜 편의점을 차려가지고 이 고생을 하는 거야, 젠장.

　처음 '편의점을 해보겠다' 생각했을 때에는 3개월 정도 직접 운영하다가 점장 한 명 선임해 놓고 중국으로 돌아갈 계획이었다. 그 뒤로는 중국에서 원격(?)으로 컨트롤할 수 있을 거라 믿었다. 그러니 중국에 있는 후배에게 "3개월 뒤에 돌아갈게"라고 이메일을 보냈던 것이다. 망상이 무너지는 데 걸린 시간은 사흘 정도로 충분했다. 나중에 편의점 점주들 모임에 나가서 이 이야길 했더니 다들 깔깔거리며 웃었다. "편의점을 차리는 사람 가운데 절반은 그런 망상에 빠져 가맹 계약서에 사인할걸?" 중국을 떠나고 10년이 지났건만 지금껏 중국에 가본 적이 없다. 그럴 시간이 있어야지.

편의점 창업 초기에 나는 이른바 '독립형'이라 부르는 편의점으로 시작했다. 대형 프랜차이즈에 속하지 않은 편의점이었다. 가맹점주가 극단적 선택을 하고 편의점 본사의 이른바 '갑질' 행태가 사회적 공분을 얻던 때였다. 그래서 독립의 길을 택했던 것인데 돌아보면 적잖은 실수였다. 3년 뒤 결국은 대형 프랜차이즈 가맹점으로 간판을 바꿨으니까. 규모의 경제는 따라잡을 수가 없더라. 개인의 힘으로 감당할 수 없는 현실적 조건이 있었다.

그렇다고 독립형 편의점을 운영했던 기간을 후회하는 것은 아니다. 독립형 편의점을 운영해 보지 않았더라면 대형 프랜차이즈의 부속품 가운데 하나로, 본사에서 시키는 일을 수걱수걱 따르기만 하면서 살았을 것이다. 상품을 매입하고, 거래 과정을 협상하고, 홍보하고, 행사를 기획하고, 이익을 정산하고, 세금을 납부하는 등 편의점 운영 전반의 일을 제대로 파악하기 어려웠을 것이다. 여러 브랜드에 속해 있는 편의점 점주들을 폭넓고 다양하게 만나면서 이야기를 들을 기회도 없었을 것이다.

처음부터 프랜차이즈 편의점으로 시작했더라면, 점장 한

명 선임해 놓고 중국으로 돌아갔을지도 모르는 일이다. 지금쯤 직장인이나 사업가로 살아가고 있을 것이다. 편의점에 대한 글을 쓸 기회와 경험을 얻지 못했을 것이고, 『매일 갑니다, 편의점』이라는 책을 내지 못했을 것이며, 어쩌다 작가가 되어 지금 이렇게 글을 쓰고 있지도 않을 것이다. 참 많은 것이 인간의 운명을 다양하게 갈라놓는다.

독립형 편의점을 운영하던 시절, 편의점 상호는 따로 있었지만 나는 속으로 우리 편의점 이름을 '해방 편의점'이라고 불렀다. '월드 편의점'이라 부르기도 했다. 중국에서 한국으로 건너온 내 신세를 반영한 이름이기도 했고, 소망과 각오를 새겨 넣은 이름이기도 했다. 어서 빨리 편의점에서 해방되고 싶었다. 그러나 해방의 날은 기다려도 오지 않았고, 내가 서서히 '편의점 인간'이 되어가고 있다고 느꼈을 때 나는 비로소 해방의 새로운 의미를 발견했다. 내가 나를 찾은 것이 궁극의 해방이었다.

∞

나는 역시 아버지 아들이라서 편의점 입문 6개월 차가 되었을 때 편의점 2호점을 계획했다. 1년 차가 되었을 때는 편의점 3개를 운영하고 있었다.

그게 또 기묘한 인연에서 출발했다.

호빵 찜기를 가게에 들여놓고 '세상에 내가 호빵을 팔게 될 줄은 몰랐네' 하면서 운명의 얄궂음을 생각하던 어느 날이었다. 담배를 사러 온 손님이 물었다.

"사장님이시죠?"

물음이 아니라 '확인'에 가까운 어기였다. 그렇다고 했더니 뜬금없는 질문이 이어졌다.

"혹시 이런 편의점을 하나 더 운영할 생각은 없으신가요?"

무슨 뚱딴지같은 말인가. "편의점 하면 얼마 벌어요?"라거나 "이런 편의점 하나 차리려면 얼마나 들어요?" 같은 질문은 손님에게 종종 들었지만 편의점을 더 운영할 생각은 없느냐니. 프랜차이즈 회사에서 나온 사람인가?

"그야…… 생각은 있지만…… 돈도 없고……"

대답을 얼버무렸더니 손님이 더 황당한 말을 꺼냈다.

"제가 평소에 사장님을 눈여겨봤는데 친절하신 것 같고 점포 운영도 깔끔해서, 혹시 이런 유형의 점포를 하나 더 맡아주실 수 있는가 해서요."

알고 보니 그 손님은 우리 편의점 옆에 있는 대기업 구내 식당을 담당하는 본사 관리자였다. 가끔 얼굴을 보긴 했지만 그리 자주 오는 손님은 아니어서 '이 건물 상주 근무자는 아닌가 보다' 하는 정도로 기억해 둔 손님이었다. 그의 제안인즉, 자신이 여러 식당을 관리하고 있고, 그 가운데 편의점이 딸린 식당이 몇 개 있는데, 어느 편의점에 대한 고객들의 평가가 영 좋지 않아 위탁 운영자를 교체하려 한다는 것이다. 그 대상자로 나를 지목했다.

"저를 좋게 봐주셔서 고맙기는 합니다만, 제가 그런 점포를 잘 운영할 수 있을지……"

이튿날 오후, 나는 계약서에 도장을 꾹꾹 눌러 찍고 있었다.

마다할 이유가 없었다. 그 점포 운영 상태를 보니 여러모로 소홀한 것이 한눈에 보였다. 상품 구색은 단순하기 이를 데 없지, 진열 상태도 엉망이지, 게다가 손님에게 불친절하고 딱딱하게 대하는 것이 바로 느껴졌다. 고정된 손님을 대상으로 하는 편의점의 경우 더러 그렇다. 손님을 그물 안에 든 물고기처럼 바라보니, '여기 아니면 갈 곳 없는 사람' 정도로 여기는 사례가 있다. 한정된 고객을 대상으로 하는 점포라 할지라도 운영 방식에 따라 매출은 달라지기 마련이고, 굳이 매출이 아니더라도 자신이 선택한 '직업'의 의미를 생각한다면 그렇게 해서는 안 되는 일이다.

내가 운영하면 잘할 수 있을 것 같았다. 더구나 위탁 운영이다 보니 자금을 투자할 필요가 거의 없었다. 말 그대로 '운영'만 해주면 되는 일이다. 누가 그런 제안을 거절하겠나. 담당자는 손님 불만만 없게 해달라고 신신당부했다. 암, 내가 그런 것 하나는 잘하지.

그 무렵 나는 내가 지닌 특기 하나를 발견했다. '잘 웃는다'는 것이다. 편의점을 처음 시작할 때만 해도 손님을 상대하는 일이 좀 쑥스러웠다. 며칠 전까지 나도 회사에 다니던 사람인데 갑자기 편의점 점주가 되어 손님들 앞에 고개 숙이려니 어째 어색했다. 옛 동료들 앞에 허리를 굽히는 느낌이랄까. 하지만 어느 순간 어색함은 달아났고, 굽신거리며 인사하고 웃으면서도 왠지 그것이 '이기는' 느낌이 들었다. 친절하게 행동할수록 더욱 이기는 느낌이랄까.

그것은 '나를' 이기는 느낌이었다. 내가 나를 넘어설 때 느끼는 쾌감이었다. 그래, 더욱 친절해 보자. 나를 넘어서보자.

위탁 운영을 맡은 편의점은 내가 운전대를 잡자마자 매출이 20퍼센트가량 올랐다. 뭘 특별히 덧붙인 것은 아니다. 그냥 '웃었을' 뿐이다. 물론 진열 방식을 새롭게 했고, 상품 구색을 크게 늘렸고, 한가한 시간에는 건물 내부 배달까지 해줬다. 그게 모두 '웃음'의 범위 안에 있었다. 웃으면서 할 수 있는 일들 아닌가. 특히 배달에 대한 반응이 아주 좋았는데, 나야 여기저기 배달 다니면서 세상 구경을 할 수 있어 좋았다. 오히려 감사할 일이었다. 운동도 되고 얼마나 좋은가.

그리하여 그 점포를 운영한 지 6개월 정도 지났을 무렵에는 예전 운영자 시절보다 매출이 곱절가량 올라 있었다. 사소한 변화만 줬을 뿐인데 매출이 뛰어오르니 나조차 신기할 정도였다. 1년 후에 다른 점포를 하나 더 맡아달라는 부탁을 받았다. 이 무슨 꿈같은 일인가 싶었다.

∞

"예전에 다니던 직장에서 사람에 아주 치였거든요. 그래서 이제는 가급적 사람을 상대하지 않는 일을 하려고 합니다."

편의점 예비 창업자 가운데 이런 각오(?)를 밝히는 분들이 있다. 아르바이트 직원을 면접할 때도 이렇게 말하는 지원자를 종종 만난다.

인간관계에서 얼마나 상처를 받았으면 그럴까 싶어 마음이 아릿하지만, 편의점도 기본적으로 사람을 상대하는 공간이다. 편의점 업무는 사람을 상대하지 않는 일이라고 생각하는 경향이 있는데, 편의점이야말로 사람을 아주 많이 상대하는 곳이다. 온갖 사람을 다 만난다. 매일 수백 명을 응대해야 하기 때문에 사람을 좋아하지 않으면 편의점도 잘 운영하기 어렵다.

물론 편의점에서 사람을 '상대'한다고 해봤자 손님의 계산 과정을 도와주는 정도다. 대화라고 해봤자 "어서 오세요", "안녕히 가세요" 수준인데, 그건 역시 대화라고 볼 수 없고, 때로 그런 서비스 멘트마저 생략하기도 한다. 근무 시간 내내 입한 번 뻥끗하지 않고 지낼 수도 있다. 그러면서도 수많은 사람들을 마주하는 공간이 편의점이다. 어쩌면 지극히 모순처럼 느껴진다. 숱한 전화를 주고받으면서도 상대의 얼굴조차 모르는 콜센터 상담원과 비슷하달까.

나는 그것을 "관계의 폭은 넓지만 관계의 깊이는 얕은 직업"이라고 표현하는데, 발목 정도 차는 깊이의 물속을 내내 걸어가는 기분이다. 깊지 않지만 얕은 강물을 하염없이 걸어가야 한다. 마주해야 한다. 그렇게 살다 보면 작은 변화 하나에도 민감해지는 경향이 있어, 가끔은 사소한 일에 화를 내는 경우마저 생긴다. 사람에 대한 기본적인 애정이 있어야 그런 순간을 견딜 수 있고 일상을 평온하게 유지할 수 있다. 사람의 다양성을 즐길 수 있어야 하고, 웃어야 한다. 이런저런 재밌는 상품이 가득 차 있고 계절의 변화를 느낄 수 있는 곳이 편의점이지만, 상품을 구입하고 계절의 흐름을 이끄는 주체는 역시 사람 아닌가. 사람 없는 가게가 어디 있을까. 사람에 대한 관심의 끈을 놓을 수 없는 곳이 바로 편의점이다.

"편의점을 운영하면서 느낀 점은?"

어느 신문과 인터뷰를 하다가 이런 질문을 받은 적이 있다. 글쎄…… 무엇을 느꼈을까.

편의점을 운영하며 하루에도 수백 명의 사람들을 스치듯 만나고 강물처럼 흘려보내면서, 각진 포장 상품으로 가득한 그곳에서, 나는 내내 '사람'이라는 존재에 대해 돌아봤던 것 같다.

세상에는 아는 사람이 있고 모르는 사람이 있었다. 내가 알고 있는 유형의 사람이 있고, 처음 보는 유형의 사람도 있었다. 알고 있다고 생각했는데 갈수록 아리송한 사람이 있고, 모르는 사람이라고 생각했는데 먼저 손을 내미는 사람 또한 있었다. 우리는 어느 정도가 되어야 누군가를 '안다'고 말할 수 있을까. 꽃잎 피는 대로, 꽃잎 지는 대로, 바람 날리는 대로, 편의점 안팎으로 오가는 사람들을 바라보고 관찰하면서 그런 것들을 생각했다. 사람을 생각하는 재미가 참 좋았다.

가장 많이 떠올린 사람은 단연 부모님이었다. 편의점을 운영하기 전에는 몰랐는데 장사를 하던 부모님의 차림으로 내가 이 자리에 있으니 그 시절 부모님의 얼굴이 떠올랐다. 세상에서 가장 가까운 사람이 부모라고 생각했는데, 가까우면서도 가장 몰랐던 사람이 부모라는 사실도 알게 되었다. 나를 키운 가게들에 대해 더듬어보았다.

하늘하늘 기억의 강을 거슬러 올라가 보았다. 간판도 없고 진열대도 없는 시골 점빵 구석에 앉아 엄마는 무슨 생각을 했을까. 농약 냄새로 하루 종일 머리가 어지럽던 농약사 계산대 안쪽에서 아빠는 종일 무슨 꿈을 그렸을까. 가장이 드러눕자 홀로 앞치마를 둘러매고 떡볶이 좌판 앞에 섰을 때 엄마는 과연 어떤 각오였을까. 다시 일어서보자고 태릉에서 갈비를 구울 때, 광주에서 오리고기 손질하다가 손가락을 다쳤을 때, 아빠는 어떤 하루를 보냈을까. 누구를 만나고 무엇을 찾았을까.

생각의 물줄기를 되짚어 올라가니 그분들 인생이 보였다.

할머니를 일찍 여의고 할아버지는 양육을 포기해 삼 남매가 친척 집에 뿔뿔이 흩어져 살아야 했던 엄마의 어린 시절에 대해 상상했다. 일등을 해야 인정받을 수 있을 것이라 생각해 이를 악물고 노력했을 그 시절 어떤 어린아이의 얼굴을 떠올렸다. 중학생, 고등학생 시절 엄마는 어떤 꿈을 꾸었을까. 고등학교를 졸업하자마자 일찍 결혼해 가정을 이룬 엄마의 마음에 대해 생각했다. 나를 낳고 삼 남매를 낳고 시집살이에 시달리면서 가게까지 도맡았던 엄마의 그 시절 눈물과 땀방울의 흔적을 떠올렸다.

아빠를 돌아봤다. 일찍 남편을 여의고 오 남매를 홀로 키웠던, 이제는 하늘나라에 있는 할머니의 주름살을 마음으로 만져보았다. 형님을 대학에 보내기 위해 학업을 포기해야 했던 어떤 고등학생의 눈망울에 시선이 머물렀다. 그가 살았던 시대에 대해 생각해 보았다. 이른 나이에 장사에 성공해 우쭐하였을 이십 대의 열정과, 아빠 나이에 내가 했던 일들을 덧대보았다. 삼십 대에 모든 것을 잃고 길바닥에 주저앉았던 그의 처지에 대해 생각했고, 그 무렵 나의 처지와도 겹쳐보았다. 다시 일어서야 한다는 오기와 집념을 반추해 보았다. 거기 아버지가 있고, 더러 내가 있었다.

왜 어머니는 조금 냉랭했던 것인지, 혹은 악착같았던 것인지, 왜 아버지는 항상 헛된 꿈을 찾아 헤매는 사람처럼 보였던 것인지, 혹은 세상이 그를 몰라줬던 것인지……. 이제는 할머니 할아버지가 된 그들의 사진을 한참 들여다보곤 한다.

가게에 앉아, 가게에 있던 어머니와 아버지의 모습을 떠올린다. 나를 키운 작은 가게들의 풍경을 찬찬히 되돌아본다.

편의점을 오가는 숱한 손님들의 얼굴에도 각자 엄마와 아빠의 이야기가 숨어 있을 것이라는 생각에, 그들의 이야기 또한 상상해 보곤 한다. 섣불리 지나칠 수 있는 얼굴은 세상 어디에도 없다.

∞

편의점을 운영한 지도 이제 어느덧 11년 차. 처음 편의점을 시작할 때만 해도 내가 이렇게 편의점을 오래 하게 될 줄은 꿈에도 몰랐다. '3개월만' 했던 것이 10년을 넘었다.

"이런 편의점 하나 더 운영할 생각은 없으신가요?"로 시작한 위탁 운영점은 많을 때 5개까지 늘었다가 하나씩 계약 기간을 마치면서 "언능 들어오니라" 하나만 남았다. 처음 시작했던 그 자리로 돌아온 것이다. 아쉬운 마음은 전혀 없다. 나로서는 다양한 상권에서 다양한 손님들을 경험해 본 소중한 기회였다. 검찰청사 안에서 편의점을 운영하면서 검사와 수사관들을 상대로 장사해 보기도 했고, 의료연구단지에서 의사와 연구원들을 주요 고객으로 맞기도 했고, 작은 극장 안에서 어린이 손님들을 마주하며 "피톤치—드" 웃기도 했다. 전철역 근처에 있는 어느 편의점을 운영할 때는 밤새 취객 손님을 상대하다가 희뿌옇게 밝아오는 동쪽 하늘을 바라보면서 이게 뭐 하는 짓인가 생각하던 때도 있었다. 웃었던 편의점이 있고 울었던 편의점이 있다. 때로 지긋지긋한 편의점이 있었던 것도 사실이다. 하지만 어느 하나 의미 없는 경험은 없었다. 모두 나를 키운 가게들이니까. 나를 있게 한 가게들이니까.

"1년 뒤, 5년 뒤, 10년 뒤, 당신의 모습은?"

얼마 전 어느 방송과 인터뷰를 하다가 이런 질문을 받았다. 1년 뒤에도, 5년 뒤에도, 10년 뒤에도 나는 편의점을 하고 있을 것이라고 말했다. 그리고 1년 뒤에도, 5년 뒤에도, 10년 뒤에도 나는 글을 쓰고 있을 것이라고 말했다.

생텍쥐페리의 『야간 비행』에 이런 구절이 있다.

"사람은 일단 선택을 하고 나면 그 우연에 만족하면서 사랑할 수도 있게 된다. 그것은 사랑과 마찬가지로 우리를 가두어놓는다."

오늘도 나는 스무 평 남짓 편의점 안에서 손님을 만나고, 상품을 진열하고, 창고 귀퉁이에 앉아 글을 쓴다. 우연을 운명으로 여기면서 사랑할 것이고, 그 사랑에 언제나 행복할 것이다.

나를 키운 가게,

나를 찾은 가게,

고맙습니다.

셔터를 내리며

책이 나오기까지 계절이 세 번 옷을 갈아입었다.

편의점 진열대에 벚꽃 에디션 상품들이 마지막 꽃잎을 한들거리는 계절에 펜을 들었다가, 얼음컵이 불티나게 팔려나가는 계절을 지나, 군고구마 냄새가 가게 안을 고소하게 채우기 시작하는 계절에 마침표를 찍었다. 다시 벚꽃 상품들이 들어올 시간이다.

소주장학생을 그만둔 뒤로 어머니는 자신의 가게를 더 이상 운영하지 않았다. 식당에 출근하며 설거지나 주방 일을 하다가, 허리가 아파 수술을 몇 번 받았고, 자식들이 보내주는 용돈과 노인연금에 고마워하는 할머니가 되었다. 요샌 기억력이 영 신통치 않다며 손주들 여덟 명 사진을 침대맡에 나란히 세워놓고 아침마다 "얘는 효민이, 얘는 민찬이, 얘는 승민이……" 하면서 나름의 치매 예방 훈련을 한다. 성경책을 처음부터 끝까지 세 번 베껴 썼다.

아버지는 이런저런 사업에 실패하고 시골에 내려가 농사를 짓다가, 어느 날 갑자기 미국행 비행기에 올랐다. '월드 비비큐 마켓'을 장악하겠다는 꿈은 여전히 버리지 못했나 보다. 현지 한식당에서 주방장으로 몇 개월 일하다가, 얼마 전 캘리포니아 어느 도시에 작은 식당을 차렸다고 사진을 보내왔다. 인터넷에 올라온 후기를 보니 "음식은 맛있는데 직원이 불친절하다"는 글이 몇 개 있던데, 그중 공통된 평가가 있다. "계산대에 있는 할아버지는 굉장히 나이스하다." 빙그레 웃을 수밖에.

'젊은 엄마'였던 어머니도 시간의 흐름은 어쩔 수 없었고, 식당 안에 쩌렁쩌렁 울리던 아버지의 목소리도 세월의 유속 가운데 녹어졌다. 앞으로 몇 번의 계절이 두 사람의 인생에 남아 있을지 모르겠지만, 그동안 충분히 하지 못했던 말을 전하고 싶다. 사랑합니다. 그리고 고맙습니다. 두 분이 아니었으면 나는 세상에 존재하지 않았을 것이고, 숱한 가게들에 대한 추억도, 이 책도 없었을 것이다.

오늘 나를 지켜주는 가게와 든든한 가족들에게도 언제나 변함없는 사랑의 말을 전한다. 상품이 어수선하게 쌓여 있는 편의점 창고 안에서 글을 쓰는 주인장을 항상 너그러운 시선으로 이해해 주는 직원들에게 고마움의 인사를 건넨다.

책의 끝에, 무엇보다 이 책에 감사해야겠다.

책을 펴내기 전에 여기에 등장하는 아홉 개의 가게에 한 번쯤은 가봐야겠다는 생각이 들어, 얼마 전 여행을 다녀왔다. 나주농약사 자리는 20년 만에, 소망분식과 동진오리탕이 있던 자리도 그쯤 되는 시간의 간극을 넘어 다시 찾았다. 어떤 곳은 흔적도 없이 사라졌고 어떤 곳에는 새로운 가게가 들어섰는데, 각각의 자리에서 오르내린 시간을 떠올리며 오늘을 있게 해준 모든 것에 감사했다. 글을 쓰는 일은 이토록 행복한 일이구나. 치유의 과정이었다. 글 쓰는 사람이 되길 참 잘했다고 자신을 격려했다.

참, 중국에 있는 하하호호 자리는 가보지 못했다. 인터넷 지도의 로드뷰로 찾아보니 일대가 헐리고 대규모 아파트 단지가 들어섰더라. 먼 훗날 내 손주들과 함께 여행 가서, 그 옛날 할아버지가 이 근처에서 얼마나 엉뚱한 짓을 했는지 알려

주고 싶다.

　마지막으로 여기까지 함께 호흡해 준 독자 여러분께 고개 숙여 감사 인사 드립니다. 저마다 삶의 터전에서 부지런히 살아가고 있을 당신의 매 순간을 응원합니다. 오늘 영업은 여기서 마칩니다. 셔터를 내립니다. 운명을 사랑하길. 다시 만나요.

셔터를 올리며

초판 1쇄 인쇄 2023년 2월 21일
초판 1쇄 발행 2023년 2월 28일

지은이 봉달호
펴낸이 김선식

경영총괄 김은영
콘텐츠사업본부장 임보윤
책임편집 이한나　**디자인** 권예진　**책임마케터** 이고은
콘텐츠사업3팀장 이승환　**콘텐츠사업3팀** 김한솔, 김정택, 권예진, 이한나
편집관리팀 조세현, 백설희　**저작권팀** 한승빈, 김재원, 이슬
마케팅본부장 권장규　**마케팅2팀** 이고은, 김지우
미디어홍보본부장 정명찬　**디자인파트** 김은지, 이소영　**유튜브파트** 송현석, 박장미
브랜드관리팀 안지혜, 오수미　**크리에이티브팀** 임유나, 박지수, 김화정, 변승주　**뉴미디어팀** 김민정, 홍수경, 서가을
재무관리팀 하미선, 윤이경, 김재경, 안혜선, 이보람
인사총무팀 강미숙, 김혜진, 지석배
제작관리팀 최완규, 이지우, 김소영, 김진경, 양지환
물류관리팀 김형기, 김선진, 한유현, 전태환, 전태연, 양문현, 최창우

펴낸곳 다산북스　**출판등록** 2005년 12월 23일 제313-2005-00277호
주소 경기도 파주시 회동길 490
전화 02-704-1724　**팩스** 02-703-2219　**이메일** dasanbooks@dasanbooks.com
홈페이지 www.dasan.group　**블로그** blog.naver.com/dasan_books
종이 IPP　**인쇄** 한영문화사　**후가공** 평창피앤지　**제본** 한영문화사

ISBN 979-11-306-4215-4 (03810)

다산북스(DASANBOOKS)는 독자 여러분의 책에 관한 아이디어와 원고 투고를 기쁜 마음으로 기다리고 있습니다.
책 출간을 원하는 아이디어가 있으신 분은 이메일 dasanbodasanbooks.com 또는 다산북스 홈페이지
'투고 원고'란으로 간단한 개요와 취지, 연락처 등을 보내 주세요. 머뭇거리지 말고 문을 두드리세요.